I0573248

AU SECOURS DE FELICITY

AU SECOURS DE FELICITY (ACE SÉCURITÉ, TOME 4)

SUSAN STOKER

DU MÊME AUTEUR

Autres livres de Susan Stoker

Ace Sécurité

Au Secours de Grace

Au Secours d'Alexis

Au Secours de Bailey

Au Secours de Felicity

Au Secours de Sarah

Mercenaires Rebelles

Un Défenseur pour Allye

Un Défenseur pour Chloé

Un Défenseur pour Morgan

Un Défenseur pour Harlow

Un Défenseur pour Everly

Un Défenseur pour Zara

Un Défenseur pour Raven

Forces Très Spéciales Series

Un Protecteur Pour Caroline

Un Protecteur Pour Alabama

Un Protecteur Pour Fiona

Un Mari Pour Caroline

Un Protecteur Pour Summer

Un Protecteur Pour Cheyenne

Un Protecteur Pour Jessyka

Un Protecteur Pour Julie

Un Protecteur Pour Melody

Un Protecteur pour l'avenir

Un Protecteur Pour Les Enfants de Alabama

Un Protecteur Pour Kiera

Un Protecteur Pour Dakota

Forces Très Spéciales : L'Héritage

Un Sanctuaire pour Caite

Un Sanctuaire pour Brenae

Un Sanctuaire pour Sidney

Un Sanctuaire pour Piper

Un Sanctuaire pour Zoey

Un Sanctuaire pour Avery

Un Sanctuaire pour Kalee

Hawaï : Soldats d'élite

Un paradis pour Élodie (13 Apr 2021)

Un paradis pour Lexie (10 Aug 2021)

Un paradis pour Kenna (Oct 2021)

Un paradis pour Monica

Un paradis pour Carly

Un paradis pour Ashlyn

Un paradis pour Jodelle

Delta Force Heroes Series

Un héros pour Rayne

Un héros pour Emily

Un héros pour Harley

Un mari pour Emily

Un héros pour Kassie

Un héros pour Bryn

Un héros pour Casey

Un héros pour Wendy

Un héros pour Mary

Un héros pour Macie

Un héros pour Sadie

Un héros pour Annie (Feb 2022)

PROLOGUE

Dix ans plus tôt – Northwestern University, Chicago, Illinois

Megan Parkins mit son oreiller sur sa tête pour essayer d'étouffer les voix qui dérivaient de l'autre côté de la cloison... en vain. Elle pouvait toujours entendre sa colocataire, Colleen Murphy, et Joseph, le copain de celle-ci, aussi facilement que si elle s'était retrouvée dans la même pièce.

— Tu me fais honte, Colleen. Complètement honte. Qu'est-ce que je t'ai spécifié avant que nous partions ?

— De... De rester à côté de toi.

— Et qu'as-tu fait ?

— Je suis allée aux toilettes.

— T'ai-je dit que tu pouvais t'y rendre ?

— Non, mais, Joseph, j'avais vraiment besoin.

Megan tressaillit en entendant Colleen se faire frapper. Elle ferma fort les paupières et serra les dents. Elle détestait Joseph. De toutes les fibres de son être. Elle avait répété maintes fois à son amie qu'il ne lui apporterait que des ennuis, qu'elle devrait rompre avec lui. Mais Colleen refusait de l'écouter. Elle défendait Joseph, en fait, déclarant que son père avait vraiment été strict avec lui, que c'était comme cela qu'il avait appris la discipline, et que, maintenant, il la lui enseignait. En outre, proclamait-elle, quand il lui criait dessus ou la frappait, il ne le pensait pas sérieusement.

— Je n'en ai rien à foutre, rétorqua Joseph. Si tu dois pisser dans ta culotte, fais-le. La seule chose que je t'ai demandée, c'est de rester à mes côtés, et tu n'as même pas été capable de suivre un ordre aussi simple.

— Je suis désolée. Ça ne se reproduira plus.

— J'espère bien.

Megan entendit de nouveaux coups. Et d'autres encore. Puis une troisième volée. Sans réfléchir, elle agit. Elle ne pouvait pas écouter Joe tabasser Colleen sans rien faire. Pas après la commotion cérébrale qu'il lui avait laissée la dernière fois. Si Colleen refusait de demander de l'aide, Megan le ferait pour elle.

Elle prit son téléphone et appela les secours. En murmurant, elle expliqua à l'agent qui répondit ce qui se passait et donna leur adresse.

Pendant les dix minutes suivantes, Joe continua à réprimander Colleen, ponctuant chaque parole avec ses poings. Megan aurait voulu hurler à son amie de se défendre ou au moins de se barrer, mais elle se tut. Quand elle entendit les sirènes, elle quitta en silence sa chambre, dépassa sur la pointe des pieds celle de sa colocataire, puis se dirigea vers la porte d'entrée. Lorsque les policiers arrivèrent, elle les attendait, et elle leur indiqua la chambre de Colleen.

Quelques instants plus tard, Joe se faisait interroger d'un côté par l'un des policiers, tandis que l'autre essayait de parler à Colleen.

Ignorant le regard intense que lui lançait Joseph, Megan alla retrouver sa colocataire.

— Pouvez-vous me dire ce qu'il se passe ? demanda l'agent.

— R... Rien. Nous nous disputions, c'est tout, répondit-elle d'une voix docile.

— Comment vous êtes-vous fait ce bleu, sur le visage ?

— Je suis tombée l'autre jour dans la salle de bains. Je me suis cognée contre le meuble.

— Tu sais que c'est faux, intervint Megan. Joseph t'a frappée la semaine dernière parce que tu avais dix minutes de retard à cause des embouteillages.

Colleen nia avant même que Megan n'ait terminé.

— Non, je suis tombée.

L'officier observa tour à tour Megan et la jeune femme agressée et effrayée.

— Votre copain vous a-t-il frappée ce soir ?

— Non.

Megan serra les dents et secoua la tête.

— Colleen, tu dois t'éloigner de lui. Un de ces jours, il va vraiment te faire du mal.

Son amie réfuta avec obstination.

— Il m'aime. Tout va bien entre nous. Tu devrais t'occuper de tes oignons.

Elle regarda Megan pour la première fois depuis son entrée dans la pièce.

— Tu ne comprends pas. Il m'aime. Vraiment. Et je l'aime. Nous nous disputions, ce soir. C'est tout. Ça arrive à tous les couples.

Megan pencha la tête pour étudier son amie. À part le petit bleu sur sa tempe récolté la semaine précédente, Colleen n'arborait aucun autre hématome prouvant qu'elle s'était fait frapper par son copain. Aucun *visible*, en tout cas. Néanmoins, elle boitait et tenait un bras pressé contre son ventre. Manifestement, Joseph avait appris de ses erreurs et comprit qu'il ne valait mieux pas frapper là où cela pouvait se voir.

— Ne fais pas ça, la supplia Megan à voix basse afin que Joe ne puisse pas discerner ses paroles. Je l'ai entendu te cogner, Colleen. S'il te plaît. Porte plainte. Fais-le sortir de ta vie.

Colleen ne sembla même pas l'entendre.

— Il ne se passe rien ici, monsieur l'agent. Ma colocataire a mal compris. Nous nous disputions, c'est tout.

Le policier soupira.

— Voulez-vous porter plainte, mademoiselle Murphy ?

Elle secoua la tête.

— Et moi, est-ce que je peux porter plainte ? répliqua Megan. Pour intrusion, agression, n'importe quoi ?

— Avez-vous une ordonnance restrictive contre lui ?

Elle poussa un soupir.

— Non.

— Malheureusement, s'il ne vous a pas frappée, vous ne pouvez rien faire, comme vous n'êtes pas la victime. Ne bougez pas, je dois aller parler avec mon partenaire.

Megan hocha la tête et se tourna vers Colleen dès qu'il se fut éloigné.

— Pourquoi le protèges-tu ? Il te traite comme de la merde.

— Il m'aime, insista Colleen.

— Non. Ce n'est pas de l'amour. Pas un amour normal et sain, en tout cas.

— Qu'est-ce que tu sais de l'amour ?

— Je ne suis pas une experte, c'est vrai. Mais si un homme me dit qu'il préfère que je me pisse dessus plutôt que de m'éloigner de lui, je le virerais avec un coup de pied au cul. Comment fais-tu pour ne pas te rendre compte de combien il est horrible ? Nous sommes amies depuis deux ans. Je ne t'ai jamais vue te comporter comme ça.

Colleen la fixa dans les yeux.

— J'admets qu'il n'est pas toujours très gentil, mais tu n'es pas avec lui tout le temps. Il est l'homme le plus romantique que je connaisse. Il est très protecteur envers moi. Un jour, un type m'a sifflé sur le campus. Joseph l'a pris par la gorge et lui a dit que s'il recommençait, il le tuerait.

Megan écarquilla les yeux.

— Ce n'est pas être romantique, ça, c'est être timbré.

Colleen secoua la tête avec entêtement.

— Non ! C'est juste que je ne l'explique pas comme il faut.

— Je pense que tu l'expliques parfaitement bien, au contraire, rétorqua sèchement Megan.

— Sa famille est géniale. Sa mère est morte quand il était petit, alors il ne reste plus que lui, son père et ses oncles. Son père est strict, mais tous sont très drôles. Quelle grande famille italienne. Ils se soutiennent mutuellement, comme Joseph le fait avec moi. Ses cours le stressent, c'est tout. Il n'avait pas l'intention de me faire du mal. Il s'en veut chaque fois que ça arrive.

— Oh, ma belle, c'est le cas de tous les hommes violents. Ils promettent que cela ne se reproduira plus, mais c'est faux. Ça ne fait qu'empirer. S'il te plaît. Porte plainte. Tu mérites mieux.

En voyant l'étincelle butée dans le regard de son amie, elle comprit qu'elle allait refuser.

— Non. Nous nous aimons. Nous allons nous marier et nous aurons au moins trois enfants. Je ne te laisserai pas me gâcher ça. Je comptais patienter jusqu'à la fin du semestre pour déménager, mais visiblement, ça ne fonctionne plus entre toi et moi. Si je ne peux pas me disputer avec mon copain sans que tu nous dénonces aux flics... alors, tu n'es pas mon amie.

— Non, Colleen, attends...

— Tu l'as entendue, intervint Joseph en s'approchant de Colleen.

Il lui passa un bras autour de la taille et l'attira contre lui. Megan la vit grimacer, cependant, elle ne protesta pas.

— J'ai demandé à Colleen d'emménager avec moi. Elle a accepté.

Il y avait, dans le regard de Joseph, une étincelle triomphante, et autre chose également, qu'elle n'arrivait pas à définir.

Elle se tourna vers les agents de police.

— Vous allez juste le laisser s'en tirer comme ça ?

L'un d'eux haussa les épaules, désolé.

— Si elle refuse de porter plainte et que nous ne voyons aucune blessure chez l'un ou l'autre, nous avons les mains liées.

— Allez-vous au moins faire un rapport ? Histoire que s'il finit par la tuer, il soit noté quelque part que je vous ai contacté ?

— L'appel sera référencé, oui, répondit l'officier de police avant de se tourner vers Joseph et Colleen. Vous deux, vous pouvez y aller. Monsieur, vous m'avez dit que votre appartement se trouvait dans un autre bâtiment. Faites en sorte que nous n'ayons pas à revenir ce soir.

— Merci, monsieur l'agent. Ma copine et moi allons partir. Puis-je porter plainte contre *elle* pour déclaration mensongère ?

Megan tourna vivement la tête vers lui, incrédule.

— Quoi ?

Le policier acquiesça.

— C'est votre droit.

— Je vais y réfléchir, répliqua calmement Joseph. Merci pour votre aide, ce soir. Nous ne vous causerons plus d'ennuis. Si ma copine a besoin d'être accompagnée pour récupérer ses affaires plus tard, pouvons-nous appeler le commissariat ?

Les officiers avaient l'air mal à l'aise, à présent. L'un d'eux hocha néanmoins la tête.

— Oui, si vous pensez que c'est nécessaire.

— Ça l'est, affirma Joseph en se tournant vers Megan. La colocataire de ma copine est une personne délirante qui n'apprécie pas que son amie sorte avec un homme qui prend soin d'elle. Elle est folle et je n'ai pas confiance en elle. Elle va bourrer le crâne de Colleen de sottises sur moi et ma famille.

— C'est n'importe quoi et tu le sais, marmonna-t-elle, les dents serrées.

— Ça suffit. Monsieur, rentrez chez vous avec votre copine. Mademoiselle ? Venez avec moi, je vous prie, pendant que Mlle Murphy prépare ses affaires.

Il lui indiqua la porte d'entrée. Megan regarda son amie, dans l'espoir qu'elle reprenne ses esprits ou au moins la défende. Mais non. Elle fixait ses pieds, refusant de croiser les yeux de qui que ce soit.

— Colleen ?

Elle patienta, mais sa colocataire ne leva pas la tête.

— Mademoiselle ?

Consciente que les policiers n'attendraient pas longtemps, elle parla vite.

— Si tu as besoin de quoi que ce soit un jour, je suis là pour toi. Sans condition.

— Monsieur l'agent ? intervint Joseph d'une voix emplie de colère.

— Venez, mademoiselle Perkins.

Elle le laissa l'escorter hors de la pièce. Dans la cuisine, elle se tourna vers lui.

— Il va la tuer. Vous ne pouvez rien faire ?

Il secoua la tête.

— Si votre colocataire refuse de porter plainte, il n'y a pas grand-chose que nous puissions faire.

— Alors, quoi ? Vous allez attendre de la retrouver morte ?

Le plus vieux des deux policiers eut l'air mal à l'aise, néanmoins, il ne répondit pas. Il se contenta de la fixer.

Megan soupira et s'appuya contre le comptoir, les bras croisés, et se tourna vers le couloir. Moins de dix minutes plus tard, Colleen apparut avec Joseph, qui l'enlaçait toujours, suivie par l'autre officier.

Megan se redressa et observa son amie, sans un mot toutefois.

Joseph conduisit Colleen jusqu'à la sortie, mais pivota sur ses talons juste avant de disparaître afin de fixer Megan.

— Je t'ai sous-estimée. Cela ne se reproduira plus. Nous nous reverrons.

Sur ce, il partit avec sa copine totalement silencieuse.

Dès que les policiers eurent quitté les lieux à leur tour, Megan verrouilla sa porte d'entrée et celle de sa chambre puis alla se terrer dans un coin de la pièce, derrière son lit, au sol. Le regard de Joseph l'avait complètement effrayée. Elle n'était pas du genre à avoir peur, en règle générale, mais elle était tout à coup terrifiée par Joseph Waters.

Ce soir, elle s'était fait un ennemi.

CHAPITRE 1

De nos jours

— Redites-nous comment vous avez entendu parler de nous, s'il vous plaît ? demanda Logan Anderson.

Ryder « Ace » Sinclair, assis en face de ses trois demi-frères, essayait d'avoir l'air détendu. Il s'était présenté la veille, mais à présent qu'ils avaient eu le temps de se faire à son existence, ses frères et lui avaient une conversation plus approfondie, afin d'apprendre à mieux se connaître les uns les autres.

— Ma mère m'a raconté qu'elle avait rencontré votre père alors qu'il était en voyage d'affaires à Colorado Springs. Elle savait qu'il était marié, mais ni lui ni elle n'y ont prêté la moindre attention. Quand l'on trouve la personne faite pour nous, inutile de lutter.

Ryder ignora le grognement du triplé du milieu, Blake, et poursuivit.

— Ils se sont vus quelques fois. Ma mère m'a dit qu'elle n'avait jamais été aussi heureuse. Cependant, il s'est produit quelque chose à Castle Rock et Ace lui a dit qu'il ne pouvait plus jamais la revoir. Il a affirmé que c'était pour son bien à elle. Cela a brisé le cœur de ma mère. Deux mois plus tard, elle découvrait qu'elle était enceinte de moi.

— A-t-elle essayé de contacter mon père ? Pour lui soutirer de l'argent ? questionna Blake.

Ryder serra les dents et se retint d'arracher la tête de son nouveau frère.

— Ma mère ne voulait rien d'Ace Anderson, à part son amour. Elle l'adorait. Elle aurait fait n'importe quoi pour lui... y compris le laisser tranquille comme il le lui avait demandé.

— Alors, elle savait pour nous ? intervint Nathan.

Il était le plus jeune des trois, et n'avait pas posé beaucoup de questions jusqu'à présent.

Ryder acquiesça.

— Elle m'a raconté qu'il le lui avait révélé à l'occasion d'un de leurs derniers tête-à-tête. Il a aussi dit qu'il vous aimait plus que tout et que quitter ma mère était la chose la plus difficile qu'il ait eu à faire de toute sa vie alors qu'il n'aurait eu qu'une seule envie : rester à ses côtés jusqu'à la fin de ses jours.

Le silence tomba sur la pièce tandis que les hommes assimilaient les paroles de Ryder.

Il poursuivit.

— Sur son lit de mort, elle a voulu m'apprendre que j'avais trois demi-frères. Elle m'a expliqué où vous trouver. Honnêtement, je crois qu'elle se sentait coupable.

— Pourquoi ? demanda Logan.

— Elle a écrit une lettre à votre père pour lui parler de moi, lui dire que j'étais son fils.

— Quoi ? s'écria Nathan.

Ryder inspira profondément. Il pensait que ses frères

étaient au courant. Il ne voulait pas être celui leur apprenant la nouvelle, mais il semblerait qu'il n'ait pas le choix.

— Juste avant qu'il ne se fasse tuer.

— Putain, jura Logan.

Nathan le fixait simplement, les yeux écarquillés.

Blake repoussa violemment sa chaise, qui tomba au sol, et se mit à faire les cent pas.

— Je n'y crois pas, bordel.

— Elle n'avait pas l'intention…, commença Ryder, mais Blake le coupa.

— Mais elle l'a fait, non ? Il est mort à cause d'elle.

— Calme-toi, frangin, dit Logan.

— Ma mère n'a pas tué votre père, rétorqua Ryder, les dents serrées.

— *Notre* père, tu veux dire ? répliqua sèchement Blake.

— Oui, très bien. Ma mère n'a pas tué *notre* père. C'est la *vôtre* qui l'a fait. Je ne sais pas ce qui s'est passé. Peut-être qu'elle a trouvé la lettre. Peut-être qu'Ace s'est disputé avec elle et lui a dit qu'il souhaitait divorcer. Je l'ignore. Ce que je sais, en revanche, c'est que ma mère est morte en se languissant du seul homme qu'elle ait aimé. Elle ne s'est jamais remise de son histoire avec Ace Anderson. Elle l'a chéri du plus profond de son être. Elle conservait sa photo accrochée à notre mur. Elle me racontait l'homme génial qu'il était. Elle ne m'a jamais caché son existence. Même quand nous n'avions pas assez d'argent pour bien manger, elle ne lui en a jamais voulu de l'avoir quittée. Lorsqu'elle s'est fait agresser en rentrant tard du travail parce qu'elle enchaînait deux boulots, elle ne lui en a pas voulu. Quand je me plaignais de n'avoir personne pour m'accompagner aux soirées père-fils des camps scouts, elle ne l'a pas dénigré une seule fois. Donc, vos insinuations sur le rôle de ma mère dans son meurtre à lui, vous pouvez vous les mettre où je pense.

À la fin de sa tirade, il rageait. Il croyait en avoir terminé, mais réalisa qu'il avait encore beaucoup à dire.

— Quand j'ai appris, dans les journaux, tout ce que vous avez traversé à cause des Inca Boys et après avoir effectué mes propres recherches, j'ai décidé de venir vous rencontrer. J'étais curieux de connaître mes frères, mais je voulais découvrir quel genre d'hommes vous étiez avant de me présenter. J'avais envie de vous haïr. Vous en vouloir pour l'existence que j'ai eue. Ma mère et moi étions pauvres. Je n'ai jamais eu de vêtements neufs en grandissant. Nous achetions tout chez *Goodwill*. Je me suis couché de nombreuses nuits l'estomac vide. Je comptais vous dire que vous aviez eu la belle vie, avec notre père. Sauf que j'ai lu ensuite cet article et découvert que j'avais sans doute eu une enfance formidable comparée à la vôtre. Oui, j'avais faim et nous étions pauvres, mais j'étais entouré d'amour. Pas un jour ne s'écoulait sans que ma mère ne me dise qu'elle m'aimait. Elle ne m'a jamais frappé. Ne m'a jamais menacé. Même si j'aurais tout donné pour au moins le rencontrer une fois, j'ai compris que je ne vous en voulais pas d'avoir eu mon père pour vous seuls. Ce n'est pas pour autant que je vais rester là à vous écouter balancer de la merde à propos de ma mère.

Ryder se leva et jeta un regard noir à Blake, de l'autre côté de la table.

— Nous ignorions pourquoi notre mère avait tué notre père, intervint Nathan d'une voix calme, qui ne trahissait pas les émotions qu'affichait pourtant son visage. Nous pensions qu'elle était simplement allée trop loin un jour. Blake, as-tu fini de trier tous les papiers de papa ? La lettre s'y trouve peut-être.

L'intéressé haussa les épaules.

— Ce n'était pas une priorité, avec tout ce qui se passait ici.

Logan regarda Ryder droit dans les yeux.

— Je suis content que tu sois là. Malgré tout, contrairement à toi, nous ignorions totalement ton existence ou celle de ta mère hier. Je ne dis pas que nous allons devenir les meilleurs amis du monde, mais je reconnais combien ça a dû être difficile pour toi de venir nous rencontrer. J'ai fait quelques recherches de base à ton sujet hier soir, comme tu l'as fait sur nous.

Ryder n'en prit pas ombrage un instant.

— Je m'en doutais. Es-tu satisfait de ce que tu as trouvé ?

Logan le dévisagea quelques secondes avant de répondre.

— Oui et non. Tu as une expérience impressionnante, mais il y a aussi beaucoup de trous et des choses qui ne collent pas.

Ryder ne put retenir son sourire. C'était une façon de le dire, en effet. Il ne commenta pas, ne chercha pas à fournir d'explication pour confirmer ou non les éventuelles déductions de Logan.

Celui-ci secoua la tête avec regret.

— Le manque de détails de tes antécédents devrait m'inquiéter, mais étrangement, ce n'est pas le cas.

Il se leva et lui tendit la main.

— Ravi de te rencontrer.

Ryder la serra.

— Merci. Enchanté aussi.

— Vas-tu rester dans le coin quelques jours ?

Il haussa les épaules.

— Je n'ai fait aucun projet. Je ne savais pas trop à quel accueil m'attendre. J'ai pris un congé au travail, donc j'ai un peu de temps libre, mais je n'ai rien prévu.

— Ton boulot t'accorde des congés illimités ? demanda Blake, d'une voix clairement soupçonneuse.

— Comme Logan te l'a sans doute déjà dit, je bosse à Colorado Springs. Mes collègues et moi sommes dans le domaine de la sécurité.

Ce n'était pas une description précise de ce qu'il faisait, néanmoins, cela devrait faire l'affaire pour le moment.

— C'est... intriguant, commenta Logan.

Ryder acquiesça.

— J'ai fait l'armée. J'ai décidé d'utiliser mes compétences ailleurs.

Logan hocha la tête.

— Je comprends.

Ryder savait que c'était la vérité. Il avait découvert que Logan et Blake avaient passé du temps à l'armée, eux aussi. Bien qu'ils ne soient que demi-frères, il semblerait qu'ils aient beaucoup de choses en commun.

— Avez-vous d'autres problèmes avec les Inca Boys ? Je peux peut-être vous aider, proposa-t-il.

Logan secoua la tête.

— Maintenant que Nathan s'est chargé du leader, le gang s'est écroulé ou presque, à cause de la pression de la police notamment. Personne n'a voulu reprendre les rênes.

— Bien. D'ailleurs, Nathan, se débarrasser de cet enfoiré sans le flinguer, c'était bien joué.

L'intéressé sourit.

— Bailey, son petit frère ainsi que Logan et Blake m'ont beaucoup aidé.

Ryder hocha la tête et regarda ses demi-frères. Il était fier d'eux. D'après ses recherches, ils avaient tous vécu des expériences éprouvantes à cause du gang, mais ils semblaient s'épanouir, grâce à leurs femmes. Ils étaient également parvenus à rendre *Ace Sécurité* prospère, alors que l'entreprise n'était ouverte que depuis peu.

— Si tu as le temps, j'aimerais bien que tu restes un peu. Pour faire la connaissance de ma femme et de mes fils. Ce sont tes neveux, après tout, indiqua Logan, avec un regard sincère.

Ryder se figea. La vache. Il n'avait pas envisagé le fait d'avoir des neveux. C'était agréable.

— Je crois que…

Il fut interrompu par l'ouverture brutale d'une porte. Une jolie femme, celle de Logan, il le savait, entra en trombe dans la pièce. Elle était présente à son arrivée ce jour-là, mais était partie en déclarant qu'elle avait des choses à faire.

— Cole vient d'appeler. Il nous a demandé de nous rendre à la salle de sport tout de suite.

Logan s'approcha d'elle avant même qu'elle ne termine.

— Pourquoi ? Que se passe-t-il ?

— Aucune idée ! s'exclama-t-elle, essoufflée. Il a dit que ça concernait Felicity et que nous devions nous ramener fissa.

— Je suis sûr que ce n'est rien. Mais allons-y. Ryder, tu veux attendre ici ?

— Je viens avec vous, dit-il fermement.

Il ne savait pas pourquoi. Ce n'était pas comme s'il connaissait Cole ou Felicity. Pourtant, pour une raison qu'il n'aurait pu expliquer, il ressentait le besoin d'être présent. Appelez cela un sixième sens. Une prémonition. Toujours est-il que sa nuque le picotait, un signe qu'il avait appris à écouter. Il lui avait permis de survivre dans les forces spéciales et dans différentes missions effectuées en tant que mercenaire, alors, il n'allait pas l'ignorer maintenant.

Logan haussa les épaules, comme s'il se fichait qu'il vienne ou non.

— Très bien. Notre conversation n'est pas terminée, mais nous pourrons reprendre plus tard. Blake, tu en es ?

L'intéressé acquiesça et se dirigea vers la porte, Nathan sur les talons.

Fermant la marche, Ryder suivit ses frères jusqu'à la salle de sport qu'il avait remarquée lors d'un de ses voyages ici. *Rock Hard Gym*. Elle donnait sur le même square qu'*Ace Sécurité*, de même qu'un café, quelques bureaux, et des magasins.

Tandis qu'ils s'approchaient de l'entrée, il prit une profonde inspiration. Il avait cru que ses demi-frères l'avaient sciemment ignoré. Il ne savait pas qu'ils n'avaient aucune idée de son existence ou de celle de sa mère.

Passant devant un comptoir d'accueil, ils traversèrent la grande salle remplie de poids et d'appareils de cardio, jusqu'à un couloir menant dans les bureaux.

Grace Anderson ouvrit l'une des portes, que tous franchirent.

Ryder jeta un seul coup d'œil à la femme dans la pièce, et son souffle se bloqua dans sa gorge.

CHAPITRE 2

Felicity Jones jeta un regard mauvais à son associé, qui était aussi l'un de ses plus proches amis. Cole et elle avaient passé un accord quand ils avaient monté *Rock Hard Gym*. Il en était le propriétaire sur le papier, mais elle était, dans la réalité, une associée à part entière, et c'était elle qui avait fourni une bonne partie du capital nécessaire à l'ouverture. Elle avait cru que, implicitement, il aurait compris qu'il devrait lui rembourser cet argent injecté. Pourtant, il refusait. En plus, il exigeait plus d'informations.

Pourquoi voulait-elle du fric ?

Pourquoi devait-elle quitter Castle Rock ?

Que lui cachait-elle ?

C'était des questions tout à fait pertinentes, auxquelles elle n'était pas prête à donner une réponse. Pas à lui. Ni à personne, d'ailleurs. Ni maintenant ni jamais. C'était pour leur bien.

Pourtant, Cole avait contacté Grace. Felicity s'attendait à ce que son amie vienne avec des renforts. À savoir, son mari et les frères de ce dernier.

Ce n'était pas juste.

Mais quand sa vie l'avait-elle été ?

Lorsque la porte du bureau s'ouvrit, Felicity ne fut pas surprise de voir Grace et Logan. Ainsi que Blake et Nathan. Elle ignorait qui était l'autre homme, mais elle lui accorda à peine un coup d'œil. Elle retourna fusiller Cole du regard.

— Génial. Cinq contre un maintenant. Tu crois que l'intimidation va marcher ? Tu me connais mieux que ça.

L'inconnu s'écarta des autres pour venir se placer à ses côtés.

— Cinq contre deux.

Felicity le fixa, bouche bée.

— Vous êtes qui, vous, bordel ?

Il lui tendit la main comme s'ils se trouvaient en pleine soirée mondaine.

— Ryder Sinclair. Et vous ?

Elle se retrouva à bouger sans réfléchir. Il était difficile de renoncer aux bonnes manières que lui avait inculquées sa mère dès son plus jeune âge.

— Felicity Jones.

Dès l'instant où les doigts de Ryder se fermèrent sur les siens, elle sut qu'elle avait des ennuis. Il avait la peau chaude, mais pas transpirante. Il ne lui serra pas la main trop fort, appliquant juste la pression nécessaire. Ce n'était pas tout, cependant. À la seconde où il la toucha, elle en eut la chair de poule. Elle avait le sentiment que, si elle se jetait dans ses bras, il la garderait en sécurité. Elle était incapable de détourner les yeux de ses prunelles noisette. Il lui parut familier. Elle se raidit. Putain, l'avait-elle croisé autrefois ?

— Est-ce qu'on se connaît ? lança-t-elle en essayant de récupérer sa main.

Il n'eut l'air ni blessé ni rebuté par sa question ; il se contenta de secouer la tête sans la lâcher.

— Non, nous ne nous sommes jamais rencontrés... malheureusement. Mais nous nous connaissons maintenant.

Elle ressentit l'envie soudaine de se blottir contre lui et de la laisser prendre soin de lui. Il la dépassait de quelques centimètres, possédant la taille parfaite pour qu'elle puisse poser sa joue sur son épaule large. Cependant, elle redressa le dos et se servit de sa main libre pour l'obliger à la lâcher, au lieu de se jeter dans ses bras. Elle était une île. Elle ne pouvait s'appuyer contre personne. Pas si elle souhaitait les garder en sécurité.

— C'est ça, Casanova.

Elle se tourna vers sa meilleure amie et haussa les sourcils, comme pour lui demander « C'est quoi ce bordel ? ». Grace lui répondit d'un sourire narquois et croisa les bras. Puis regarda Cole.

— Alors, qu'est-ce que Felicity a fait ? Pourquoi fallait-il que nous venions ?

Felicity ouvrait la bouche pour contrer ce qu'il comptait dire, mais il fut plus rapide qu'elle.

— Elle veut la moitié de l'argent investi dans l'entreprise et fuir une fois que je le lui aurai donné.

Le silence régna quelques instants dans le bureau avant que Grace ne reprenne la parole.

— Quoi ? s'exclama-t-elle. Leese, tu ne peux pas partir. J'ai besoin de toi. Tu es la marraine d'Ace et Nate.

— Je n'ai pas dit que je comptais partir, protesta-t-elle faiblement.

— Mais tu n'as pas dit non plus que tu restais, déduisit intelligemment Logan.

Felicity le fusilla du regard. Elle ne savait pas quoi dire. Tous la dévisageaient avec désapprobation, et cela faisait mal. Cependant, elle ne pouvait pas s'attarder ici. Cela faisait déjà bien trop longtemps qu'elle était là. C'était l'horrible sensation qu'elle ressentait au fond d'elle qui l'avait empêchée de se faire des amis auparavant. Qui expliquait pourquoi elle déménageait aussi souvent. Elle savait que quitter Castle Rock la ferait souffrir ; elle ignorait néanmoins à quel point.

— Je ne sais pas pourquoi Cole en fait une telle affaire. Ce n'est pas comme si cet argent allait lui manquer, de toute façon.

— Jure-moi maintenant que tu ne partiras pas si je te file le fric, ordonna son ami.

Bien qu'il soit plus grand que toutes les personnes de la pièce, elle ne s'était jamais sentie intimidée par lui. Cependant, elle était incapable de lui mentir en le regardant en face.

— Je ne partirai pas.

Ses paroles semblèrent résonner dans le silence.

Elle fixa le bureau éraflé sous ses yeux. Elle se souvenait encore du jour où elle l'avait trouvé. Alors qu'elle roulait dans la banlieue de Castle Rock, elle l'avait vu sur un trottoir muni d'un panneau « Servez-vous ». Elle avait instantanément appelé Cole pour qu'il l'aide à le récupérer. Elle avait passé des heures à le poncer et à le réparer. Il était à sa place, ici. Usé et cassé, mais nécessitant à peine quelques soins pour être parfait.

Cole s'approcha d'elle pour la saisir par le menton et l'obliger à lever la tête. Il ne lui faisait pas mal, mais refusait de la lâcher tout de même.

— Regarde-moi dans les yeux et répète ça de manière convaincante.

Elle déglutit et ouvrit la bouche, mais l'homme qui se trouvait de l'autre côté d'elle la prit de court.

— Lâchez-la.

Ce fut dit d'une voix basse et assassine.

Cole écarta immédiatement sa main, et Felicity se tourna vers Ryder pour l'observer. Il était énervé. Elle ignorait pourquoi. Elle s'éloigna d'un pas, refusant d'être près de lui si une bagarre éclatait. Toutefois, il ne la laissa pas faire. Il tendit le bras, l'attrapa par la taille d'une poigne de fer et la replaça à ses côtés.

Elle comptait le réprimander pour ses manières autoritaires, sauf qu'il la lâcha dès qu'elle fut contre lui. Comme s'il souhaitait l'avoir près de lui pour la protéger et non parce que c'était un connard. C'était insensé, pourtant, c'était l'impression qu'elle avait. Elle qui avait été énervée par son geste se sentit presque démunie quand il écarta son bras de sa taille.

— Je ne lui faisais pas mal, lança Cole, les dents serrées.

— Je m'en fiche. Personne ne lui fera faire ce qu'elle ne veut pas, répliqua Ryder.

Elle les observa tour à tour, comme si elle assistait à un match de volley.

— Felicity ne fait que ce qu'elle veut, affirma Cole.

— Ça, c'est clair.

— Écoute, tu as peut-être l'air lié aux Anderson, mais cette histoire ne te concerne pas, poursuivit Cole.

— Mon cul, oui, rétorqua Ryder.

Cole plissa les yeux, et les deux hommes se fusillèrent du regard.

— Hum... Il a raison... Ryder ? C'est bien ça ?

Elle assemblait enfin les pièces du puzzle à propos de l'inconnu qui se tenait à ses côtés tel un garde du corps énervé. Ryder Sinclair. Pas étonnant qu'il lui ait paru familier. Le demi-frère des Anderson. Celui dont ils ignoraient l'existence. Il s'était présenté la veille, et Grace avait appelé Felicity pour l'en informer.

Son amie avait voulu en discuter davantage, mais Felicity avait remarqué l'enveloppe au milieu du courrier récupéré au bureau de poste. La lettre venait de *lui*. Alors, elle avait dit à Grace qu'elle devait raccrocher. Les mots inscrits sur le papier étaient gravés dans son esprit.

« Salut, ma douce. Tu croyais pouvoir me fuir ? Je t'avais dit que j'étais un expert à cache-cache, mais tu as oublié, visiblement. Je viendrai te voir très vite. »

Honnêtement, elle s'attendait à ce qu'il la retrouve plus tôt. Elle était à Castle Rock depuis cinq ans, à présent. Pourtant, son message avait tout de même été un choc pour elle, et son premier réflexe avait été de mettre les voiles. Le plus loin possible. Cependant, Cole ne se montrait pas coopératif. Tout son argent à elle était investi dans la salle de sport. Elle n'irait pas loin avec les deux mille dollars sur son compte. Cela ne paierait même pas une nouvelle identité. Non, il lui fallait les cinquante mille qu'elle avait injectés dans le club.

Avant de s'installer à Castle Rock, elle avait mené une existence frugale, où elle avait économisé chaque centime. Elle avait rencontré Cole le jour où ils s'étaient littéralement foncés dedans alors qu'ils couraient dans le parc. Felicity, qui prenait un virage à ce moment-là, avait été incapable de s'arrêter et l'avait percuté. Ils avaient éclaté de rire et étaient de proches amis depuis ce jour-là.

Un lien s'était immédiatement forgé entre eux. Pas romantique, non, plus comme un frère et une sœur. Pour elle qui n'en avait jamais eu, c'était agréable. Très agréable. Suffisamment pour qu'elle coure le risque de s'installer à Castle Rock. De planter ses racines. Des petites, certes, mais des racines tout de même.

Un soir, peu après leur rencontre, ils s'étaient bourrés comme des coings et Cole lui avait parlé de son rêve d'ouvrir une salle de sport. Il la lui avait si parfaitement décrite qu'elle se l'était imaginée sans peine. Au fil des mois suivants, elle s'était peu à peu enthousiasmée autant que lui.

Elle avait alors songé à l'argent qu'elle épargnait. Elle en avait assez de courir. Elle fuyait depuis si longtemps qu'elle avait oublié combien il était agréable d'avoir des amis. Des rêves. Donc, elle avait proposé toutes ses économies à Cole afin qu'il puisse réaliser le sien. Elle était contente. Elle adorait travailler à ses côtés, faire de la salle un lieu sûr pour que quiconque, quelle que soit sa forme ou sa condition, se sente à l'aise et vienne s'entraîner. Cependant, maintenant, elle avait désespérément besoin de récupérer cet argent.

— Oui, Ryder, c'est bien moi, dit l'homme, répondant à sa question précédente.

Elle secoua la tête pour s'obliger à se concentrer sur la conversation. Elle devait la jouer fine. Lui montrer la Felicity qu'elle présentait au monde.

— C'est ça, Ryder. J'apprécie le fait que tu veuilles t'assurer que je vais bien, mais je n'ai pas besoin que toi ou quelqu'un d'autre se batte à ma place. Je peux prendre soin de moi toute seule, au cas où tu n'aurais pas remarqué.

Au lieu de reculer en réaction à son ton caustique, il s'avança au contraire d'un pas. Il la fixait d'un regard perçant qui lui donna le sentiment qu'il pouvait lire dans ses pensées. Voir combien elle était effrayée et perdue à l'intérieur.

— Quoiqu'il en soit, vous n'avez plus à vous en charger

seule. Comme je l'ai dit à Cole, personne ne vous touchera sans votre permission.

— C'est mon ami, rétorqua-t-elle. Il a le droit.

Ryder secoua la tête.

Elle ouvrit la bouche pour répliquer de manière extrêmement puérile quand Cole s'en mêla.

— Il a raison. Désolé, Felicity. Mais je te connais. Tu ne m'as pas regardé dans les yeux, donc tu me mentais. Alors, tourne-toi bien vers moi et assure-moi que tu ne vas pas disparaître si je te donne cinquante mille dollars.

Elle leva la tête vers lui. Il se tenait à ses côtés, les bras croisés sur la poitrine. La position faisait ressortir ses tatouages. Il arborait un air sévère, mais haussait les sourcils comme pour la mettre au défi de le faire.

Elle comptait mentir, cependant, les mots restèrent coincés dans sa gorge. Elle ne pouvait pas le faire. Pas à lui.

Ce fut d'une voix douce et torturée qu'elle répondit, finalement.

— Le moment est venu pour moi de m'en aller.

— Tu ne peux pas partir ! s'exclama Grace.

Les épaules de Felicity s'affaissèrent. Quitter cette ville lui arracherait le cœur, toutefois, elle ne pouvait pas mettre Grace et ses fils en danger. Pas alors que son amie était enfin libre pour la première fois de sa vie.

Les murs se refermèrent soudain autour d'elle. Se rapprochèrent, de plus en plus. Elle eut de la peine à respirer et commença à haleter. De l'air. Elle avait besoin d'air.

Comme s'il avait deviné ses pensées, Ryder la reprit par la taille et la guida vers un petit canapé dans le coin du bureau. Il s'assit à ses côtés. Appuyant sur sa nuque, il la força à se pencher afin de placer sa tête entre ses jambes.

— Respire, mon cœur, respire.

Felicity percevait les exclamations inquiètes des autres, mais de loin. Elle se concentra sur la grande main calleuse de Ryder sur sa peau sensible. Elle tendit la sienne pour s'agripper à sa cheville tandis qu'elle essayait de faire entrer de l'oxygène dans ses poumons.

Elle entendit le bruit de pas en mouvement, puis l'avertissement de Cole, qui résonna comme s'il se trouvait à des milliers de kilomètres :

— Ne lui fais pas de mal.

— Jamais, répondit Ryder, catégorique.

Une porte se referma, et Felicity ne perçut plus que ses halètements.

— Du calme.

Ryder lui caressa le dos.

— Inspire et expire. Ralentis ta respiration. Tu peux le faire... Voilà... Bien. Je suis là...

C'était ridicule, pourtant, ses paroles l'aidèrent. Grandement. Elle sentit ses poumons se dilater et absorber le précieux oxygène, et, tandis que l'homme qu'elle avait rencontré pour la première fois aujourd'hui continuait à lui murmurer des bêtises, elle reprit le contrôle d'elle-même.

Se redressant, Felicity se passa la main dans les cheveux. Elle détestait les porter courts, mais c'était un bon moyen de se cacher... du moins, le pensait-elle. Maintenant qu'il l'avait retrouvée, cependant, elle allait devoir changer de couleur et les laisser repousser. Elle s'était habituée à les avoir noirs, mais cela n'avait plus d'importance. Noir, rouge, violet... manifestement, il pouvait la trouver, quelle que soit la couleur.

— Tu te sens mieux ?

Elle hocha machinalement la tête. Non. Elle n'allait pas mieux. Ce ne serait plus jamais le cas.

— Oui, mentit-elle.

Ryder pouffa.

— Tes yeux et ta bouche ne disent pas la même chose.

Elle se tourna vers lui pour la première fois depuis sa crise de panique.

— Tu as réussi à les faire tous partir... Peux-tu s'il te plaît convaincre Cole de me donner mon argent ?

— Non, rétorqua-t-il immédiatement, catégorique.

Désespérée, elle ferma les paupières. Pourquoi avait-elle cru que cet homme pourrait l'aider ? Elle l'ignorait. Sa déception était cuisante, cependant.

— Regarde-moi, ordonna-t-il.

Elle refusa.

— S'il te plaît, regarde-moi, répéta-t-il. Comme je l'ai dit à Cole, je ne vais pas te forcer. Mais j'aimerais voir tes magnifiques yeux bleus pour te dire la suite.

Ses mots lui donnèrent la chair de poule. Inspirant vivement, elle leva la tête vers lui et se prépara à ce qu'il allait déclarer.

— Merci, mon cœur. Je vais t'aider. Je veux savoir ce qui t'a effrayée au point que tu aies ce regard apeuré. Je vois clair dans la façade que tu affiches. Tu es peut-être une nana qui ne s'en laisse pas conter aux yeux des autres, grâce aux tatouages sur tes bras et à ton attitude impertinente. Moi, cependant, je vois une femme terrifiée qui a besoin de quelqu'un pour la soutenir et lui dire que tout ira bien. Je vais combattre tes démons pour toi, mon cœur. Pas juste les combattre, d'ailleurs. Je vais les anéantir.

» Voilà pourquoi je ne vais pas demander à Cole de te donner l'argent que tu réclames. Fuir ne résoudra pas tes problèmes. Moi, si. Je vais faire en sorte de te libérer de ce qui te hante. De te permettre d'être celle que tu veux, et non celle que tu penses devoir être.

Elle ne put que le fixer. Sa déclaration était pleine d'arrogance, mais prononcée avec une conviction qui lui donna envie de s'y accrocher. Pour une raison étrange, elle le crut. Si elle le laissait faire, il pourrait sans doute détruire le monstre qui la pourchassait une bonne fois pour toutes.

Encore fallait-il qu'elle accepte de lui faire confiance.

CHAPITRE 3

Ryder s'assit à une table du petit café en face de *Rock Hard Gym* et sirota son breuvage. Noir. Pas de trucs sophistiqués pour lui. Il avait le regard rivé sur la porte du bâtiment d'en face, tandis qu'il écoutait Logan.

Au cours de la semaine écoulée, il était resté à l'hôtel, mais cela allait changer très bientôt. Pas pour une question d'argent, non, mais parce que sa nuque le picotait. Felicity avait des ennuis. Il le sentait au plus profond de lui. Cependant, il ne pouvait pas l'aider si elle ne lui parlait pas.

Depuis qu'il lui avait dit qu'il s'occuperait de ses problèmes, elle l'évitait. Elle fuyait son regard et sa présence dès que possible. Ryder n'en était pas découragé pour autant. Non, les meilleures choses dans la vie nécessitaient toujours un peu de patience.

Il pouvait attendre Felicity. Le temps que cela prendra.

Elle était à lui. Il ne remettait pas ce fait en question. Il l'acceptait.

Il avait vu beaucoup de spectacles terribles dans sa vie. Avait fait sa part d'actions qui le qualifieraient de monstre aux yeux de certaines personnes. Mais Felicity Jones était sa récompense, pour contrebalancer tout ce qui n'allait pas dans sa vie.

Dès l'instant où il l'avait regardée dans les yeux, il avait vu clair dans ses mensonges.

Dans sa bravade.

Dans sa rudesse.

Elle était blessée. Sérieusement. Et il mourait d'envie de découvrir pourquoi. De réparer les choses. De faire disparaître cette douleur qu'il distinguait si nettement dans ses prunelles.

Néanmoins, il était plus qu'évident qu'elle refusait d'exposer ses faiblesses. Il aurait aimé exiger des réponses aux mille et une questions qu'il se posait, mais il savait que cela ne ferait que renforcer encore davantage la méfiance de Felicity à son égard.

— Tu n'as jamais dit ce que tu faisais à Colorado Springs, lança Logan sur un ton pas tout à fait nonchalant.

Ryder détacha le regard de la porte de la salle de sport et se tourna vers son frère.

— Je suis détective privé.

— Sans déconner ?

— Sans déconner.

Logan garda le silence quelque temps, avant de demander :

— C'est tout ?

Ryder se retint de sourire. Son frère n'était pas stupide. Pas le moins du monde.

— Non.

— Il me semblait, aussi. Je ne vais pas te poser la question, cela dit, parce qu'il est clair que tu n'y répondras pas.

Ryder grogna pour marquer son accord et prit une nouvelle gorgée de café. Il reporta son attention sur la fenêtre.

— Nathan a un peu fouillé et découvert que tu n'as passé que quelques mois dans l'armée avant d'en sortir.

Ryder acquiesça.

— J'y suis allé juste après le lycée. Je voulais gagner un peu d'argent pour pouvoir en envoyer à ma mère, afin de lui faciliter un peu la vie. J'y suis resté deux ans avant qu'une nouvelle occasion se présente.

— Intéressant, commenta Logan, qui tentait un peu trop d'avoir l'air nonchalant. L'engagement habituel est de quatre ans.

Ryder ne répondit pas, mais soutint le regard de son frère quelques instants avant de reporter son attention sur la porte de *Rock Hard Gym*.

— Je ne sais pas ce qui arrive à Felicity ni ce qui te prend d'ailleurs, mais ne t'avise pas de lui faire du mal. C'est la fille la plus forte que je connaisse. Sans elle, ma Grace et moi ne serions pas ensemble. Nous n'aurions pas nos enfants non plus, ajouta Logan, une minute plus tard.

Ryder se tourna vers lui.

— Tu crois que Felicity est forte ?

Logan pencha la tête et haussa les sourcils.

— Pas toi ?

— Elle a la trouille de sa vie et est à ça de déguerpir, répliqua-t-il en écartant légèrement le pouce et l'index pour illustrer son propos.

— Ce n'est pas parce qu'elle a peur que ça veut dire qu'elle n'est pas forte. Lorsque Grace a été enlevée, Felicity est restée à mes côtés et a tout fait pour l'aider. Si on la laissait seule deux minutes avec Margaret Mason, la mère de Grace, je crains l'état dans lequel elle la mettrait. Elle est faite d'acier, cette nana.

Ryder secoua la tête.

— Tout ça, ce n'est qu'une façade. Tu t'en es forcément

rendu compte. Je ne suis là que depuis une semaine et c'est évident pour moi. Il suffit de regarder dans ses yeux pour voir combien elle est brisée à l'intérieur.

Logan nia.

— Je n'avais pas remarqué, non. Parle-moi. Dis-moi ce que j'ai manqué.

Ryder posa son café et soupira.

— Je n'ai pas fouillé dans son passé. Mais ce n'est pas nécessaire pour reconnaître une femme en fuite. Rien que sa couleur de cheveux. Noir comme ça, ça vient forcément d'une bouteille. Je me demande si elle essaie de changer son apparence. Ses yeux sont toujours en mouvement. Elle observe sans arrêt son environnement, comme si elle guettait le danger. Elle vit au-dessus de la salle de sport, ce qui me fait dire qu'elle n'a aucun loyer et n'a donc pas eu de contrat à remplir. J'ai entendu Grace se plaindre gentiment que Felicity n'ait aucune facture à son nom. Elle paie tout en espèces pour sa voiture, elle ne possède aucune carte de crédit. Son portable est un prépayé. Et enfin, information importante, elle est une associée invisible de *Rock Hard Gym*. Cole m'a dit qu'elle ne signait aucun papier. Et maintenant, elle veut cinquante mille dollars en liquide.

Logan serra le poing autour de sa serviette.

— Que pouvons-nous faire, alors ?

— Est-ce que je peux être honnête ?

— Évidemment.

— Laisse-moi gérer.

Logan secouait la tête avant même que Ryder n'ait fini sa phrase.

— Elle ne te connaît pas, mec. Elle ne va pas te faire confiance.

— C'est justement pour cette raison qu'elle va me faire confiance, répliqua-t-il. Penses-y. Grace est sa meilleure amie. Felicity est la marraine de ses enfants. Elle vous aime tes frères et toi comme si vous étiez les siens. Si elle veut fuir, c'est pour vous *protéger*, tous. Elle te dira que dalle, alors. Afin de te laisser à l'écart de ses problèmes. Moi ? Je suis un étranger. Elle me parlera.

— Tu es sacrément sûr de toi, observa Logan.

— Parce que j'ai raison. Je ne vais pas lui faire de mal, assura-t-il à son frère, remettant la conversation à son point de départ. C'est bien la dernière chose que je souhaite.

— Je ne parlais pas sur le plan physique. Je ne suis pas aussi naïf que tu le crois. J'ai des yeux. Depuis mon retour en ville, elle n'est pas sortie une seule fois avec quelqu'un. Cole m'a dit qu'il ne l'avait pas vue avec un homme depuis qu'il la connaît. Cinq ans sans relation, c'est long.

Ryder ne répliqua rien. C'était long, en effet. Il le savait par expérience. Il n'avait fréquenté personne depuis qu'il avait quitté l'armée et entamé sa nouvelle vie. Avoir une relation, c'était donner à ses ennemis un moyen de s'en prendre à lui. Il n'avait même pas eu envie de s'engager dans cette voie, à vrai dire. Elle s'était cependant imposée à lui dès qu'il avait entrepris son voyage à Castle Rock. Il savait qu'aller rencontrer ses frères signifiait qu'il devait faire des changements dans sa vie, mais il était prêt. Une femme. Des enfants. Une famille. Lui qui avait été seul si longtemps avait désormais trois frangins, trois belles-sœurs et des neveux.

Et Felicity.

Ses ennemis possédaient un sacré moyen de pression à présent, mais il ne leur laisserait pas l'occasion de s'en servir. Hors de question. Il devrait bientôt parler à son responsable pour l'informer officiellement qu'il comptait en finir avec les Mercenaires Rebelles, même si son supérieur devait déjà s'en douter. Il attendrait pour cela que Felicity soit en sécurité, cependant.

— Je ne vais pas lui faire de mal, répéta-t-il d'un ton ferme. Ni physiquement ni mentalement.

Il fixa son frère droit dans les yeux.

— Elle est à moi, Logan. Je l'ai su dès que j'ai posé les yeux sur elle. Je pourrais tuer pour elle. Personne n'a le droit de poser la main sur elle sans ma permission. Personne.

— Tu as déjà tué avant.

Ce n'était pas une question.

Ryder ne répondit pas, mais croisa le regard de son frère sans ciller. Après de longues secondes, Logan reprit.

— Je veux être informé de tout ce que tu découvres.

— Je me charge de cette affaire, rétorqua Ryder.

— Je n'en doute pas, mais j'ai une énorme dette envers Felicity. Elle était l'amie de Grace quand ma femme n'en avait aucun. Elle l'a aidée à s'éloigner de ses parents. Alors, si ce que tu dis est vrai, j'ai besoin de l'aider à mon tour.

— C'est vrai.

— Dans ce cas, laisse-moi faire. Laisse-nous *tous* faire. Nous ne sommes peut-être pas aussi doués que toi, mais nous ne sommes pas des moins que rien pour autant. Laisse Alexis et Nathan voir ce qu'ils peuvent débusquer en ligne. Laisse-nous Blake et moi garder un œil sur elle quand tu ne peux pas t'en charger. Cole ne peut pas rester à ses côtés plus longtemps qu'il ne le fait déjà. Ne nous repousse pas. Elle fait partie de la famille.

— Elle en fera *vraiment* partie grâce aux liens du mariage, si j'ai mon mot à dire, affirma Ryder sur un ton catégorique.

— Felicity est déjà ma sœur dans le sens qui compte, rétorqua Logan. J'ai beaucoup de mal à t'en vouloir de la revendiquer comme tienne parce que j'ai le sentiment qu'elle a précisément besoin d'un homme tel que toi à ses côtés. Mais laisse-nous l'aider, putain.

Ryder hocha la tête.

— Lorsque j'aurai plus d'information, je te tiendrai au courant. Tu sais, j'ai déjà une équipe pour couvrir mes arrières.

— Mais elle n'est pas là. Elle est à Colorado Springs, supposa Logan... avec justesse.

— Exact.

— Nous, en revanche, nous sommes là. Nous allons t'aider.

— Tu es un emmerdeur, commenta Ryder pince-sans-rire.

— C'est ce que me répète Grace sans arrêt. Alors, c'est décidé ? Tu nous garderas informés ?

— Oui. Dès que je découvre quoi que ce soit, je vous tiens au courant.

— Bien. Au fait, Ryder ?

— Quoi ? s'écria-t-il, exaspéré. Bordel, être enfant unique va finir par me manquer, si tu continues à me harceler.

Logan esquissa un sourire, puis il indiqua la fenêtre d'un signe du menton.

— Si tu veux découvrir quelque chose aujourd'hui, tu ferais mieux de te mettre en route.

Ryder tourna vivement la tête et vit Felicity se diriger rapidement vers le parking où était stationnée sa Chrysler. Il fut debout en un instant. Il entendit Logan rire dans son dos, mais toute son attention était concentrée sur les hanches de Felicity qui s'éloignait de lui.

* * *

Felicity tourna la clé de sa petite Chrysler PT Cruiser et à l'instant où elle s'apprêtait à enclencher sa vitesse, le côté passager s'ouvrit et un homme s'affala sur le siège.

Elle cria et tenta désespérément d'attraper la poignée de sa porte, afin de sortir au plus vite.

— Bon sang. C'est moi, Ryder. Merde. Désolé, je ne voulais pas te faire peur.

Elle pivota vers lui, les yeux écarquillés, et essaya de reprendre son souffle. Elle ferma les paupières et se concentra sur son rythme cardiaque pour le faire baisser.

— Tu m'as fichu la frousse.

— Je sais. Je suis désolé. Mais tu sais... Ça aurait pu être n'importe qui. Tu y as pensé, toi aussi. Tu devrais être plus vigilante.

Felicity inspira profondément, ouvrit les yeux et s'obligea à parler avec toute la rudesse qu'elle put rassembler en cet instant.

— Descends.

— Non. Je suis bien, là, rétorqua-t-il en refermant sa portière et en croisant les bras.

Elle faillit s'esclaffer tout haut, car il avait l'air tout sauf bien, au contraire. Elle n'était pas beaucoup plus petite que lui, pourtant, bizarrement, le voir *lui* recroquevillé sur le siège minuscule lui donna envie de rire.

Mais elle ne pouvait pas se laisser aller à l'hilarité. Elle devait se débarrasser de lui. Elle n'était pas bête. Elle savait qu'il l'avait suivie toute la semaine passée et qu'il voulait lui parler afin qu'elle lui avoue ce qu'elle fuyait. Cependant, elle en était incapable. Elle n'avait qu'une envie : qu'on la laisse tranquille... n'est-ce pas ?

Pour être honnête, les paroles qu'il avait prononcées quelques jours plus tôt avaient été agréables. Vraiment. Elle désirait être libre. Elle détestait le fait de devoir constamment regarder par-dessus son épaule. Elle ne pouvait toutefois pas mettre la vie de Ryder en péril. Ou celle de Grace. Ou de tous les autres. Non, quitter la ville était le mieux à faire pour tout le monde. Elle n'avait pas vraiment besoin de l'argent que Cole gardait en otage. Elle avait fui Chicago à l'époque avec moins que cela en poche, et elle s'en était sortie. Si elle retardait son départ, c'était parce qu'elle n'avait pas envie de s'en aller. Elle aimait Castle Rock. Adorait ses amis. Appréciait vraiment son travail, même si ce n'était pas ce qu'elle s'était imaginé faire quand elle était à l'université.

— Sérieux, Ryder, dégage. Je vais juste faire les courses. Tu pourras continuer à me suivre en douce quand je serai de retour.

— J'ai des trucs à acheter aussi, rétorqua-t-il sur un ton égal.

— Je suis sérieuse. Je ne veux pas de toi ici.

— Aïe, c'est dur, répliqua-t-il d'une voix plus profonde.

— Je peux m'occuper de moi toute seule. Je le fais depuis très longtemps.

— Je le sais, mon cœur, mais tu n'es plus obligée, maintenant.

— Argh... Tu as vraiment réponse à tout ?

— Oui, m'dame.

Felicity le fusilla du regard durant quelques instants supplémentaires, puis soupira et céda. Elle refusa de s'avouer qu'elle se sentait plus en sécurité avec lui à ses côtés. Non, si elle l'admettait, il ne la laisserait plus jamais tranquille. Il ne s'était produit qu'un seul événement au cours de la semaine écoulée. Un vieux journal relatant la mort de sa colocataire à la fac était arrivé dans son courrier. Elle savait pertinemment qui le lui avait envoyé. Il avait repris ses tactiques habituelles, consistant à essayer de l'effrayer lentement mais sûrement, afin qu'elle se sente de moins en moins en sécurité. Elle était certaine qu'il lui ferait parvenir d'autres cadeaux dans les semaines à venir. Elle préférerait presque qu'il agisse sans tarder, histoire d'en avoir terminé, mais elle savait qu'il comptait la voir souffrir d'abord.

Soupirant, elle passa la marche arrière et sortit de son emplacement. Puis elle s'élança, non sans avoir regardé au préalable à droite et à gauche pour s'assurer que rien ni personne ne lui paraissait étrange.

— Depuis quand habites-tu à Castle Rock ? demanda Ryder.

Elle se raidit. L'inquisition commençait tout de suite, manifestement.

— Il y a cinq ans, à quelques mois près.

Comme il ne commenta pas ni n'ajouta rien, elle lui lança un coup d'œil. Il regardait droit devant lui, la mâchoire crispée.

Pour la première fois en dix ans, elle eut envie de vider son sac. Ryder lui donnait le désir d'abaisser les défenses qu'elle avait construites dès l'instant où elle était sortie de la maison de sa mère, et de le laisser voir au fond d'elle. Elle ouvrit la bouche, prête à dire quelque chose, mais la referma très vite. Non, elle ne pouvait pas prendre ce risque. Ni celui qu'il soit blessé.

C'était stupide. Elle ne le connaissait pas. Elle ne tenait pas à lui. Puisqu'elle ne lui était pas attachée sur le plan émotionnel, il pourrait l'aider, et cela ne lui ferait rien s'il lui arrivait quelque chose... n'est-ce pas ? Elle soupira intérieurement. Bon sang, si, elle tenait à lui. Même en si peu de temps. Son côté protecteur était à la fois flatteur et enivrant. Sans oublier qu'il était magnifique.

Il était musclé et bien bâti. Il était évident qu'il faisait de l'exercice. Ses cheveux bruns étaient ébouriffés comme s'il y glissait sans cesse les doigts. Sa mâchoire carrée était surmontée d'un soupçon de barbe, et son nez un peu tordu lui indiquait qu'il avait dû se le casser un jour. Il possédait de grandes mains calleuses. Elle se souvenait encore de la fois où elles l'avaient touchée la semaine précédente, lorsqu'elle lui avait serré la main et quand il lui avait caressé la nuque. Les larges épaules de Ryder lui donnaient également le sentiment qu'il portait déjà un grand poids... et qu'il pouvait continuer sans problème.

Plus que tout, c'était ce qu'elle ressentait en sa présence qui l'attirait. Il ne la traitait pas comme si elle était Wonder Woman, sans la faire se sentir faible pour autant. Ryder Sinclair était le plus alpha des hommes de sa connaissance, ce qui n'était pas peu dire étant donné qu'elle fréquentait les Anderson et Cole. Son attitude ne l'énervait pas, pourtant, ni ne lui donnait le désir de le rabrouer. Au contraire, elle avait envie de le laisser se positionner devant elle pour affronter à sa place les dangers qu'elle encourait. Même si elle savait que Joseph attendait là, quelque part, et qu'il l'observait, elle n'avait pas autant peur qu'elle le devrait. Grâce à Ryder.

Le magasin où elle aimait faire ses courses était situé à Denver. Il disposait de produits bio et d'articles spécifiques qu'elle ne trouvait pas à Castle Rock. À la décharge de Ryder, il ne demanda pas une fois où ils se dirigeaient, même quand elle prit l'autoroute vers le nord. Il se contenta de rester assis en silence et de lui donner de l'espace... pour l'instant.

Ils déambulèrent dans le magasin pendant une heure. Il la taquina à propos de ses achats, et elle lui rendit la pareille en le voyant n'attraper qu'une dizaine de beignets, un paquet de barres de céréales et un sachet d'amandes.

— C'est tout ce que tu manges ?

Il haussa les épaules.

— Il n'y a pas beaucoup de place à l'hôtel. En plus, je mange beaucoup au café.

— Quoi ? Pourquoi ? Ils n'ont même pas de vraie nourriture. Juste des muffins et des pâtisseries.

Il riva son regard au sien.

— Parce que c'est en face de la salle de sport, si bien que je peux garder un œil sur toi.

Elle se figea au milieu de l'allée.

— Ryder... Tu... Pourquoi ? balbutia-t-elle.

Il se pencha vers elle pour murmurer la suite.

— Parce que je t'ai dit que je ferais en sorte de te libérer de ce qui te hante. Et la seule manière d'y parvenir, c'est de ne pas te perdre de vue.

Felicity se mordilla la lèvre et chercha quoi répondre pour exprimer sa pensée. Contrairement à la plupart des gens, il lui laissait l'opportunité de réfléchir. Il ne comblait pas les silences avec des paroles vaines. Enfin, elle le regarda.

— Je ne serai jamais en sécurité. Tu ne peux pas y parvenir. Personne ne le peut.

C'était un aveu assez significatif sur sa vie personnelle.

Il effleura les courts cheveux hérissés de Felicity, comme s'il avait conscience de l'énorme concession qu'elle venait de faire. Il suivit du regard sa propre main, puis il l'observa à nouveau tandis qu'il la prenait par la nuque en un geste réconfortant.

— Je peux garantir ta sécurité.

Cela ressemblait à un engagement.

— Non.

— Si, insista-t-il. Quand nous retournerons à Castle Rock, invite-moi chez toi. Nous devons discuter. Je te parlerai de mes antécédents. Les *vrais*, ceux que seul mon responsable connaît. Ensuite, tu pourras décider si tu as confiance en mes capacités à assurer ta sécurité ou non.

— Ton responsable ?

Il haussa les sourcils, comme pour la mettre au défi.

Elle se sentit céder. Elle avait envie de rester à Castle Rock. Elle souhaitait cependant encore plus protéger ses amis. Sa fuite ne garantirait pas leur sécurité, elle se l'avouait enfin pour la première fois. *Il* pourrait s'en prendre à eux afin de la faire souffrir après son départ. Pouvait-elle faire confiance à Ryder ? Elle l'ignorait, mais elle était assez égoïste pour vouloir lui donner sa chance.

— D'accord.

— Bien.

Il lui serra la nuque, et elle se laissa attirer contre lui. Et ce fut là, au milieu du magasin rempli de yuppies et de parents en quête de nourriture saine pour leurs enfants, que Ryder l'enlaça.

Elle pencha la tête pour la poser sur son épaule large. Elle passa les bras autour de sa taille et savoura cette étreinte. Pour la première fois depuis ses vingt ans, elle s'appuya sur quelqu'un. C'était agréable. Trop. Mais elle était incapable de s'écarter.

— Je te l'ai déjà dit et je vais te le répéter. Je vais arranger ta situation, mon cœur.

— Je ne pense pas que tu puisses, marmonna-t-elle.

— Si. Et je vais le faire.

Il l'affirma avec une telle conviction qu'elle le crut presque.

CHAPITRE 4

Ryder attendit tandis que Felicity triturait sa serrure, et il fronça les sourcils. Il voyait tellement de failles de sécurité que ses doigts lui démangeaient de les réparer. La porte de Felicity n'était pas particulièrement robuste, puisqu'il s'agissait d'une simple porte à l'intérieur de la salle de sport. Un escalier au fond du bâtiment menait à un couloir étroit, au premier étage, qui avait grand besoin de lumières plus puissantes. Felicity lui expliqua qu'une petite zone avait été aménagée en appartement, sur les plans d'origine, et que les autres pièces servaient de stockage, pour la plupart. N'importe qui pourrait s'y cacher facilement.

Il était évident que sa présence la rendait mal à l'aise, mais elle devrait faire avec. Elle ne le savait pas encore, mais le laisser entrer dans son espace personnel équivalait à accepter d'être à lui. Elle n'était pas femme à faire confiance aisément. Être invité dans son appartement lui paraissait un acte intime. Il n'aurait pas dû se sentir autant à sa place chez elle, pourtant, c'était le cas.

Le parfum de Felicity était plus fort ici. Elle sentait toujours bon, surtout quand il l'avait tenue dans ses bras au milieu du magasin, mais dans cette pièce, la fragrance était dix fois plus puissante. Du lilas. Encore un détail qui ne s'accordait pas avec son apparence.

Comme il l'avait souligné à Logan, elle n'était pas forte du tout. Elle était brisée. Si Ryder le savait, c'était parce qu'il l'avait lui-même été à une époque. La première fois qu'il avait tué un homme, il s'était enfoncé dans un désespoir si profond qu'il avait cru ne plus jamais pouvoir en sortir. Pour compenser, il avait revêtu un masque et s'était créé une nouvelle personnalité, comme Felicity l'avait fait.

Il n'avait porté son armure qu'une année, cependant, avant de la laisser tomber en compagnie de ses coéquipiers et amis, ces amis qui le comprenaient véritablement. Felicity arborait quant à elle son image de dure à cuir depuis si longtemps que l'on ne distinguait plus que rarement la femme tendre sous la surface. Ryder l'avait vue, toutefois. Clair comme le jour. C'était cette femme-là qu'il désirait apprendre à connaître. Qu'il voulait faire sienne. Il lui faudrait pour cela retirer ses couches protectrices l'une après l'autre.

Ils posèrent les sacs de courses dans la cuisine, et il lui tendit les aliments un à un tandis qu'elle les rangeait. Ils s'activèrent dans un silence complice. Une fois que tout fut à sa place, elle se tourna et fit un geste du bras pour englober le modeste appartement, que l'on pouvait voir depuis la cuisine américaine.

— Ce n'est pas très grand.

En effet.

Et c'était d'une froideur clinique.

Déprimant.

Il n'y avait pas le moindre objet personnel dans ce petit espace.

Les murs étaient d'un blanc ennuyeux. Il n'y avait pas de

tableau. Pas de tache de couleur. Aucun coussin féminin sur le canapé noir au milieu du salon. Il y avait peut-être des DVD dans le meuble près de la télévision, mais il en doutait. Aucun livre. Aucune pile de courrier qui traînait. C'était aussi impersonnel que sa chambre d'hôtel. C'était difficile de croire qu'elle avait vécu ici tant de temps.

Il haussa les épaules en réponse.

— C'est très bien.

Elle leva les yeux au ciel.

— Tu veux boire quelque chose ?

— Qu'as-tu à me proposer ?

Elle alla ouvrir le frigo, comme si elle ignorait ce qui s'y trouvait.

— De l'eau, de la bière, un multifruits et légumes.

Le regard de Ryder se posa sur l'immense fontaine à eau dans un coin de la cuisine, et il haussa les sourcils.

Elle répliqua d'un mouvement d'épaules désinvolte.

— Je bois beaucoup. Cole m'a conseillé de me commander une fontaine, comme dans la salle de sport. Alors, je l'ai écouté. Quand je suis à court d'eau, il me suffit d'aller chercher une bonbonne en bas. C'est plus facile et moins cher que d'acheter sans arrêt des petites bouteilles.

— De l'eau, ça me va, lui dit-il à la fin de son explication.

Elle hocha la tête, prit un verre et le remplit grâce à la fontaine, avant de le lui tendre. Elle s'en versa un aussi puis s'appuya contre le plan de travail.

— Bon... Tu voulais parler ?

Ryder avala une gorgée d'eau et acquiesça. Il leva la main sans un mot.

Felicity la fixa, puis son visage, puis de nouveau sa paume.

Il resta parfaitement immobile à attendre.

Au moment où il crut qu'elle allait l'ignorer et le

contourner, elle posa finalement sa main dans la sienne.

Ryder sentit son sexe tressauter dans son pantalon, mais il n'en tint pas compte. Cette petite marque de confiance de la part de Felicity lui alla droit au cœur. Elle ne faisait pas facilement confiance. D'accord, le fait qu'elle lui prenne la main n'était pas vraiment la même chose que si elle lui avait tout avoué à son sujet, mais c'était un début. Cela lui convenait.

Il referma les doigts autour des siens et la guida jusqu'à l'autre bout de la pièce. Il lui indiqua le canapé, sur lequel elle s'assit. Il prit place à ses côtés, si près que leurs cuisses se touchaient. Elle fit mine de s'écarter, mais il resserra sa poigne et lui demanda si elle voulait bien rester.

Elle inspira profondément et acquiesça finalement.

Il posa leurs mains sur son genou et alla droit au but.

— À dix-neuf ans, j'étais soldat de première classe dans l'armée. J'étais en patrouille en Irak. Notre boulot consistait à faire le tour de la ville, nouer des liens avec la population, leur montrer que nous ne leur voulions aucun mal, gagner leur confiance. Ça me plaisait. Ce que je préférais, c'était interagir avec les enfants. Nous ne pouvions pas communiquer facilement, puisqu'ils ne connaissaient pas l'anglais et que je ne parlais pas leur langue, mais nous le faisions par geste et grâce aux expressions faciales. Ils étaient innocents et un rien les amusait. Ici, aux États-Unis, les enfants ont tous les appareils électroniques imaginables. Ils se divertissent grâce à la télévision et aux dessins animés. Ils ont droit à des Happy Meals et des fast-foods chaque fois que leurs parents cèdent et leur en achètent. Les gamins, là-bas, n'avaient rien. Un ballon, parfois. Des bâtons et des cailloux. Et ils étaient pourtant les plus heureux du monde. Leurs visages s'illuminaient quand ils nous voyaient. Ils nous suivaient dans tout le village.

Ryder inspira profondément. Il n'avait jamais raconté cette histoire. Rex, son responsable, savait ce qui s'était passé, mais il avait sans doute lu les rapports officiels sur l'incident. Il y avait fait allusion un jour l'air de rien. Cependant, il n'avait pas posé la moindre question, et ils n'en avaient pas discuté non plus.

Felicity lui serra la main sans un mot. Ce soutien silencieux était bien plus pertinent qu'elle ne pourrait le deviner. Il avait besoin de sa compassion pour poursuivre.

Il continua son histoire sans la regarder.

— Un jour, alors que nous patrouillions comme d'habitude, j'ai remarqué qu'une petite fille qui nous saluait toujours n'était pas là. Zariya avait dix ans et de magnifiques cheveux noirs qui lui arrivaient au milieu du dos et étaient constamment emmêlés à cause du vent. Elle m'avait laissé les lui natter, un jour que nous avions quinze minutes à tuer après avoir fait le tour du village. Ils étaient doux. Si doux. Ils me rappelaient ceux de ma mère. C'est elle qui m'a appris à faire des tresses, et c'était un moment que nous partagions tous les matins. Cela m'a manqué quand je suis parti de la maison.

Il inspira profondément avant de reprendre.

— J'ai demandé à l'un des garçons où se trouvait Zariya. Il m'a indiqué une ruelle avec de nombreuses portes. Nous l'avions parcourue avec mon unité, mais n'avions rien remarqué d'inhabituel. Mes amis et moi nous sommes rendus dans la direction qu'il nous montrait, car nous voulions dire bonjour à la petite fille. En nous approchant, nous avons entendu des sanglots derrière l'une des portes. Sans hésiter, nous avons frappé puis nous sommes entrés.

Il s'interrompit. C'était plus dur qu'il ne le croyait. Il ignorait s'il parviendrait à continuer, s'il était capable de mettre son âme à nu devant Felicity ainsi. Il voulait qu'elle lui fasse confiance, mais il était réticent à lui raconter cette histoire. Tout à coup, il songea qu'elle ne se sentirait pas en sécurité avec lui si elle apprenait ce qu'il avait fait ce jour-là.

— C'était moche ? demanda-t-elle doucement.

— Oui.

Sa voix se brisa.

— Raconte-moi, insista-t-elle.

Il se racla la gorge. Il était allé jusque-là, autant finir.

— Nous avons tout de suite remarqué le désordre de la pièce quand nous sommes rentrés. Il y avait des déchets partout, et ça puait. Un peu comme la pire odeur corporelle que tu puisses imaginer. Ce qui m'a frappé en premier, cela dit, c'était le tas de cheveux noirs sur le sol poussiéreux. Je n'ai pas compris, au début, mais je sentais que c'était mauvais signe. Nous avons entendu des gémissements dans un coin, alors, nous sommes allés jeter un coup d'œil. Deux de mes amis se trouvaient devant moi. Ils se sont arrêtés à la porte. Je les ai poussés pour découvrir ce qu'il se passait. J'ai mis quelques instants à saisir ce que je voyais.

» C'était Zariya. Cet enfoiré lui avait rasé la tête. Intégralement. Sans doute pour la punir de je ne sais quoi. Il était dans le lit, sur elle. Elle pleurait et geignait, mais il s'en foutait. Mes camarades et moi étions vraiment énervés. L'un d'eux m'a attrapé par le bras pour essayer de me sortir de là. Je l'ai regardé comme s'il avait perdu l'esprit. Je m'en souviens encore. Nous ne pouvions pas la laisser ici, comme ça. Alors, il m'a montré la robe blanche dans un coin de la pièce. Une putain de robe de mariée. Les parents de Zariya lui avaient fait épouser un type ayant quatre fois son âge. Et il était en train de la violer.

Il entendit Felicity haleter de surprise, mais il ne s'arrêta pas. Il en était incapable.

— J'ai pété un câble. Mes camarades disaient qu'elle

était mariée et que nous ne pouvions pas nous mêler des traditions locales. Ils allaient laisser ce type lui faire du mal. Toutes les nuits. Sans se soucier du fait que c'était une petite fille. Je n'en avais rien à cirer que ce soit naturel dans leur culture ou bien de déclencher un incident diplomatique et de foutre en l'air nos relations avec le village. J'ai fichu une dérouillée à ce mec. Je l'ai écarté de Zariya, et j'ai tendu la main vers elle. Je voulais la réconforter, lui dire que tout irait bien, mais elle était terrifiée. Elle a crié et s'est éloignée de moi pour se rouler en boule dans un coin de la pièce, sans me regarder.

» Avant ce jour-là, elle m'avait suivi partout pendant des semaines. Elle me souriait, me tenait la veste tandis que nous parcourions le village. Pas une seule fois elle avait eu peur de moi. Pas une seule fois, Felicity.

— Que lui est-il arrivé ?

Il tourna vivement la tête vers elle.

— Quoi ?

— Qu'est-il arrivé à Zariya ?

Il soupira et se passa une main dans les cheveux.

— Je ne sais pas. On m'a ramené à la base et mis à l'isolement puisque je ne parvenais pas à me calmer. Puis ils m'ont renvoyé en Allemagne et ensuite aux États-Unis.

— Quoi ? s'exclama Felicity, qui paraissait horrifiée.

Il haussa les épaules.

— On m'a rétrogradé et informé que si je mentionnais à nouveau cet « incident », je serais viré de l'armée sans les honneurs. J'avais honte d'avoir perdu le contrôle et je ne voulais pas dire à ma mère ce qui s'était passé. Alors, j'ai laissé tomber.

— Connards.

Il la regarda, surpris.

— Non, mais sérieux, poursuivit-elle. Ce type a totalement mérité ce qui lui est arrivé. Je n'en reviens pas que tes camarades n'aient rien fait. Franchement, ils auraient pu inventer une histoire, dire que cet homme vous avait attaqué ou je ne sais quoi. Ils savaient ce qu'il faisait et ils t'ont laissé porter le chapeau. Ce n'est pas cool. Et en plus, ils ne sont pas retournés aider cette pauvre Zariya... Pourquoi ne pas l'avoir fait sortir de là et envoyée aux États-Unis ? Ou ne pas te dire ce qui lui est arrivé après que tu l'as sauvée ? Putain. On pourrait demander à Alexis si elle peut la dénicher. Non, je sais. Elle pourrait voir avec le type qui lui a appris à pirater si *lui* pourrait découvrir où se trouve Zariya. Elle m'a dit qu'il avait un tas de contacts à l'armée. Quel âge a-t-elle, aujourd'hui ? À peu près ? Vingt et un ans ? Vingt-deux ? Je suis sûre...

Ryder la fit taire d'une main et lui sourit. Elle le fusilla du regard.

— Je suis très heureux de voir autre chose que de la peur dans tes yeux, mon cœur, mais je ne veux pas la retrouver.

Il écarta ses doigts de sa bouche, caressant au passage sa lèvre inférieure avec son pouce. Comme elle faisait mine de protester, il s'empressa de s'expliquer.

— L'Irak est à des lieues d'ici. Ses parents l'ont sans doute emmenée ailleurs, mariée à un autre type, aussi vieux que celui que j'ai tué. Je déteste ça. Sincèrement. Mais je ne peux rien y faire.

— Mais, Ryder...

— Non, mon cœur. Ce n'était pas pour te bouleverser que je t'ai raconté cette histoire.

— Alors, c'était pour *quoi* ? rétorqua-t-elle, mécontente.

— C'était le premier homme que j'ai tué, mais pas le dernier.

Elle resta silencieuse un long moment.

— Il le méritait, déclara-t-elle enfin.

— Oui.

— Et je parie que les autres aussi.

Son ton était détaché. Ce n'était pas une question. Elle ne cherchait pas de confirmation à son affirmation, pourtant, il la lui donna.

— En effet.

Son boulot au sein des Mercenaires Rebelles avait été une aubaine. Pile ce dont il avait eu besoin pour évacuer son amertume et sa colère. Il traquait des êtres humains de la pire espèce qu'il fallait rayer de la surface de la Terre... et s'en chargeait. Il n'avait pas honte de son métier, mais il n'en était pas totalement fier non plus. Il désirait cependant que Felicity lui livre ses secrets, alors il devait lui révéler les siens.

Elle se lécha les lèvres, et il eut soudain très envie d'y goûter. De la goûter elle. Ce n'était toutefois pas le bon moment. Il voulait qu'elle se confie entièrement à lui avant de s'autoriser à la toucher.

La peur était revenue dans ses yeux.

— Il est puissant.

Ryder comprit de qui elle parlait. De l'homme qui la harcelait.

— Je m'en doutais.

— Et riche. Et il est habitué à obtenir tout ce qu'il souhaite.

— Oui, c'est généralement le cas des brutes. Laisse-moi te protéger. Fais-moi confiance.

— J'ai peur.

Le fait qu'elle l'admette voulait tout dire. Elle s'était cachée si longtemps derrière sa façade de dure à cuir que révéler qu'elle était effrayée était un premier pas vers lui. Pour lui accorder sa confiance. Pour s'autoriser à être vulnérable en sa présence. Cet aveu était une minuscule fissure dans la carapace impénétrable dont elle s'était entourée depuis tant d'années pour se protéger.

— Je sais. Et je vais consacrer ma vie tout entière à m'assurer que tu n'aies plus jamais peur. Mais il me faut un nom. Juste un nom, pour l'instant, mon cœur.

Pour la première fois depuis le début de leur conversation, elle le lâcha. Cela eut beau lui déplaire, Ryder la laissa faire. Si elle avait besoin d'espace, il le lui donnerait... mais pas trop non plus. Il ne s'écarta pas d'elle. Il décala sa main désormais libre pour la poser sur la cuisse de Felicity, afin que sa chaleur corporelle se transmette à elle.

S'il voulait qu'elle se livre à lui, il n'était que justice qu'il fasse de même. Il avait entrebâillé la porte de son âme, avec son histoire concernant Zariya, cependant, il fallait qu'il l'ouvre bien plus grand. Pour que Felicity sache qui il était et pourquoi elle pouvait – et devrait – lui faire confiance.

— On m'a approché sur ma base, quand j'étais de retour aux États-Unis. Je faisais un boulot merdique quelconque, en guise de punition, lorsqu'un homme m'a contacté. Il m'a dit qu'il avait appris ce qui m'était arrivé et qu'il avait enquêté sur moi. Il m'a affirmé qu'il avait besoin que quelqu'un comme moi, n'ayant pas peur de faire ce qu'il fallait, rejoigne une équipe spéciale. Au début, j'ai hésité, mais je suis ensuite allé rencontrer les autres membres à Colorado Springs et j'ai accepté. Il a réduit mon engagement à l'armée. Je ne lui ai jamais demandé comment. Et je suis devenu mercenaire. Je fais désormais partie d'un groupe très soudé. Nous allons là où on nous l'ordonne quand on nous l'ordonne. Au départ, je voulais connaître tous les détails de mon boulot. Savoir pourquoi le type que je traquais était un monstre. La raison pour laquelle il méritait de mourir. Et une part de mon âme s'éteignait un peu plus à chaque fois. Esclavagistes sexuels, kidnappeurs, terroristes, harceleurs, meurtriers... tous étaient des hommes mauvais, mon cœur. Tous autant qu'ils étaient. Je n'ai eu aucun problème moral à les tuer. Au bout d'un moment, j'ai arrêté de demander pourquoi. Je fais confiance à Rex, mon responsable, désormais.

Felicity ne le regardait pas. Elle avait la tête tournée, et il pouvait voir son pouls battre contre sa gorge. Il se força à poursuivre. Il fallait qu'elle accepte son passé. Afin que leur couple fonctionne, elle devait composer avec. Comme il l'avait fait lui-même bien longtemps auparavant.

— Je ne m'excuserai pas pour ce que j'ai fait. Pour ce qui devait être fait. Au bout du compte, je n'ai pas pu sauver Zariya, mais j'ai pu sauver d'autres personnes comme elle. Des enfants ont pu retrouver leurs parents. Des femmes, leurs maris et leurs familles. Des gens ont été libérés des cauchemars qui les rongeaient. Je peux faire la même chose pour toi, Felicity. J'ai toutes les ressources nécessaires et des amis prêts à m'aider. Pour être honnête, cela dit... J'en ai marre d'être mercenaire. J'ai servi mon pays, dans le public comme dans le privé, mais je suis désormais un poids.

Cela attira l'attention de Felicity.

— Un poids ?

— Oui. Je n'ai pas envie que quelqu'un utilise ma famille contre moi. Je suis persuadé que tu comprends parfaitement ce que je veux dire. Lorsque je n'avais que ma mère au monde, c'était facile de garder le secret, mais le cercle de mes proches s'est agrandi. Beaucoup. Et ce cercle t'inclut, désormais. Je refuse de faire en sorte que tu sois en sécurité pour ensuite t'exposer à un autre danger à cause de mon boulot.

— Peux-tu...

Sa voix faiblit.

— Quoi, mon cœur ? Je suis un livre ouvert pour toi. Je

t'ai révélé des choses que je n'avais jamais dites à personne. Tu peux tout me demander.

— Peux-tu simplement... quitter ton travail ? Enfin... il n'a pas l'air d'être du genre qu'on peut quitter comme ça.

— Si, je peux. Et je vais le faire. Ce n'est pas la mafia, Felicity. Tout le monde dans l'équipe sait qu'il peut arrêter quand il le souhaite. C'est une des raisons pour lesquelles j'ai accepté en premier lieu. Alors, dès que je t'aurai débarrassée de ce qui cause cette terreur dans tes yeux, de ce qui t'a brisée, je mets un terme à cette vie. J'ai conscience de la difficulté pour toi. Tu as été seule si longtemps. Tu as tout gardé pour toi pendant tant d'années. Je n'ai besoin que de son nom. Je partirai de là. Le reste, tu pourras me le dire à ton rythme. Je ne te forcerai jamais à me révéler quoi que ce soit... à moins que ce ne soit absolument nécessaire pour te protéger.

À ces mots, Felicity se mit en mouvement. Pas pour s'éloigner de lui, comme il le craignit, mais pour s'approcher. Elle s'appuya contre lui, et il l'enlaça. Elle posa la tête sur son épaule et blottit son visage contre son cou. Elle ne l'étreignit pas, ne prononça pas un mot.

Le seul geste de Ryder, pour sa part, fut de l'entourer de ses bras. Il pouvait rester assis des jours ainsi, si elle en avait besoin.

Pendant l'heure qui suivit, aucun d'eux ne parla. Il s'était adossé au canapé afin qu'ils soient mieux installés tous les deux. Il pensait qu'elle dormait, puisque son souffle était régulier depuis la dernière demi-heure.

Mais non.

Deux mots suffirent.

Deux mots, qui changèrent toute leur vie.

— Joseph Waters, murmura Felicity dans la pièce silencieuse.

CHAPITRE 5

Le lendemain, Ryder passa un appel.

— Salut, Gray. C'est Ace.

— Ace ! Où te planques-tu ? Ça fait un bail qu'on ne t'a pas vu au *Pit*. Black et Arrow rêvent de te défier au billard.

Ryder sourit. C'était agréable de savoir qu'il leur manquait. Ils avaient eu de trop nombreux cas, dans leur travail, de gens disparaissant sans que cela n'inquiète personne pendant des mois. Il n'était pas le plus social des hommes, malgré tout, il n'était parti que depuis à peine plus d'une semaine et Gray et ses amis s'en étaient aperçus.

— J'avais un truc à faire à Castle Rock. Dis, j'ai besoin d'une faveur.

— Tout ce que tu veux, répondit Gray sans hésiter, sincère.

Ils formaient un groupe très hétéroclite, mais ils pouvaient compter les uns sur les autres sans se poser de questions. Ils avaient assuré mutuellement leurs arrières en plus d'une occasion. Ils n'étaient pas une équipe de forces spéciales officielles, pourtant, ils se comportaient comme tels quand ils étaient en mission.

— J'ai besoin de toutes les informations que tu pourras dénicher sur un certain Joseph Waters. Je ne sais pas d'où il vient, ce qu'il fait ni même à quoi il ressemble.

— Merde alors, et moi qui pensais que ce serait difficile.

Il sourit face au sarcasme de son ami immense. Il l'imaginait sans peine appuyé à sa queue de billard avec un air mécontent. Pour un homme de près de deux mètres de haut, sur le chemin duquel tout le monde s'écartait à cause de cette perpétuelle expression meurtrière sur son visage et de ses muscles imposants, Gray n'avait pas son pareil pour se rendre invisible en mission. C'était bizarre à dire, mais lorsqu'il passait en mode furtif, personne ne semblait le voir. Cependant, ce n'était pas un génie en informatique. Ça, c'était le domaine de Meat.

— Parles-en à Meat. Il adore ça. Je vous tiens au courant si j'obtiens plus d'infos.

— Tu n'as vraiment rien d'autre ?

— La femme de ma vie a très, très peur de lui. À mon avis, il la harcèle. Elle est en cavale depuis des années. Elle a changé son apparence, ne paie qu'en cash et est prête à renoncer à être la marraine de deux jumeaux très mignons afin de prendre une nouvelle fois la poudre d'escampette. Il faut enquêter discrètement, par contre, le prévint Ryder. Vu comme elle se comporte, je pense que ce connard sait déjà où elle est, mais je refuse de risquer sa vie à elle juste pour obtenir plus d'informations.

— La femme de ta vie ?

— La femme de ma vie, confirma-t-il d'un ton ferme.

Voilà pourquoi Ryder avait appelé Gray plutôt qu'un autre. Les femmes étaient son point faible. Rex en était conscient, et c'était pour cette raison qu'il assignait régulièrement Gray sur des missions impliquant des femmes ou des petites filles en danger. Cela le motivait à travailler encore plus vite. Ryder ignorait l'histoire de son ami, mais il était persuadé qu'une femme y avait joué un rôle.

— Elle est en cavale depuis des années ? demanda Gray.

— Oui. Je dirais cinq à dix ans.

— Son nom ?

— Felicity Jones.

— Est-ce que c'est le vrai ?

Ryder soupira. Il adorait le nom de Felicity… et regimbait à l'idée qu'il puisse avoir été inventé.

Cependant, à bien y songer, ce ne devait pas être son prénom de naissance.

— Je ne sais pas, mais c'est sans doute un faux.

— Je vais parler à Meat. Voir ce que nous pouvons trouver. As-tu besoin de renforts ? Tu veux que j'appelle Rex ? Arrow et Ball sont ici, en train de jouer au billard avec moi. Ils peuvent venir, si tu as besoin d'aide pour surveiller.

Ryder secoua la tête même si son ami ne pouvait pas le voir.

— Non, c'est bon pour l'instant. Tu as entendu parler d'*Ace Sécurité* ?

— Évidemment. Ce sont ces frères qui à eux trois ont réussi à faire tomber les Inca Boys. Ils viennent d'arriver en ville, en plus, c'est ça ? Ils ont démarré leur affaire l'an dernier, je crois.

— Oui, c'est eux.

— Attends… Ace… *Ace Sécurité*… Qu'est-ce que tu me caches ?

— Ce sont mes demi-frères.

— Sans déconner ?

— Sans déconner.

— Merde alors, souffla Gray. Tu ne plaisantais pas quand tu disais que tu n'avais pas besoin de renforts. Ils sont assez badass, d'après ce que j'ai lu.

Ryder pouffa.

— Ils savent se débrouiller, oui... Mais ils ne sont pas comme nous.

— On dirait que tu as beaucoup de choses à nous raconter.

— Oui.

— Emmène Mlle Felicity par ici. J'aimerais la rencontrer.

— Je ne suis pas sûr que c'est une bonne idée.

— En fait, c'est même la meilleure idée du monde. Si ce Joseph sait où elle est, le mieux pour elle, c'est d'être entourée d'une équipe de mercenaires prêts à la protéger.

— Je peux m'en charger. N'importe où, grogna Ryder.

— Tout doux, Ace. Je ne voulais pas dire ça.

Ryder prit une grande inspiration. Il avait conscience de sa réaction excessive. Mais la simple idée que son ami ne pense pas Felicity en sécurité avec lui le faisait grincer des dents.

— Oui, désolé. Je suis un peu susceptible en ce qui la concerne.

— C'est la bonne, hein ?

— Oui.

— Elle sait ce que tu fais ?

— En grande partie.

— Et elle n'a pas flippé ?

— Non.

Gray siffla tout bas.

— Accroche-toi à elle et ne la laisse pas filer, Ace. Toute femme qui ne fuit pas en apprenant notre parcours mérite d'être gardée.

— Je ne la laisserai pas filer, confirma-t-il.

— Bien. Je vais parler à Meat, qui va tâter le terrain et voir ce qu'il peut trouver. On reste en contact.

— Ça marche. Merci, Gray.

— Pas la peine de me remercier. Veux-tu que je dise à Rex que tu ne seras bientôt plus dispo pour les missions ?

— Pas encore.

Si les choses fonctionnaient avec Felicity et qu'il devait renoncer à son travail, Ryder souhaitait le dire à son responsable lui-même.

— O.K., à plus tard.

— Bye, Gray.

Ryder raccrocha et remit son portable dans sa poche. Il avait passé la nuit précédente à l'hôtel, mais ce serait la dernière. Felicity était en danger, alors hors de question de la quitter des yeux. Elle était effrayée. Totalement. Elle avait donc une bonne raison pour cela.

Il referma sa chambre d'hôtel et prit son sac de sport sur l'épaule. Il devait rester davantage de temps en sa compagnie pour l'amener à lui faire confiance. Plus tôt elle comprendrait qu'il n'irait nulle part et comptait la protéger toute sa vie, plus vite elle se livrerait à lui... Du moins, l'espérait-il. Il n'avait pas *besoin* d'informations supplémentaires pour garantir sa sécurité, cependant, cela lui faciliterait grandement le travail.

* * *

Ryder entra à grandes enjambées dans *Rock Hard Gym* et adressa un signe du menton à Cole, qui se tenait derrière le comptoir d'accueil.

Cole l'observa un long moment.

— As-tu découvert ce qui tracasse Felicity ?

Ce n'était pas le lieu pour en discuter, étant donné le monde qui déambulait dans la salle de sport. Toutefois, Ryder devait lui donner quelque chose à se mettre sous la dent. Il avait vu comment Cole et Felicity se comportaient ensemble. Ils étaient amis, ce qui était une bonne chose. Si Cole avait montré le moindre signe de vouloir être plus que cela, Ryder aurait fait une mise au point. Il ne laisserait personne se placer entre la femme qu'il désirait et lui. Mais tous deux semblaient vraiment n'être *que* des amis, alors Cole pouvait être un allié puissant pour garantir la sécurité de Felicity.

— Elle est effrayée. Terrifiée.

— Felicity ? Cette femme n'a peur de rien.

Ryder commençait à en avoir sa claque de tous ces gens qui ne voyaient pas la véritable Felicity.

— Elle est coriace, je te l'accorde, mais je t'assure qu'elle est à deux doigts de filer, même si tu ne lui donnes pas l'argent. Si tu prends le temps de bien l'observer, tu t'en rendras compte. C'est évident.

Cole plissa les yeux et pinça les lèvres. Ryder comprit qu'il avait franchi une ligne.

— Tu es là depuis... quoi ? Une semaine ? Je la connais depuis cinq ans, mec. *Cinq ans.* C'est ma meilleure amie. Si elle avait eu peur de quelque chose, elle m'en aurait parlé.

Fataliste, Ryder haussa mentalement les épaules. Il semblerait que ce soit finalement le lieu pour en discuter, puisque Cole n'avait pas l'air prêt à laisser tomber le sujet.

— Observe-la bien, ordonna-t-il en indiquant la façade vitrée devant laquelle se tenait Felicity.

Elle était dans le coin contenant les bancs de musculation et les machines cardio. Du monde était venu ce jour-là ; la plupart des tapis de courses et la moitié des vélos elliptiques étaient occupés. Des membres déambulaient dans la salle, se servant des différentes machines de musculation ou faisant des abdominaux sur les tapis disposés au sol.

Felicity était dos aux fenêtres, les mains derrière elle, et n'arrêtait pas de parcourir la pièce du regard. Ses yeux passaient sans cesse d'une personne à une autre. Elle les jaugeait, les scrutait une par une. Lorsqu'une barre de poids tomba non loin, elle sursauta et se décala de plusieurs pas avant de s'interrompre. Elle rit, mais il était facile de voir, même à cette distance, que c'était une hilarité forcée.

Cole se tourna vers Ryder.

— C'est peut-être à cause de tout ce qui s'est passé avec les Inca Boys qu'elle est nerveuse.

Ryder savait que l'autre homme se raccrochait à ce qu'il pouvait.

— Peut-être. Mais à mon avis, si elle t'a demandé ses cinquante mille dollars, c'est parce qu'elle est rattrapée par son passé.

Cole serra les poings.

— Quelqu'un en a après elle ?

Ryder haussa une épaule.

— C'est ce que je pense.

— Pourquoi ne me l'a-t-elle pas dit ? Ou à Logan, Blake ou Nathan ? Nous pouvons la protéger. Elle n'a pas besoin de fuir.

— Quand tu n'as fait que ça toute ta vie, c'est plus facile de reproduire ce schéma, de faire ce qui a fonctionné par le passé.

Cole contourna le comptoir, mais Ryder l'empêcha d'aller plus loin.

— Non. Tu ne peux pas lui demander des explications.

— Mon cul que je ne peux pas ! marmonna Cole.

Ryder se plaça devant l'autre homme pour le bloquer physiquement.

— Dégage de mon chemin, dit Cole entre ses dents.

— Je me charge de ça.

— Ouais, c'est ça. Tu ne la connais même pas.

— Je la connais mieux que toi, et je ne suis là que depuis une semaine.

— Va te faire foutre. Tu comptes juste la mettre dans ton lit puis te barrer.

Ryder ignora la pique. Pour l'instant. Cole apprendrait en temps voulu ce que Felicity représentait pour lui. Pour le moment, Ryder devait l'empêcher de faire la seule chose qui la ferait fuir à coup sûr.

— Sous cette carapace de dure à cuir se trouve une femme effrayée à mort. Elle est intelligente, bien plus qu'elle ne le laisse paraître. Elle a une citation sur le bras qui dit « La résolution de problèmes nécessite une autre façon de penser que celle utilisée pour les créer. » Sais-tu qui a dit ça ?

Cole secoua la tête.

— Albert Einstein. J'ai cherché hier soir. Pourquoi a-t-elle choisi précisément cette citation ? Parce qu'elle a un sens pour elle, à mon avis. Elle est mignonne, avec ses cheveux noirs, mais ce n'est pas sa couleur naturelle.

— Je ne veux même pas savoir comment tu l'as découvert, commenta Cole, dont le regard dévia une nouvelle fois vers la façade vitrée.

— Arrête de te comporter comme un connard et écoute-moi. Je n'ai pas couché avec elle. Si tu y réfléchis deux secondes et que tu l'observes bien, tu t'en rendras compte. Elle a des yeux bleus lumineux. Une peau pâle. Des sourcils de couleur claire. Et des poils blonds sur les bras. Si cette couleur ébène de ses cheveux était naturelle, il y a de grandes chances pour que le reste de sa pilosité soit plus sombre aussi. Elle essaie de cacher sa véritable apparence. Es-tu déjà allé dans son appartement ?

Cole s'était de nouveau tourné vers Ryder. Il acquiesça.

— Et l'as-tu observé ? Bien observé ?

— Elle est très maniaque. Tout doit être à sa place. C'est ce qu'elle préfère.

— Exact. Mais il n'y a pas un seul objet personnel chez elle. C'est stérile. Comme si elle ne comptait rien laisser la concernant si elle devait partir du jour au lendemain. Il n'y a pas la moindre photo de ses filleuls. Si Grace et elle sont de si bonnes amies que ça, où sont les clichés d'elles deux ?

— Je..., commença Cole.

Cependant, il ouvrit et referma simplement la bouche à plusieurs reprises, comme s'il ne savait pas quoi ajouter.

Ryder se pencha vers lui.

— Je ne lui ferai *aucun* mal, Cole. Je préférerais me trancher le bras plutôt que lui causer la moindre douleur. Mais elle a besoin d'aide, sinon, elle va filer. Elle va couper les ponts sans un regard en arrière, et tes amis et toi n'aurez plus jamais de ses nouvelles. Je compte découvrir qui elle fuit, et le tuer si nécessaire. Ce ne serait pas la première fois.

Cole plissa les yeux.

— Qui es-tu, exactement ?

Ryder sourit.

— Le demi-frère de Logan, Blake et Nathan.

Cole secoua la tête.

— Non. Enfin, si, tu l'es. Mais tu ne joues pas du tout dans la même cour qu'eux. Ça ne devrait pas me faire plaisir qu'un type avouant aussi facilement être prêt à tuer veuille fréquenter l'une de mes plus proches amies, mais bizarrement, je te crois quand tu dis que tu ne lui feras pas de mal.

— C'est une promesse, répliqua Ryder. Et, pour info, je n'ai jamais éprouvé ça avant. Jamais. Elle est spéciale, et je ferai tout ce qu'il faut pour qu'elle puisse poursuivre sa vie sans plus ressentir la moindre peur. Ici, à Castle Rock, en compagnie de ses amis.

— Tu n'habites pas là, remarqua Cole. Enfin, en supposant que ton boulot se trouve à Colorado Springs.

Ryder balaya l'objection d'un mouvement d'épaules.

— J'en ai fini avec ça.

— Juste comme ça ? demanda Cole en haussant les sourcils.

— Juste comme ça. Dès l'instant où j'ai décidé de venir ici faire la connaissance de mes frères, j'ai su que je devrais changer de travail. Rencontrer Felicity a simplement renforcé cette conviction. Je ne prendrai pas le risque de faire courir le moindre danger à ma famille ou à elle à cause des gens que je traque. En plus, je n'ai pas envie de passer des semaines, parfois des mois, loin d'elle.

— Tu es sérieux.

— Extrêmement.

Ryder regarda du côté de Felicity et remarqua qu'elle se déplaçait. Vers eux. Il devait en finir vite et s'assurer que Cole ait conscience de la gravité de la situation.

— Je ne sais pas qui en a après elle... Pas encore. Mais ne la quitte pas des yeux. Si je ne suis pas là, reste collé à elle comme une moule à son rocher.

— Tes frères sont au courant ?

— Pas encore, mais je vais leur parler également. Ce que tu dois retenir, c'est que si elle ne se sent pas en sécurité, c'est parce qu'elle ne l'est pas.

Cole acquiesça. Il n'avait pas l'air ravi, mais il semblait vouloir obéir à Ryder, pour l'instant. Ryder s'en contenterait.

— Qu'est-ce que tu fais là ? demanda Felicity sur un ton revêche quand elle les rejoignit.

Sans se laisser décontenancer par son attitude irritable, il la prit par la taille et l'attira contre lui. Puis il déposa un baiser sur sa tempe.

— Tu es là, alors moi aussi.

Elle leva les yeux au ciel et essaya de repousser son bras. En vain.

— Je travaille.

— C'est ce que je vois.

— Cole, M. Hunt a besoin de ton aide à la musculation. Je peux me charger de l'accueil.

— Je m'en occupe. À plus tard, Ryder.

— À plus.

Dès que Cole ne fut plus à portée de voix, Felicity attaqua :

— C'était quoi, ça ?

— De quoi est-ce que tu parles ?

— Je vous ai vus. Tu étais en train d'intimider Cole. Arrête ça. Ne joue pas les mâles alpha avec mes amis.

— Les mâles alpha ? répliqua-t-il en riant.

— Arrête de te moquer de moi.

Le sourire Ryder s'effaça en un instant.

— Je ne me moque pas de toi. Si je ris, ce n'est pas *de* toi, mon cœur. Mais avec toi.

L'incertitude dans les yeux de Felicity le tuait, pourtant, il soutint son regard fermement, espérant qu'elle verrait la sincérité dans les siens.

Elle soupira.

— J'ai juste... J'ai besoin de cet argent.

Ryder se décala, posa une main sur le mur, près de la tête de Felicity.

— Non, tu n'en as pas besoin. Tu n'as pas besoin de fuir. Je te l'ai déjà dit, et je te le répéterai aussi souvent que nécessaire pour que tu le comprennes vraiment. Je vais arranger la situation.

— Tu ne peux pas le faire.

— Si, je peux. Et je vais le faire.

Les larmes montèrent aux yeux de Felicity tandis qu'ils

se dévisageaient. Cela lui fit mal, mais il puisa du réconfort dans le fait qu'elle ne cherchait pas à s'éloigner de lui. Cependant, elle ne se rapprochait pas pour autant. Elle y viendrait. Un jour.

— Je dois aller parler à mes frères, déclara-t-il.

Elle enfonça les ongles dans son bras.

— Pas de moi, j'espère.

— Mon cœur, ils doivent être mis au courant.

— Non, rétorqua-t-elle, en secouant violemment la tête.

Sans réfléchir, seulement pris dans son désir de la rassurer, Ryder posa ses lèvres sur les siennes. Elle se figea et ouvrit les siennes en un cri de surprise. Il comptait ne lui donner qu'un léger baiser, mais il ne put s'empêcher de profiter de sa stupéfaction pour forcer son avantage. Il enfonça sa langue dans sa bouche. Après un court instant, elle lui répondit avec ferveur.

Ryder grogna de plaisir en la dégustant pour la première fois. Elle avait le goût du café qu'elle avait bu le matin même, ainsi que d'une pointe de dentifrice. Il en voulait plus, bien plus, mais ce n'était ni le lieu ni le moment. Ils étaient toujours à l'entrée de la salle de sport.

Il s'écarta à contrecœur et sourit en voyant le désir flamber dans ses yeux. C'était bien plus agréable que la peur qui s'y trouvait habituellement. Il se pencha pour l'embrasser sur le front, puis il la serra contre lui quelques minutes.

— Je sais que c'est difficile de faire confiance aux gens, déclara-t-il en reculant. Je ne vais pas non plus courir d'un bout à l'autre de Castle Rock avec une pancarte proclamant « Felicity Jones a des ennuis ». Mais ce sont tes amis, mon cœur. Mes frères. Je sais que tu t'en sors toute seule depuis très longtemps, mais tu n'es plus seule, désormais. Hier soir, tu as accepté mon aide.

— Mais... Je ne...

Elle s'interrompit pour prendre une grande inspiration.

— Je ne veux pas que quelqu'un soit blessé à cause de moi.

— Ça n'arrivera pas.

— Tu ne comprends pas.

— Si. Plus que tu le penses. Il a fait du mal à des personnes proches de toi, n'est-ce pas ?

Elle acquiesça. La terreur était revenue dans ses yeux. Ryder avait très envie de la faire disparaître pour la remplacer à nouveau par du désir, mais ce n'était pas le bon moment.

— Il a trouvé un adversaire à sa taille avec moi, mon cœur.

— Il a tué ma mère. Je n'ai aucune preuve, mais je sais que c'était lui, murmura-t-elle d'une voix torturée.

— Putain, marmonna-t-il avant de la serrer contre lui.

Il comprenait enfin très clairement pourquoi elle voulait fuir et ne plus faire courir le moindre danger à quelqu'un qu'elle aimait. Il n'insista pas pour obtenir plus de détails, car il avait le sentiment que partager cette information avec lui avait été difficile pour elle. Il espérait qu'elle se sentirait plus à l'aise plus tard pour lui en raconter plus. Pour l'instant, elle n'avait besoin que de réconfort. Du sien.

Il se pencha vers son oreille.

— Je suis désolé, Felicity. Sincèrement désolé. Mais cela renforce ma conviction que je dois mettre un terme à tout ça. Tu sais qui je suis, ce que j'ai fait. Je te l'ai raconté hier soir. Alors, crois-moi quand je te dis qu'il ne peut pas me faire de mal. Et si j'en parle à mes frères, il ne pourra pas s'en prendre non plus à Grace, Alexis et Bailey.

Felicity le repoussa et l'étudia. Elle ne répondit rien

pendant quelques secondes. Enfin, elle acquiesça. Une seule fois.

Cela lui suffit.

— Bien.

Il l'embrassa encore sur le front puis s'écarta.

— Reste ici. Tu seras en sécurité avec Cole.

— Tu lui as raconté ?

— Un peu. Pas grand-chose.

Elle sembla sur le point de protester, puis elle se mordilla la lèvre et hocha la tête. Seigneur. La confiance qu'elle lui accordait était enivrante et une véritable leçon d'humilité en même temps.

— Je te rejoins pour le déjeuner.

— D'accord.

Il se détourna.

— Ryder ?

Il pivota vers elle.

— Oui ?

— Merci.

— Pas besoin de me remercier, mon cœur. Je le fais autant pour toi que pour moi.

Perplexe, elle fronça les sourcils.

— Ah bon ?

Il lui sourit.

— Oui. Plus vite je me serai chargé de ça, plus vite tu accepteras de m'épouser.

Après avoir lâché sa bombe, il tourna les talons et quitta la salle de sport, un immense sourire aux lèvres.

* * *

Joseph Waters avançait lentement sur un tapis de course, dans un coin de *Rock Hard Gym*. Son père et ses oncles lui avaient appris de nombreuses choses au fil des années. Comment traquer quelqu'un, l'intimider et le menacer pour obtenir ce qu'il voulait. Mais aussi, et c'était le plus important : comment se fondre dans la masse. Il avait tellement perfectionné son talent pour le maquillage et les déguisements qu'il était pratiquement impossible à repérer. Tant qu'il se déplaçait avec confiance, il pouvait se rendre n'importe où. Être n'importe qui.

Grimé comme un homme d'âge mûr, il gardait la tête baissée, mais les yeux rivés sur Megan. Avant d'agir, il devait rassembler un maximum d'informations.

Son père lui avait répété à maintes reprises de l'oublier. Cependant, il en était incapable. Il avait attendu trop longtemps de la retrouver, gâché bien trop d'années et d'argent pour la repérer. Il aurait dû se débarrasser de sa stupide mère des années plus tôt. Cela avait été tellement facile de surveiller l'enterrement de cette vieille sorcière. Il savait que Megan y viendrait. Il l'avait remarquée sans peine, malgré ses tatouages et ses cheveux sombres. Il était un maître dans l'art du déguisement, alors il l'avait démasquée aisément. Il avait attendu trop longtemps pour qu'un simple camouflage fonctionne.

Joseph vit Megan observer la pièce avec prudence, et il sourit. Oui, son petit message et l'article du journal l'avaient bien fait flipper. Bien. Elle avait raison d'être terrifiée. Quand quelqu'un lâcha une barre de musculation au sol et qu'elle sursauta, il ne put retenir son gloussement. La rendre misérable était tellement amusant.

Son sourire s'effaça lorsqu'il la vit se diriger vers la zone d'accueil pour discuter avec les deux hommes présents. Il connaissait Cole Johnson et il ne l'inquiétait pas le moins du monde. Cependant, il ignorait qui était l'autre type. Il avait toutefois compris, dès le premier regard, qu'il constituerait un problème. En tant qu'homme habitué à la violence au quotidien, Joseph savait reconnaître une âme sœur quand il en apercevait une.

Lorsque le mec se pencha vers Megan pour l'embrasser, Joseph grogna tout haut.

— Vous allez bien ? demanda un homme d'une vingtaine d'années.

Joseph s'obligea à sourire et balaya l'inquiétude de son voisin d'un geste de la main.

— J'avais un chat dans la gorge, jeune homme. Je vais bien. Merci.

— D'accord.

Joseph se tourna à nouveau vers la zone d'accueil. Il vit Megan s'accrocher à l'homme mystérieux. Il remarqua sa façon de l'observer, comme si elle lui confiait sa vie. Oh, non. Elle ne serait jamais en sécurité. Joseph éteignit le tapis de course et ramassa une petite serviette. Il se tapota doucement le visage, comme s'il transpirait, mais sans courir le risque d'essuyer son maquillage. Cela lui permit également de cacher son sourire. Il devrait peut-être s'en prendre à cet homme en premier. S'attaquer à lui voudrait dire s'attaquer à Megan. D'une pierre deux coups.

Cette idée lui plaisait. Beaucoup.

CHAPITRE 6

Ryder, assis à la table au fond des locaux d'*Ace Sécurité*, observa ses demi-frères. Il n'avait pas beaucoup d'informations à leur communiquer concernant la situation de Felicity, pourtant, il espérait qu'ils seraient d'accord avec lui sur la nécessité de la protéger. Bien qu'il ait très envie de rester avec elle H24, il savait que c'était impossible. Elle détesterait, et il refusait de l'étouffer.

— Dis-nous ce que tu as découvert sur Felicity, ordonna Logan, en allant droit au but.

Pendant les quinze minutes suivantes, il leur rapporta ce qu'il avait appris, c'est-à-dire, pas grand-chose. Il ajouta qu'il avait donné quelques informations à Cole, qui surveillait Felicity à l'heure actuelle.

Lorsqu'il eut fini, Logan reprit la parole.

— Es-tu sûr de ça ?

— Oui.

— Pourquoi ? intervint Blake. Tu ne la connais pas. Tu n'es là que depuis à peine plus d'une semaine. Qu'est-ce qui te fait croire que tu connais Felicity mieux que nous ?

Ryder fit tout son possible pour maîtriser sa colère. La

question était légitime, mais c'était le ton de Blake, sur la défensive, qui lui hérissait les poils.

— Je sais que je suis plus jeune que vous, mais j'ai vu bien plus de choses en vingt-huit ans et demi que vous n'en verrez jamais dans toute votre vie.

— Logan et moi avons fait l'armée. Nous avons été déployés à l'étranger, aboya Blake. Ne nous traite pas comme des enfants innocents et naïfs.

Ryder le fixa du regard.

— As-tu déjà forcé le cadenas d'un conteneur et découvert cinquante-trois femmes nues à l'intérieur, enfermées dans des cages empilées les unes sur les autres ? As-tu déjà été contraint de briser le cou d'une femme, car c'était pour elle une façon bien plus humaine de mourir que de se vider de son sang à cause du cintre rouillé qui avait été enfoncé entre ses jambes par un soi-disant médecin afin de la faire avorter de force ? As-tu déjà fait une descente dans un bordel coréen et porté des petites filles ensanglantées et traumatisées de cinq à dix ans, qui avaient été violées chaque jour, plusieurs fois par jour, toute leur vie ?

Ryder s'appuya sur la table sans détacher les yeux de Blake.

— As-tu déjà eu à dire à une mère que tu as retrouvé sa fille de douze ans, qui avait été kidnappée, avec une balle dans la tête parce que la mission de sauvetage a dégénéré ?

Un silence mortel enveloppa la pièce quand il se tut. On ne percevait que le tic-tac de l'horloge au mur.

— Le mal ou la peur ne me sont pas étrangers, poursuivit-il, catégorique. Et je n'hésiterai pas à tuer quiconque a voulu s'en prendre à des innocents, ou a réussi. Je l'ai déjà fait et je recommencerai sans sourciller. Le regard de Felicity me rappelle celui d'autres femmes, si traumatisées qu'elles ont enfoui cette peur en elles et essaient de vivre malgré elle. Felicity est douée pour cacher ce passif, mais il est bien là. Je pense qu'il s'est passé récemment quelque chose qui l'a fait remonter à la surface et lui a donné envie de fuir à nouveau.

— À nouveau ? intervint Nathan.

Ryder se tourna vers lui.

— Oui. Ça fait cinq ans qu'elle est ici. D'après moi, elle n'avait pas prévu de s'attarder autant. Mais elle a rencontré Cole, puis Grace et décidé de rester.

— Il y a quelques mois, elle a fait un voyage à Chicago, commenta Blake, sur un ton légèrement moins acide que précédemment. Elle a refusé de dire à quiconque pourquoi elle s'y rendait. Ni à Grace ni à Alexis.

Ryder reporta son attention sur lui.

— Chicago ?

— Oui. Elle a fait l'aller-retour en voiture, expliqua Logan. Grace l'a suppliée de réserver un vol, puisque ce serait plus rapide et plus sûr, mais elle n'a pas voulu. Elle a dit que conduire lui ferait du bien, l'aiderait à s'éclaircir les idées ou je ne sais quoi.

L'esprit de Ryder tournait à plein régime.

— De nos jours, il faut une pièce d'identité pour pouvoir prendre l'avion. Elle en a une ?

Logan acquiesça.

— Oui, bien sûr. Elle a un permis.

— Tu l'as vu ?

— Euh... en fait... non, mais elle en a forcément un, puisqu'elle conduit cette Chrysler.

— En ce moment, elle habite au-dessus de la salle de sport, médita Ryder. Pas besoin de pièce d'identité pour ça, puisque Cole la connaît. Elle n'a aucune carte de crédit, n'est-ce pas ?

— Je ne l'ai jamais vue s'en servir, en tout cas... et vous ? demanda Blake à ses frères.

Nathan et Logan secouèrent la tête.

— Exact. Elle a pu acheter la voiture en espèces. Elle a refusé de prendre l'avion.

— Grace se plaint chaque fois que Felicity l'amène quelque part. Elle dit qu'elle conduit comme une mamie de quatre-vingt-dix ans aveugle, commenta Logan.

— En me basant sur ça, je pense qu'on peut légitimement en déduire qu'elle n'a jamais eu d'amende pour excès de vitesse. Elle vit complètement sous le radar, conclut Ryder.

— Putain, jura Logan. Comment avons-nous pu rater ça ?

Ryder le rassura immédiatement.

— Vous n'aviez aucune raison d'imaginer qu'elle avait des ennuis, et vous n'étiez pas tout le temps avec elle. En plus, vos femmes aussi avaient des soucis. Felicity a eu des années pour s'entraîner à se cacher en pleine lumière.

— Toi, tu es là depuis une *semaine* et tu as déjà compris, riposta Blake. Nous la connaissons depuis un an et n'avons jamais assemblé les pièces du puzzle.

— Les gens qui ne veulent pas se faire remarquer sont très doués pour se rendre invisibles, répondit Ryder. Leur vie en dépend.

— Alors... que pouvons-nous faire pour toi ? demanda Nathan.

— Comme je l'ai dit, quelque chose l'a terrifiée. Je pense que la personne qu'elle fuit l'a retrouvée. J'ignore s'il est déjà à Castle Rock ou non, mais nous ne devons courir aucun risque. Il suffirait d'une minute d'inattention pour qu'il pose la main sur elle.

— Est-ce qu'il compte la tuer, d'après toi ?

Blake semblait bien plus investi dans la conversation, à présent.

— Honnêtement, je n'en sais rien. Enfin, si c'était tout ce qu'il désirait, je pense qu'elle serait déjà morte.

— Alors, qu'est-ce qu'il veut ? demanda Logan.

— La même chose que tous les tyrans, rétorqua Ryder. Regarder souffrir sa victime. Cela fait du bien à leur ego. Ils ont besoin de se sentir supérieurs. Ils se nourrissent de la peur de leurs cibles. Peu importe que la brute ait huit ou soixante-dix-huit ans.

— Ça nous parle bien, marmonna Blake. Tu viens de décrire notre mère.

— Donc il compte la harceler avant de la tuer, commenta Logan.

Ryder pinça les lèvres, agacé, mais acquiesça.

— C'est ce que je crois.

— Plus il la tourmentera, plus nous aurons de chance de l'attraper, fit remarquer Nathan.

Ryder avait très envie de lui hurler dessus, mais son frère avait raison, malheureusement.

— Exact. Je déteste l'admettre, mais on ne peut pas faire grand-chose pour l'empêcher de s'adonner à ses petits jeux. Cela dit, nous pouvons nous assurer que Felicity sait qu'on couvre ses arrières.

— De la surveillance vingt-quatre heures sur vingt-quatre va occuper tout notre temps, commenta Logan.

— Je vous paierai ce qu'il faut pour qu'*Ace Sécurité* se charge de ça, répliqua immédiatement Ryder.

Le visage de Logan vira au rouge et il le fusilla du regard.

— Va te faire foutre. Ce n'est pas ce que je voulais dire. Bordel, Felicity est comme notre sœur. Nous ne profiterions jamais de sa situation. Je cherchais juste à souligner que nous allions devoir nous arranger différemment pour certaines de nos affaires, en accepter moins tant qu'on n'aura pas attrapé cet enfoiré.

— Désolé. Je ne voulais pas t'énerver, dit Ryder, sincère. Mais je pense que ça prendra moins de temps que tu le crois. Je serai à ses côtés la nuit, donc il n'y a besoin de personne à ce moment-là. Pendant la journée, quand elle travaille, Cole peut garder un œil sur elle, et si elle doit aller faire des courses ou traîner avec l'une de vos femmes, l'un de nous peut rester pas loin.

— Qu'en est-il de la surveillance vidéo ? intervint Blake. J'ai vu des caméras à l'extérieur de la salle, mais je ne sais pas s'il y en a dedans.

— Cole a répété plusieurs fois qu'il était hors de question pour lui d'en installer à l'intérieur, car il ne voulait pas que les membres se sentent espionnés, répondit Logan.

— Je vais lui parler, proposa Ryder. Nous pourrions en faire mettre quelques-unes uniquement dirigées vers l'entrée. Je refuse que ce connard ait le champ libre là-bas.

— Est-ce que Felicity va être au courant de cette surveillance ? Je ne pense pas qu'elle sera d'accord, intervint Nathan. Si elle est comme ma Bailey, et je crois que c'est le cas, elle va regimber face à toutes ces restrictions.

Ryder secouait la tête avant même que Nathan n'ait terminé de parler.

— Non, elle ne dira rien, parce que, au fond d'elle, elle a vraiment la trouille de la personne qui cherche à s'en prendre à elle. Eh oui, je lui révélerai tout, car je ne veux rien lui cacher. C'est sa vie, elle mérite de savoir.

— Tu seras avec elle la nuit ? demanda Logan en plissant les paupières.

Il était clair qu'il aurait aimé en dire plus, l'interroger sur ses intentions, mais Ryder ne lui en laissa pas l'occasion.

— Oui. Je ne la quitterai pas des yeux. Je lui ai donné

une semaine pour s'habituer à moi, mais c'est terminé à présent.

— Et si elle refuse ? insista Logan. C'est la meilleure amie de Grace et tu es mon frère, mais je ne laisserai personne, toi y compris, s'amuser avec elle juste pour assouvir une démangeaison.

Ryder aurait pu s'offusquer, mais il savait que Logan était simplement inquiet pour Felicity. C'était d'ailleurs un soulagement qu'elle ait un allié aussi fervent. Il regarda son frère droit dans les yeux.

— La première fois que j'ai posé les yeux sur elle, j'ai été fasciné. Oui, elle m'attire, mais c'est plus que ça. Je n'ai jamais ressenti la même chose pour une autre femme. Est-ce que j'ai envie de la mettre dans mon lit ? Je ne vais pas te mentir. La réponse est oui. Mais si nous le faisons, ce sera parce qu'elle l'aura choisi. De mon côté, je vais tout faire pour qu'elle souhaite m'avoir dans sa vie autant que je désire faire partie de la sienne.

— Et si, à la fin, elle se rend compte qu'elle ne ressent que de la gratitude à ton égard ? Qu'elle réalise que c'était agréable de t'avoir à ses côtés pour rester en sécurité, mais qu'elle ne veut plus rien avoir à faire avec toi ensuite ? demanda Nathan sur un ton égal.

Cette question semblait totalement à côté de la plaque, cependant, Ryder distingua dans les yeux de son frère plus calme une affinité et une compréhension qui n'étaient pas présentes dans ceux de Blake ou de Logan.

— Bailey n'a pas ressenti ça après que vous vous êtes occupés de Donovan... si ?

— Non, confirma Nathan.

— Bien. Pour répondre à ta question, si Felicity ne veut plus me revoir à la fin de cette histoire, je ne lui mettrai pas la pression, même si ça craint pour moi.

Nathan hocha la tête.

— Que pouvons-nous faire pour t'aider en plus de garder un œil sur elle ? intervint Blake.

Ryder, soulagé, se tourna vers lui. Ils n'étaient pas vraiment les meilleurs potes du monde, tous les deux, mais son frère avait accepté de lâcher du lest pour le bien de Felicity. C'était suffisant pour l'instant.

— Pour le moment, c'est tout ce dont j'ai besoin. J'ai donné à mon équipe le nom du type qui lui court après.

— Tu sais qui c'est ? intervint Logan.

— Non, j'ai juste son nom. Joseph Waters.

Ryder attendit un instant, pour voir si cela éveillait quelque chose chez l'un ou l'autre des hommes, mais il n'en fut rien.

— Et après ce que vous m'avez raconté tout à l'heure, j'en sais plus qu'hier. Je parle de Chicago. Si vous pensez à autre chose d'utile, tenez-moi au courant, s'il vous plaît. Ça pourrait être un détail qu'elle aurait évoqué en passant, mais même une petite chose peut nous aider.

— Pourquoi ne pas lui demander de tout te révéler ? Ce serait plus rapide, non ?

Nathan secouait la tête avant même que Logan n'ait terminé.

— Ça ne marche pas comme ça. Si elle est comme Bailey, elle a gardé ses secrets si longtemps qu'il lui est presque impossible d'en parler ouvertement. Ryder doit d'abord gagner sa confiance et la faire se sentir en sécurité.

— Elle n'a peut-être pas le temps, insista Logan. Nous avons besoin d'infos.

— Mon équipe s'en charge, comme je te l'ai dit.

— Ton équipe. Et quelle est cette mystérieuse équipe ? demanda Logan, les bras croisés, en s'adossant à son siège.

Ryder réfléchit. Devait-il dire à ses frères pour qui il

travaillait réellement ? Ils n'avaient peut-être jamais entendu parler de son groupe, cependant, l'inverse était possible aussi. Il avait déjà évoqué certaines de ses missions, alors, ils ne tarderaient pas à comprendre, tôt ou tard. Décidant que l'honnêteté valait toujours mieux, il répondit.

— Les Mercenaires Rebelles.

Blake siffla longuement.

Logan hocha la tête.

Nathan écarquilla les yeux.

— Je pense qu'il va sans dire que j'apprécierais que vous gardiez cette information pour vous.

— Évidemment, accepta tout de suite Logan. Nous n'avons entendu que du bien de ce que ton équipe et toi faites. J'aurais dû deviner qui tu étais après ton petit discours de tout à l'heure.

Ryder haussa les épaules.

— Je suis fier de ce que j'ai fait et d'avoir éliminé tous ces sales types, mais je n'en parle pas à tout bout de champ pour autant. Si on me pose la question, je suis détective privé. Ce n'est pas totalement faux.

Les trois hommes acquiescèrent.

— Nous ne sommes pas grand-chose en comparaison, mais si nous pouvons t'aider à trouver des informations, on s'en chargera avec plaisir, affirma Logan.

— Faire tomber les Inca Boys, ce n'est pas ce que j'appelle n'être « pas grand-chose », rétorqua-t-il. Je vous tiendrai au courant de tout ce que je découvrirai, et si j'ai besoin d'assistance, je vous le dirai.

Il se leva.

— Je dois retourner à la salle de sport et passer quelques coups de fil pour parler de cette histoire de Chicago.

Ses frères se redressèrent et lui serrèrent la main.

Blake la garda plus longtemps que les autres.

— J'essaie de ne pas me laisser influencer par la rancune que je ressens envers notre père pour ce qu'il a fait. C'est difficile, mais j'essaie.

Ryder l'en apprécia que davantage.

— Je comprends. Si ça peut t'aider, ma mère m'a toujours dit qu'Ace était tourmenté par leur aventure. Je pense qu'il aimait sincèrement ma mère, mais qu'il a décidé d'honorer plutôt ses vœux.

Blake hocha la tête et lâcha sa main.

Ryder quitta l'entreprise en se sentant un peu mieux qu'à son arrivée. Avoir plusieurs personnes pour surveiller Felicity était un soulagement. Il se dirigea vers son véhicule pour récupérer ses affaires. Felicity devait savoir qu'il ne la laisserait plus seule. Qu'il serait collé à elle tant que celui qui voulait s'en prendre à elle ne serait plus une menace.

Il s'arrêta devant sa Nissan 370Z et la fixa. C'était une voiture de sport racée, qui pouvait sans peine rattraper ou au contraire distancer les ordures en tout genre, sans être tape-à-l'œil non plus. À l'heure actuelle toutefois, elle n'était pas en état de rattraper qui que ce soit.

Les quatre pneus avaient été crevés.

Ryder serra les dents de rage. Il n'en avait rien à cirer des pneus. Les remplacer ne serait pas un souci. C'était le message gravé sur les portières qui le rendait furieux.

— Aucune chance, enfoiré, murmura-t-il en fixant les cinq mots.

Occupe-toi de tes affaires.

CHAPITRE 7

Ryder était assis dans l'appartement de Felicity et la regardait manger du coin de l'œil. Une semaine s'était écoulée depuis l'incident avec sa voiture. Elle en avait été horrifiée et s'était excusée une centaine de fois. Il avait dû lui dire que, si elle répétait une fois de plus qu'elle était désolée, il allait la prendre sur ses genoux pour la fesser avec un bâton, puisque ce n'était pas *elle* qui avait vandalisé son véhicule.

Il n'aurait jamais mis sa menace à exécution, évidemment, puisqu'il était impensable qu'il la frappe. Cependant, elle l'ignorait. Rouge comme une pivoine, elle s'était mordu la lèvre et avait hoché la tête. 1 à 0 pour Ryder.

Il devait bien admettre, à contrecœur toutefois, que ce harceleur lui avait fait une faveur. Felicity n'avait pas cillé un instant quand il lui avait déclaré tout de go qu'il resterait chez elle à partir de cet instant. Son soulagement en disait long.

En revanche, elle n'allait pas bien. Elle ne mangeait pas beaucoup. À l'instant, elle jouait plus avec sa nourriture qu'elle ne la consommait. Et bien qu'il réside chez elle, elle était toujours aussi renfermée.

Elle refusait qu'il entre dans sa chambre, même pour vérifier que la fenêtre était bien fermée ou pour s'assurer, à leur retour après s'être absentés, qu'il n'y avait personne dans la pièce. Plus elle rechignait à lui montrer ce qui se trouvait derrière la porte, plus il avait envie de le découvrir. Il avait le sentiment qu'il en apprendrait bien plus sur Felicity s'il pouvait jeter un coup d'œil dans son espace privé.

Toujours est-il qu'elle avait besoin d'une pause.

— Blake m'a invité à venir chez lui aujourd'hui pour parcourir les papiers de notre père. Tu devrais nous accompagner.

Elle l'observa d'un air interrogateur.

— Pourquoi ?

— Pourquoi quoi ?

— Pourquoi est-ce que Blake ferait ça ? Il ne t'apprécie pas vraiment. Et qu'est-ce qui te fait croire que je pourrais avoir envie de venir ?

Il soutint son regard.

— Ce n'est pas qu'il ne m'apprécie pas. C'est qu'il n'est pas ravi des choix de notre père. Le fait qu'il ait brisé ses vœux, même si ce n'était pas un mariage heureux, le bouleverse. C'est ce que Logan m'a dit, en tout cas.

— Alors, pourquoi t'a-t-il invité à jeter un œil aux affaires d'Ace ?

— Je ne sais pas trop. Et pour répondre à ta seconde question... Grace a laissé les bébés à Alexis pour quelques heures. J'ai pensé que tu aimerais passer du temps avec eux.

Elle baissa la tête vers la nourriture qu'elle repoussait dans son assiette.

— Je devrais rester ici. Cole bosse comme un forcené, alors que j'ai l'impression d'être une tire-au-flanc.

— Il s'en fiche et tu le sais. En plus, si tu quittes la ville, il devra travailler bien plus que maintenant, de toute façon. Donc pourquoi est-ce que tu t'en soucies ?

La flèche atteignit sa cible. Felicity frappa la table du plat de la main.

— Peux-tu arrêter de me balancer ça à la figure à tout bout de champ ?

Ryder se pencha vers elle, ravi de voir les étincelles de colère dans ses yeux. C'était bien mieux que la peur et l'air vaincu des derniers jours.

— Non. Je n'arrêterai pas. Pas si ça t'oblige à réfléchir à ce à quoi tu renoncerais en t'en allant. Pas si ça te contraint à penser aux personnes auxquelles tu manquerais. Tu n'es pas une simple étrangère, ici, Felicity. Des gens comptent sur toi et t'aiment. Ton départ les bouleverserait tous.

Elle serra le poing autour de sa fourchette. Il crut, pendant un instant, qu'elle allait la lui lancer à la figure. Cependant, au bout de quelques secondes, elle relâcha sa poigne et le regarda, sans cacher son abattement.

— Je ne peux pas m'en aller et je ne peux pas rester. Je suis coincée.

Ryder vint sans attendre à ses côtés. Il s'accroupit près de sa chaise et mit une main sur sa cuisse et l'autre sur sa joue.

— Tu n'es pas coincée. Tu es à ta place. C'est *lui* qui n'est pas à la sienne.

Elle ferma les yeux et inspira fort, les lèvres pincées. Ryder s'agenouilla et posa le front contre sa tempe. Elle poussa une exclamation de surprise, sans toutefois chercher à s'écarter.

Il se déplaça jusqu'à son oreille, qu'il caressa du nez, puis des lèvres. De la langue, il lécha doucement le lobe. Étonnée, elle sursauta, toujours sans s'éloigner cependant. Au contraire, elle baissa l'épaule pour lui donner plus d'espace. Ryder sourit. Il prit le lobe entre ses lèvres et le suça.

Elle gémit, agrippée à son bras.

Ryder en voulait plus, bien plus, mais il se força à écarter les lèvres pour lui murmurer à l'oreille.

— Je n'ai pas insisté. Je ne t'ai pas dit combien tu étais belle dans tes pyjamas en flanelle ni combien j'adorais le parfum au lilas que tu te mets chaque matin. Je n'ai pas couru dans ta chambre malgré les cauchemars que tu as chaque nuit. Mais j'en ai envie. Je veux avoir ce droit.

— Ryder, souffla-t-elle.

Son désir ardent s'entendait dans sa voix.

Il s'écarta pour la regarder dans les yeux.

— Je te vois, mon cœur. Tu n'as pas à te cacher derrière une façade. Tu peux être celle que tu es réellement. Tu t'es cachée si longtemps de ce connard que tu as oublié que tu n'es pas obligée de dissimuler la vraie toi à tes amis. À moi. Aux gens qui t'aiment.

Il n'était pas allé jusqu'à lui dire qu'il l'aimait ; c'était pourtant bien ce qu'il éprouvait.

— J'ai peur.

Il comprit que ce n'était pas, en l'occurrence, le type qui la traquait qui l'effrayait.

— Tu n'as aucune raison de t'inquiéter.

— Je ne suis pas comme la femme que tu vois.

Ryder éclata de rire, incapable de s'en empêcher. Comme elle fronçait les sourcils, agacée, il contrôla son hilarité.

— Felicity, je sais qui tu es.

— Non, insista-t-elle.

— Tu détestes les haricots verts, mais tu adores les petits pois. Tu détestes faire de la musculation, mais tu le fais chaque matin, car tu penses que c'est ce que les gens attendent de toi. Tu cuisines très mal, mais tu essaies quand même. Tu adores les fleurs, les oiseaux et les couleurs pastel, mais tu fais semblant d'être trop dure à cuir pour ces choses-là. Tu as ces tatouages aux bras, comme pour avoir l'air inaccessible, pourtant, tu les caches sous des manches longues quand tu n'es pas avec tes amis. Tu adores les bébés et tu en voudrais un jour. Je sais que tu fais de ton mieux pour faire semblant d'aimer cette vie stérile et ces murs blancs sans photos ou décorations, mais j'ai le sentiment que, dans ta chambre, se trouve la véritable Felicity Jones.

Elle le fixa et déglutit.

— Felicity Jones n'existe pas.

— Si, répliqua-t-il doucement. Elle est assise en face de moi.

Felicity secoua la tête.

— Non. Elle n'est que le fruit de mon imagination.

— Écoute-moi. Je ne sais pas quel nom on t'a donné à la naissance, mais la personne en face de moi, cette personne que je désire plus que tout, c'est toi. Felicity Jones n'est peut-être pas la femme que tu étais autrefois, mais elle est celle que tu es devenue. Bon ou mauvais, nos passés sont ce qu'ils sont. Ils nous forgent et nous moulent. Est-ce que je peux être honnête avec toi ?

Un petit sourire se dessina sur le visage de Felicity.

— Ne l'es-tu pas tout le temps ?

Il lui rendit son sourire avant de reprendre son sérieux.

— Je n'aurais sans doute pas accordé mon attention à la femme que tu étais. Elle ne m'aurait pas intéressé le moins du monde. Alors que Felicity Jones, si. Je l'ai tellement dans la peau que je ne serai plus jamais le même.

Il soutint son regard afin qu'elle comprenne bien, et le croie.

— Megan Parkins, murmura-t-elle. Voilà celle que j'étais. Jeune et prête à affronter le monde. Et puis je me suis mêlée de la vie de quelqu'un. J'ai essayé de lui apporter mon aide bien qu'elle n'en veuille pas. Ça a été la pire décision que j'aie jamais prise. Elle a ruiné ma vie.

Mémorisant le nom pour le transmettre à son équipe plus tard, Ryder prit le visage de Felicity en coupe et glissa les doigts dans ses cheveux.

— Tu es incapable de ne pas intervenir si tu vois quelqu'un souffrir, de même que tu es incapable de laisser pleurer les bébés de Grace. Et cette décision que tu as prise t'a menée à moi, au bout du compte. Je déteste le fait que tu aies été seule si longtemps et que tu ne te sentes pas en sécurité, mais j'aime la personne que tu es aujourd'hui. Felicity, Megan, Henrietta ou Michelle Obama, je me fiche de ton nom, car la femme que je veux, c'est celle que j'ai en face de moi.

Il lui donna une chance de protester. De le repousser. Elle ne fit ni l'un ni l'autre. Au contraire, elle leva les mains pour agripper son tee-shirt. Il se pencha, lentement, toujours pour lui laisser le temps de refuser, si elle le souhaitait. Cependant, elle se lécha les lèvres, et ce fut *elle* qui s'approcha de lui.

Cela faisait une semaine qu'il ne l'avait pas embrassée, pourtant il se remémorait chaque seconde de ce premier baiser comme s'il venait d'avoir lieu. Il ne pensait pas qu'il pourrait être détrôné, mais il se trompait. Leur baiser actuel était le meilleur de la vie de Ryder. Il avait le sentiment que chaque effleurement des lèvres de Felicity détrônerait systématiquement ceux de ses souvenirs. Il voulait sentir sa bouche sur la sienne pour le restant de ses jours.

Elle inclina la tête pour lui donner plus d'accès, ce dont il profita sans hésiter. Il passa la langue sur ses lèvres, puis l'enroula avec la sienne, essayant de mémoriser son toucher et son goût. Il posa une main sur sa nuque pour la maintenir contre lui et l'autre descendit sur son corps pour se placer sur sa poitrine, juste au-dessus de son cœur. Il ne la tripota pas ; il voulait simplement sentir les pulsations sous sa paume.

Ils s'embrassèrent de nombreuses minutes. Aucun d'eux ne souhaitait être le premier à s'écarter. Felicity prenait part au baiser comme elle le faisait pour tout : de tout son être. Elle ne se contenta pas de rester assise pendant qu'il faisait tout, non. Sa langue poussa contre la sienne et vint découvrir chaque centimètre de sa bouche. Lorsqu'il grognait, elle gémissait en retour. Elle prenait ce qu'elle voulait.

C'était sexy en diable.

Ryder sentait le cœur de Felicity battre à tout rompre sous sa main et avait très envie de la soulever pour la jeter sur le canapé sur lequel il dormait depuis une semaine afin de lui montrer sans un mot que sa place était avec lui, qu'il la garderait en sécurité et tuerait quiconque oserait s'attaquer à elle. Mais la vibration du portable de la jeune femme lui fit recouvrer ses esprits.

Il cliqueta contre la table à chaque message qui arrivait.

Ryder s'écarta et lui caressa la tête. Il se lécha les lèvres pour la goûter encore. Son sexe était dur comme la pierre. Il lui fallut faire appel à toute sa volonté pour éloigner sa main de la poitrine de Felicity et lui prendre son téléphone. Il le lui tendit sans la quitter des yeux.

Rougissant, elle accepta l'appareil. Elle regarda l'écran et pouffa.

— Alexis est impatiente. Elle dit que si je ne suis pas chez elle dans quinze minutes, elle ne pourra pas être tenue pour responsable de ce qui arrivera aux bébés de Grace.

— Elle n'aime pas les enfants ?

— Non, ce n'est pas ça. Elle les adore. Mais je pense qu'avoir les jumeaux est parfois un peu trop.

— Alors nous devrions aller lui donner un coup de main.

Felicity acquiesça, mais plutôt que de l'imiter quand il se leva, elle reprit la parole.

— Euh... Ryder ?

— Oui, mon cœur ?

— Qu'est-ce que nous sommes en train de faire, exactement ? Nous ne pouvons pas commencer quelque chose avec *lui* qui rôde.

— Nous avons déjà commencé, répliqua-t-il en allant chercher sa veste.

Si elle croyait pouvoir rétropédaler et nier le fait qu'elle l'avait dans la peau, elle se trompait lourdement. Ce baiser n'avait pas été un test « pour voir si tu me plais ».

Il avait été une revendication.

CHAPITRE 8

— Qu'est-ce qui se passe entre vous ? demanda Alexis deux heures plus tard.

Felicity admira le bébé qu'elle avait dans les bras pour éviter son amie, et haussa les épaules.

— De quoi parles-tu ?

— Ne joue pas les imbéciles, jeune fille. Ryder et toi n'avez pas arrêté de vous jeter des regards en coin tout l'après-midi.

— C'est compliqué, lui dit Felicity.

— Pas vraiment, non.

— Si. En plus, je ne le connais pas depuis longtemps.

— J'ai su, dès la première fois que j'ai vu Blake, qu'il était le bon, admit Alexis sans gêne.

Felicity resta bouche bée un instant.

— C'est vrai ?

— Oui. Alors même qu'il ne me considérait que comme une jeune fille agaçante avec laquelle il était obligé de travailler.

— N'importe quoi. Il t'aime.

— Oui, acquiesça Alexis. *Maintenant.* Mais à notre

première rencontre, il pensait que j'étais une gamine pourrie gâtée qui ne faisait que s'amuser et ne bossait chez *Ace Sécurité* que pour passer le temps.

— Ouah. Qu'est-ce qui a changé ?

Alexis haussa les épaules.

— Il a appris à me connaître, j'imagine. Il a dû voir combien j'aimais ce que je faisais et comprendre que je n'allais pas démissionner.

Elle passa ses cheveux dans son dos et sourit d'un air narquois.

— Et puis, il a bien regardé ce corps de rêve, ajouta-t-elle en indiquant ses courbes voluptueuses, et il n'a pas pu résister.

Les deux femmes éclatèrent de rire.

— C'est différent pour Ryder et moi. Je crois qu'il est simplement...

Sa voix mourut sur ses lèvres. Elle ne savait pas exactement ce qu'il était.

— Il fait partie de ces hommes qui désirent s'assurer que tout le monde est en sécurité et qui détestent l'injustice.

Alexis plissa les yeux.

— C'est peut-être vrai, mais ce n'est pas pour cette raison qu'il te regarde comme s'il voulait te baiser.

— Alexis ! la réprimanda Felicity en couvrant les oreilles de Nate. Tu ne peux pas dire des choses comme ça devant les enfants.

Son amie éclata de rire.

— Genre. Ils ont cinq mois. Ils ne comprennent même pas ce que je dis. Et ne change pas de sujet. Je sais ce que je vois. Et si tu crois qu'il ne reste près de toi que pour chopper le méchant, tu te fourres le doigt dans l'œil.

Felicity jeta un nouveau regard à Ryder. Côte à côte, Blake et lui étaient penchés sur un tas de papier qu'ils feuilletaient. Ils échangeaient un mot de temps en temps, mais ils étaient surtout concentrés sur ce qu'ils étudiaient.

À l'instant où elle le fixa, Ryder leva la tête, surprit son regard et lui sourit. Puis il articula « Ça va ? »

Elle acquiesça et s'obligea à détourner les yeux. Elle observa le petit Nate dans ses bras. L'adorable bébé dormait profondément. Son frère et lui étaient agités quand Felicity et Ryder étaient arrivés, mais après un biberon et des câlins, ils avaient sombré.

— Il te mate toutes les deux minutes.

— Il va se faire blesser à cause de moi.

— Non.

— Si. J'empoisonne tout ce que je touche. Je ne devrais pas être ici. Je...

— Regarde-moi, Felicity, ordonna Alexis.

Felicity obéit sans réfléchir. Son amie reprit à voix basse, afin que les hommes ne puissent pas entendre.

— Il est fort. Il va trouver le connard qui te harcèle et mettre un terme à tout ça. Ne t'énerve pas, Blake ne m'a raconté que le strict minimum. Ryder est le genre de type à vouloir te protéger du monde. Donne-lui sa chance. Il va changer ta vie de façon merveilleuse. Il sait ce qu'il fait. Je ne connais pas son histoire, mais Blake m'a dit l'autre jour qu'il était vraiment l'un des meilleurs dans le domaine de la sécurité. Ce n'est pas rien de la part de Blake, sachant que Ryder n'est pas sa personne préférée au monde. Alors, s'il affirme qu'il est bon, c'est qu'il l'est.

Felicity leva la tête.

— J'aimerais bien, mais...

— Pas de mais, souffla Alexis. Aide-le à faire son boulot, Felicity.

— Comment ?

— Parle-lui. Dis-lui tout ce que tu peux sur la personne qui te cherche et pourquoi il en a après toi. Tout.

— Si je lui raconte tout, il ne m'aimera plus.

Alexis décala Ace dans ses bras et se pencha vers elle.

— C'est des conneries.

— Alexis ! Ton langage ! la réprimanda de nouveau Felicity.

Ce qui fit rire son amie.

— La première fois que je t'ai rencontrée, j'étais tellement intimidée. Je croyais que tu faisais partie d'un gang de motards qui bouffait tout cru les plus faibles que toi. Sauf que tu jures rarement et que tu es parfois encore plus gentille que Grace... ce qui n'est pas peu dire. Franchement, Felicity, ce type se moque de ton passé. Il ne voit que toi, et il aime ce qu'il voit.

Ses paroles étaient si semblables à celles prononcées par Ryder un peu plus tôt dans la journée que Felicity tressaillit.

Alexis poursuivit.

— J'aime tellement Blake que j'ignore ce que je ferais sans lui. Je ne me souviens même pas de ma vie avant lui. Lorsque j'ai eu des problèmes avec les Inca Boys, je n'avais qu'une seule idée en tête : tenir, pour Blake. Je savais qu'il remuerait ciel et terre pour me trouver. Tu ne dois pas avoir peur de vivre, Felicity. Oui, tu as plus de soucis à l'heure actuelle qu'une personne normale. Mais rien n'est garanti dans la vie. Tu pourrais mourir dans un accident de voiture demain. Ou Ryder. On n'a qu'une vie.

Felicity la dévisagea.

— Comment as-tu fait pour devenir si intelligente ? murmura-t-elle.

— L'expérience.

* * *

Ryder ne pouvait s'empêcher de regarder Felicity toutes les deux minutes. Il n'arrivait pas non plus à oublier leur baiser, et il semblerait qu'elle non plus. Il l'avait surprise à le fixer à plusieurs reprises et chaque fois, elle rougissait.

Il n'était pas sûr que l'emmener chez son frère alors que ce dernier n'était pas très fan de lui était une bonne idée, mais il était hors de question que Ryder ne soit pas aux côtés de Felicity s'il pouvait faire autrement. En outre, il était persuadé que la laisser passer du temps avec Alexis et ses filleuls lui ferait du mien.

Il avait eu raison, manifestement.

Elle était plus détendue.

Et merveilleuse avec Nate dans les bras. Il n'avait jamais réellement envisagé d'avoir des enfants, mais voir Felicity tenir un bébé lui faisait de l'effet, lui donna envie d'avoir la même chose que son frère. Il souhaitait avoir une famille... avec Felicity. L'imaginer enceinte lui plaisait... Elle serait une mère formidable, et c'était une aventure qu'il désirait vivre avec elle. Les nausées matinales, les hormones déréglées, la naissance. Il voulait être juste à côté d'elle quand leur bébé pousserait son premier cri.

— Je crois que je l'ai trouvée ! s'écria Blake avec enthousiasme.

Ryder faillit lâcher les papiers qu'il tenait. Il secoua la tête pour essayer de se concentrer sur ce qu'il faisait et alla voir Blake.

Son frère brandissait une enveloppe comme si elle contenait de l'anthrax et non une simple lettre.

— C'est l'écriture de ma mère, confirma Ryder.

Comme Blake ne faisait pas mine d'ouvrir, il demanda :

— Veux-tu que je le fasse ?

Blake secoua la tête. Alexis le rejoignit et passa un bras

autour de lui, autant que le bébé qu'elle tenait toujours le lui permettait en tout cas.

— Blake ?

— C'est que... il était *marié.* Il n'aurait pas dû faire ça, dit-il d'une voix douce.

— Ton père était malheureux, le consola-t-elle. Avec trois bébés à la maison et ta mère qui lui faisait vivre un enfer. Tu ne peux pas lui en vouloir d'être allé chercher de l'affection ailleurs.

Blake la regarda.

— Je ne te tromperai *jamais*, Lex. Peu importe le nombre d'enfants hurlants que nous aurons.

Alexis posa une main sur sa joue.

— Je le sais. Cela dit, jamais je ne te frapperai ou te jetterai des casseroles en fonte à la tête en te criant dessus.

Son ton était doux et affectueux, mais sévère en même temps.

— Tu ne peux pas juger les gens sans te mettre à leur place. Tu aimais ton père et tu as subi la même maltraitance que lui, mais tu n'es pas lui. Tu ne peux pas le juger en te fiant à *notre* couple.

Blake soupira et reporta son attention sur la lettre. Puis sur Ryder.

— Tu l'as déjà vue ?

Ryder secoua la tête.

— Non. Ma mère m'a seulement dit qu'elle lui avait écrit, sans me rapporter ses paroles exactes.

Il sentit plus qu'il ne vit Felicity s'approcher de lui. Elle se plaça près de lui, lui apportant son soutien sans un mot.

Blake hésita un instant, puis ouvrit le rabat de l'enveloppe et en sortit une feuille de papier. Il la déplia et la posa à plat sur le bureau devant lui.

Les quatre adultes poussèrent une exclamation stupéfaite.

Les lettres cursives du message étaient féminines et soignées. C'était le mot griffonné en travers de la page qui les avait tous surpris.

SALOPE

Personne ne dit rien pendant quelques secondes.

— Ce n'est pas l'écriture de ma mère, *ça*, indiqua finalement sèchement Ryder.

Blake ramassa la feuille.

— Le reste est quand même lisible.

Il se mit à lire.

« Ace,

J'imagine que tu es surpris d'avoir de mes nouvelles, mais je refuse de quitter ce monde sans t'avoir contacté. Pendant des années, je me suis sentie coupable de t'avoir caché cela, mais je savais que tu avais fait ce que tu pensais être le mieux. Je ne t'en ai jamais voulu de m'avoir laissée. Je ne t'en ai en fait qu'aimé et respecté davantage.

Tu as un fils, Ace. J'ai découvert que j'étais enceinte deux mois après ton départ. J'ignore comment c'est arrivé, puisque nous avons toujours été si prudents, mais je n'ai jamais regretté sa naissance.

Je l'ai appelé Ryder Ace Sinclair. Il sait pour toi. Je ne lui ai jamais caché qui tu étais, sauf l'endroit où tu vis. Il te ressemble tellement qu'il m'est parfois douloureux de le regarder. Il était major de sa promotion au lycée et a été soldat. Il travaille désor-

mais dans le domaine de la sécurité afin de protéger les gens. Je suis si fière de lui. Je sais que tu le serais aussi.

Je n'attends rien de ta part aujourd'hui. Il ne me reste plus longtemps à vivre, j'ai un cancer, mais cette lettre n'a pas pour but d'éveiller ta pitié. Je ne regrette absolument pas le temps que nous avons passé ensemble. Aucun autre homme n'a répondu à mes attentes depuis. Tu as placé la barre trop haut.

Peut-être qu'un jour tu pourras envisager de rencontrer Ryder, si cela t'est possible ? Il sait tout, désormais. Je lui ai tout raconté hier soir.

Je t'aime toujours, Ace. Je n'ai jamais cessé. J'espère que tu es heureux, car c'est tout ce que j'ai toujours voulu pour toi.

Avec tout mon amour,
Patricia. »

Ryder prit une grande inspiration. L'amour que sa mère éprouvait pour Ace transparaissait clairement dans cette lettre. Il avait compris qu'elle aimait l'homme marié avec lequel elle avait eu une aventure ayant mené à sa conception, mais il ne l'avait pas saisi *réellement*.

Il jeta un coup d'œil à Felicity. Désormais, il comprenait. Il ignorait comment sa mère avait eu la force de laisser partir Ace Anderson. Il lui serait impossible à lui de regarder Felicity sortir de sa vie. D'autant plus s'il avait su qu'elle vivait avec une personne maltraitante. Impossible.

Felicity leva la tête, comme si elle avait lu dans ses pensées.

— Elle l'a laissé partir justement parce qu'elle l'aimait aussi fort.

Ryder eut l'impression que son cœur s'arrêta de battre

un instant, puis il se remit en route à vitesse redoublée. Felicity avait raison. Quoi qu'ait dit Ace Anderson en quittant sa mère, cela avait maintenu celle-ci à distance. Elle l'avait fait parce qu'elle l'aimait. De tout son cœur.

— Ma mère a trouvé cette lettre, déclara Blake sur un ton étrange alors qu'il fixait la feuille sur laquelle était griffonnée l'insulte. Je reconnais son écriture.

Il tourna l'enveloppe et indiqua le cachet de la poste.

— Elle est arrivée le jour où mon père s'est fait tuer.

Ryder inspira vivement. *Non.* Sans réfléchir, il agrippa Blake par l'épaule. Il ne savait pas quoi dire, mais voulait faire comprendre à son frère qu'il était désolé, sincèrement navré.

Sentant Felicity bouger, il se rendit compte qu'elle récupérait Ace des bras d'Alexis. Dès que celle-ci eut les mains libres, elle s'agenouilla à côté de Blake et l'enlaça.

Blake enfouit son visage dans les cheveux de sa compagne et l'étreignit à son tour.

— Viens, dit Ryder à Felicity, qui tenait les deux bébés à présent.

Il l'éloigna du couple attristé. Sa tête tournait à cause de ce qu'il venait d'apprendre. Il se sentait coupable. Il n'avait rien à voir avec la volonté de sa mère d'écrire cette lettre ni avec les agissements de la femme de son père, et pourtant...

— Ce n'est pas ta faute, affirma Felicity, comme si elle pouvait lire dans ses pensées.

— Je sais, mon cœur. Mais c'est si triste.

Ils s'installèrent sur le canapé, puis il lui prit Nate des bras. Le petit gars était plus lourd qu'il n'y paraissait. Ensuite, il sortit son portable de sa poche. L'information qu'ils venaient d'apprendre était importante. Blake avait besoin du soutien de ses frères.

Une heure plus tard, Logan, Grace, Bailey et son frère

Joel, ainsi que Nathan, se trouvaient tous chez Blake. C'était un peu serré, puisque la maison n'était pas grande, mais tout le monde s'en fichait.

Felicity était assise sur les genoux de Ryder, sur le canapé, tandis que Grace était installée à ses côtés avec Ace dans les bras. Logan pour sa part faisait les cent pas à côté, en faisant rebondir un Nate énervé. Blake était assis dans un grand fauteuil avec Alexis sur les genoux, et Nathan avait pris place dans une causeuse à côté de Bailey. Joel s'était assis en tailleur à leurs pieds.

— Alors, doit-on en déduire que papa a reçu cette lettre et que maman l'a trouvée ? questionna Logan.

Blake acquiesça.

— Oui, ou que papa la lui a montrée.

— Pourquoi aurait-il fait ça ? intervint Nathan. Il savait mieux que quiconque comment elle pourrait réagir.

Pendant un instant, personne ne répondit. Puis Grace prit la parole.

— Et s'il la lui avait montrée dans l'espoir qu'elle s'énerve franchement au point de demander le divorce ? Ou qu'elle lui dise de ficher le camp ? Je crois... Il savait qu'elle était violente, évidemment, mais il avait peut-être réalisé combien il aimait la mère de Ryder et voulait donc que Rose fasse quelque chose de drastique afin qu'il puisse partir.

— Ça, pour faire un truc drastique, elle en a fait un, commenta Alexis à voix basse.

— Ou bien il a reçu la lettre et comptait la planquer afin que Rose ne la trouve jamais, sauf qu'elle l'a vue quand même, dit Bailey. Alors, elle a pété un câble.

— Dans tous les cas, qui l'a cachée dans les affaires de papa, et pourquoi ? médita Logan en berçant toujours son fils agité.

— J'aurais dû regarder plus tôt ses papiers, se lamenta Blake.

Ryder tourna vivement la tête. Il était contrarié de voir ces hommes, qu'il avait appris à respecter, si confus et blessés.

— Quelle importance ? demanda-t-il, profitant d'un blanc dans la conversation. Ce qui est fait est fait, non ? Nous ne pouvons rien changer. J'aurais aimé que ma mère n'ait pas rédigé cette lettre. Vous auriez peut-être encore votre père, les gars.

— Si elle n'avait pas écrit, nous ne serions pas revenus à Castle Rock, intervint Nathan sur un ton neutre. Grace serait sans doute toujours sous la coupe de ses parents, Blake et Alexis ne se seraient jamais rencontrés et Bailey aurait été gravement blessée par Donovan.

Il baissa les yeux vers Joel pour illustrer son propos sans un mot. Puis il se tourna vers Ryder.

— Et nous n'aurions pas fait la connaissance de notre demi-frère. Je suis désolé de la mort de papa et du fait qu'il ne pourra jamais connaître nos femmes et nos enfants. Mais nous ne pouvons pas changer le passé.

— Nathan, tu as toujours su quoi dire, répondit doucement Logan en s'asseyant sur l'accoudoir du canapé.

Grace posa la main sur son genou pour exprimer son soutien silencieux.

Blake poussa un énorme soupir et regarda Ryder.

— Je suis désolé d'avoir été con.

Ryder le fixa, sidéré. Sa déclaration paraissait tellement déplacée dans le contexte.

— J'étais déçu par mon père et le fait qu'il avait brisé ses vœux de mariage, et je n'arrivais pas à penser à autre chose. Mais en fait, c'est maman qui les a brisés en premier. Elle ne l'a pas aimé, honoré, ni chéri. C'était idiot de ma part d'être bouleversé par son comportement à lui, alors que c'est ma mère qui passait son temps à nous faire du mal pendant notre enfance. Sans oublier qu'elle l'a *tué*, bordel. Pourtant, papa a honoré ses vœux, lui, en renonçant à ta mère, et il en est mort en fin de compte. Oui, il a trompé notre mère, mais avec trois bébés à la maison et une femme qui ne le traitait pas comme elle l'aurait dû, ce n'est pas étonnant qu'il soit allé chercher de l'affection ailleurs. Mais, le moment venu, il n'a pas hésité à sacrifier son bonheur pour rentrer ici. Pour retrouver un foyer où il se faisait dénigrer, hurler dessus et frapper. Il l'a fait pour nous. Il a sacrifié son bonheur pour nous.

— Il a fait de son mieux pour nous protéger.

— Je n'ai jamais trouvé qu'il faisait un super boulot, avoua Blake.

— Est-ce que tu te rappelles la fois où, enfants, nous avons voulu chercher des bonbons pour Halloween ? Maman a refusé, disant que c'était une fête stupide, mais il nous a fait sortir de la maison très vite en nous conseillant de nous amuser, raconta Nathan.

— À notre retour, il avait un œil au beurre noir et boitait méchamment, pourtant il s'est quand même assis par terre avec nous pour voir tous les bonbons que nous avions récoltés, se souvint Blake. J'étais amer et je croyais qu'il aurait pu nous protéger davantage, mais en fait, si je prends le temps d'y réfléchir, je me rends compte qu'il se plaçait systématiquement entre elle et nous. Oui, elle nous a très souvent frappés, mais papa faisait ce qu'il fallait pour encaisser le plus gros de sa colère.

Ryder envoya une prière silencieuse à sa mère, la remerciant d'avoir toujours été aimante et généreuse. Ils étaient pauvres, oui, mais elle lui avait donné beaucoup de tendresse.

— Lorsque ma mère m'a parlé de son aventure et de notre père, elle n'était pas du tout amère. Sur le moment, je n'ai pas compris. Je lui ai demandé pourquoi elle l'avait laissé partir sans se battre. Elle m'a dit que cela n'avait pas été facile pour eux, mais que c'était pour vous qu'il était retourné vers votre mère.

Il regarda chacun de ses frères dans les yeux.

— Il a quitté ma mère et une vie sans abus pour vous, les gars. Il devait vous protéger. Il l'a avoué lui-même à ma mère. Voilà pourquoi elle n'a plus jamais essayé de lui parler. Elle comprenait. Elle en souffrait, mais elle comprenait. Elle ne me l'a pas dit au moment de rédiger cette lettre, mais je pense qu'elle a dû se dire que comme vous étiez plus grands, vous n'aviez plus besoin de protection et qu'elle pouvait donc lui écrire sans problème.

Felicity, la tête sur son épaule et le bras serré fort autour de sa taille, renifla. Les autres femmes pleuraient aussi, et les hommes avaient l'air plus tristes qu'énervés.

L'émotion envahissait la pièce, accompagnée tout de même de soulagement.

— Ça craint, commenta Blake. Mais je suis content de savoir. Je me suis toujours demandé ce qui s'était produit. Maman a toujours été une garce, mais pourquoi était-elle passée de maltraitante à meurtrière tout à coup ?

— Est-ce que nous devrions apporter ça à la police ? questionna Alexis. Rose a tué Ace, après tout.

— Non, refusa immédiatement Blake. Cela ne changera rien. Ils sont morts tous les deux. Laissons notre père reposer en paix une bonne fois pour toutes. Il a fait des erreurs, nous ne pouvons pas le nier, mais ce qui est fait est fait.

Ace le bébé choisit ce moment précis pour péter bruyamment.

Le silence envahit le salon avant que Joel ne s'en mêle.

— Rien de tel qu'un pet de bébé pour briser la tension.

Tout le monde éclata de rire et, comme l'avait si justement constaté Joel, la tension reflua de la pièce.

Grace se leva pour aller changer Nate, tandis qu'Alexis et Bailey allaient remplir les verres à la cuisine.

Logan, Blake et Nathan se rendirent dans le bureau pour lire une nouvelle fois la lettre, et Joel s'installa à la table du salon pour travailler sur ses devoirs.

Felicity fit mine de s'éloigner de lui, mais Ryder resserra son étreinte.

— Ça va ?

Elle acquiesça.

— Pourquoi ça n'irait pas ? Ce devrait être à moi de te poser cette question.

— Je vais bien.

Elle mit sa main sur sa joue. C'était la première fois qu'il la voyait aussi douce.

— Ce n'est pas ta faute, lui dit-elle.

— Je sais. Je ne suis pas ravi d'avoir découvert que cette lettre a visiblement poussé Rose à tuer Ace, mais je sais que je n'y suis pour rien.

— Bien. Tu devrais aller avec tes frères, répondit-elle en indiquant le bureau d'un signe de la tête.

— C'est ce que je vais faire, je pense. Ça va aller pour toi ?

Elle leva les yeux au ciel.

— Oui, Ryder, très bien. Je vais juste aller donner un coup de main à Alexis et Bailey en cuisine.

Il écarquilla les yeux en une horreur feinte.

— La ferme, pouffa-t-elle en le frappant sur l'épaule. Laisse-moi me lever, grande brute.

Un immense sourire aux lèvres, Ryder l'aida à le faire. Il

aimait cette facette de Felicity et appréciait leurs taquineries bon enfant. Le temps qu'ils avaient passé ensemble était bien trop intense, récemment. Il rêvait d'une vie entière de plaisanteries avec elle.

Lorsqu'il sortit du bureau une heure plus tard avec ses frères, Ryder se sentait plus à l'aise avec eux. Aucun des quatre hommes n'était ravi de ce qu'il venait d'apprendre, mais ils avaient pu trouver quand même une certaine paix. Les frères Anderson, parce qu'ils avaient compris que leur père avait choisi un mariage horrible afin de les protéger. Ryder, grâce au pardon que ses frères avaient accordé à sa mère pour son rôle, même involontaire, dans la mort d'Ace.

Ryder se figea face au spectacle qui l'attendait dans le salon. Grace dormait sur le canapé avec l'un des jumeaux contre elle. Bailey tenait l'autre bébé, et Alexis et elle avaient les yeux rivés sur une télé-réalité quelconque.

Ce fut cependant Felicity qui retint l'attention de Ryder. Elle était assise à côté de Joel, la tête penchée sur ses devoirs, et lui montrait quelque chose sur une feuille. Ils étaient si concentrés sur ce qu'ils faisaient qu'ils ne le virent pas s'approcher.

— Voilà, c'est la manière la plus facile de diviser des fractions. Je sais que les multiplier est bien plus amusant, mais si tu respectes ces étapes, tu pourras les diviser sans peine, expliqua Felicity à Joel tout bas.

— Cool ! Tu es aussi intelligente que Nathan ! s'exclama-t-il en la regardant avec émerveillement.

Elle pouffa.

— Je n'en suis pas sûre. Mais les maths, c'est amusant. Je les aime. Les nombres suivent une logique. Ils fonctionnent systématiquement de la même façon, il y a toujours une réponse juste ou fausse. On ne peut pas dire la même chose de la littérature ou de n'importe quel autre sujet.

Joel acquiesça vigoureusement.

— Je trouve aussi. Parfois, je ne comprends pas comment ma maîtresse m'explique, mais Nathan m'aide toujours à la maison. Grâce à toi, j'ai encore mieux compris qu'avec lui la dernière fois. Merci !

Elle lui ébouriffa les cheveux.

— C'est quand tu veux.

Ryder se racla la gorge.

— Hé, Ryder, est-ce que Nathan a fini ? demanda Joel. Je veux lui montrer comment Felicity m'a appris à faire ces fractions.

— Oui, il a terminé. Il discute juste avec ses frères du travail.

— Cool. Merci encore, Felicity ! s'écria-t-il avant de filer à toute allure.

Ryder s'installa sur la chaise qu'il avait laissée et observa la feuille de papier recouverte de problèmes mathématiques. Puis il se tourna vers Felicity.

— Des maths, mon cœur ?

Elle se mordit la lèvre et acquiesça, sans répondre.

Il lui prit le bras et l'étendit sur la table. Du doigt, il traça la citation.

— « La résolution de problèmes nécessite une autre façon de penser que celle utilisée pour les créer. » J'aime cette phrase.

— Albert Einstein, commenta-t-elle tout bas.

— Je sais.

— Ça... Ça va au-delà des maths, avoua-t-elle.

Le cœur de Ryder fondit dans sa poitrine.

— J'avais compris, oui.

Il caressa son bras de haut en bas sans relever la chair de poule qui en résulta.

Felicity inspira profondément et le regarda. Pour une

fois, il ne vit pas de la peur dans ses yeux, mais de la résolution.

— J'ai besoin de ton aide, Ryder.

— Tu l'as, mon cœur.

— C'était le copain de ma colocataire à la fac. Il...

Il posa un doigt sur ses lèvres.

— Pas maintenant et pas ici.

Perdue, elle fronça les sourcils.

— Mais je croyais que tu voulais que je te raconte tout.

— Oui, mais je souhaite que tu te sentes en sécurité quand tu le fais et qu'il n'y ait pas d'interruptions.

— Je me sens en sécurité, là, et je ne vois pas de quelles interruptions...

Pendant qu'elle parlait, Joel revint en courant dans la pièce.

— Felicity ! Nathan a dit que c'était du bon boulot ! Il est impressionné que tu connaisses les fractions !

Ryder haussa les sourcils, comme pour dire à Felicity « Tu vois ? »

— C'est génial, Joel.

— Nous en parlerons plus tard, mon cœur, lui assura Ryder avant de l'embrasser sur la tempe.

Chaque jour passé aux côtés de Felicity lui faisait découvrir une nouvelle facette de sa véritable personnalité. Il savait qu'elle était intelligente, mais la voir aider si facilement Joel dans ses devoirs avait renforcé sa conviction. Lui-même serait incapable de se souvenir comment diviser les fractions, même sous la torture.

Il devait continuer à être patient. Elle lui avait révélé son vrai nom et lui avait indiqué qu'elle lui raconterait toute l'histoire. Rien n'était plus agréable que la confiance de Felicity.

Plus tard, après un dîner bon enfant avec ses frères et

une hilarante partie de Limite Limite tandis que Joel regardait un film, Ryder raccompagnait Felicity dans la salle de sport fermée à cette heure-là. Ils adressèrent un signe de la tête à la femme de ménage qui venait tous les soirs désinfecter les vestiaires et s'assurer que tous les appareils étaient propres.

Ryder tint la main de Felicity tandis qu'ils empruntaient le couloir, dépassaient les bureaux, puis montaient chez elle. Felicity dormait à moitié debout, pourtant, dès qu'ils furent entrés dans l'appartement, elle s'empressa de le lâcher pour aller dans la cuisine se verser un grand verre d'eau. Elle le faisait systématiquement avant d'aller dormir.

— Tu fais ça chaque soir, fit-il remarquer calmement. Pourquoi ?

Elle haussa les épaules.

— C'est bon pour moi. Je ne mange pas toujours sainement, et je me suis rendu compte que l'eau était bonne pour moi. J'essaie d'en consommer au moins deux litres par jour. Parfois, j'y arrive, parfois non. Mais j'ai découvert que lorsque je bois de l'eau avant de dormir, je me sens mieux. Plus propre. C'est sans doute dans ma tête, mais l'eau est gratuite, et c'était la seule chose saine que je pouvais m'offrir quand je n'avais pas les moyens de bien me nourrir. Boire de l'eau coûte toujours moins cher que d'aller voir un médecin.

Il s'approcha d'elle et prit son visage en coupe. Puis il l'embrassa tendrement, et sentit la fraîcheur sur ses lèvres.

— C'était pour quoi, ça ?

— Parce que tu es formidable.

Elle rougit, mais, pour une fois, ne le contredit pas.

— Tu es fatiguée, constata-t-il inutilement.

Elle acquiesça.

— D'accord, va au lit. Je vais vérifier que tout est bien fermé. Vas-tu me laisser contrôler ta chambre, ce soir ?

Elle secoua la tête.

— Tu sais que rien de ce qui peut s'y trouver ne me fera fuir... n'est-ce pas ?

Felicity soupira.

— Je sais... J'essaie de rassembler le courage de te laisser entrer dans mon espace personnel. C'est le seul endroit au monde où j'ai le sentiment de pouvoir être moi-même.

Il l'embrassa sur le front.

— Il n'y a pas d'urgence, mon cœur. Je suis déjà content que tu me permettes de rester sans protester.

Il indiqua le canapé d'un signe du menton pour illustrer son propos.

— Tu peux t'installer dans la chambre d'amis, tu sais. Il y a un petit lit en plus des deux berceaux.

Ryder secouait la tête avant même qu'elle n'ait fini sa phrase.

— Merci, mais non. Si je ne peux pas être juste à côté de toi pour m'assurer que tu es en sécurité, alors je préfère dormir ici, où je peux te protéger de toute personne essayant d'entrer.

Elle le fixa un long moment, les yeux écarquillés, puis elle les ferma et soupira. Quand elle les rouvrit, ils étaient inondés de larmes.

— Je ne me suis jamais sentie autant en sécurité qu'avec toi.

— Va te coucher, mon cœur. On se revoit demain matin.

— Je voudrais te dire... mais... je ne suis pas prête. C'est idiot, parce que je songeais à te parler tout à l'heure et que je sais que mon temps est compté, puisqu'il est là, quelque part, à m'observer. Je sens son regard sur moi presque sans arrêt. Je devrais tout te dire, pourtant, car je sais que tu pourras m'aider.

Ryder resserra son étreinte sur son visage.

— Il n'y a aucune urgence, Felicity. Il ne posera pas la main sur toi tant que je serai présent.

— Merci.

— Ne me remercie pas. Tu n'as pas à me remercier d'être à tes côtés. Je veux être là.

Elle esquissa un sourire.

— Quoi ? Pourquoi te moques-tu de moi ? demanda Ryder, bien plus heureux de la voir amusée qu'en larmes.

— C'est juste que... tu es parfois si austère... Mais je t'ai vu porter tes neveux aujourd'hui et leur parler si tendrement que c'est difficile de concilier ces deux facettes.

— Je t'ai raconté ce que je faisais dans la vie, rétorqua-t-il sur un ton d'avertissement. Ne prends pas ma tendresse envers ma famille pour de la faiblesse.

Elle reprit son sérieux.

— Jamais. Je pense que c'est cette facette dangereuse de ta personnalité qui fait que je te fais autant confiance. Savoir que tu as déjà tué et que tu tuerais sans doute pour moi me procure un sentiment de sécurité.

— Il n'y a pas de « sans doute » qui tienne, commenta-t-il.

Ils restèrent de longues secondes à se dévisager, puis il soupira et s'écarta.

— Finis ton eau et va au lit, mon cœur. Demain est un nouveau jour. Nous verrons le moment venu.

Elle hocha la tête, vida son verre et le posa dans l'évier. Puis elle le frôla pour se diriger vers la porte close de sa chambre. Au dernier moment, elle se retourna pour lui sourire.

— Bonne nuit, Ryder.

— Bonne nuit, Felicity.

* * *

Joseph Waters, dans son déguisement de femme bien plus âgée que lui, passa lentement la serpillière sur le sol de la salle de sport. Il avait les yeux rivés sur le couloir par lequel Ryder Sinclair et Megan avaient disparu. Il s'était débarrassé sans problème de la frêle vieille qui faisait le ménage ici. Il n'avait pas prévu de la tuer, mais elle n'arrêtait pas de crier quand il avait placé un couteau sous sa gorge.

Elle était loin d'être la première garce qu'il ait éliminée et ne serait pas la dernière. La plupart du temps, les femmes la fermaient dès qu'elles sentaient la pointe de sa lame, mais pas elle. Tout ce qu'il voulait, c'était le trousseau de clés de *Rock Hard Gym*. Toutes les clés. Celle des sanitaires, des vestiaires, des bureaux et, surtout, de l'appartement à l'étage. Il n'en avait pas besoin, non. Il avait appris à forcer les serrures de la part du meilleur, que son père avait engagé pour lui enseigner son savoir-faire. Il pouvait ouvrir n'importe quelle porte en moins d'une minute. Mais les clés facilitaient tout de même la vie.

Il avait pu jeter un coup d'œil à l'appartement de Megan avant que son protecteur et elle ne rentrent. Il avait pris le temps de découvrir la femme qu'elle était devenue pendant les années où il l'avait cherchée. Il en avait vu assez pour qu'un plan commence à se former dans son esprit quant à la meilleure manière de la mettre à terre.

Ses yeux étincelèrent tandis qu'il passait machinalement la serpillière sur le sol. Il l'imaginait enchaînée à son lit, effrayée, bras et jambes écartés pour lui. Oui, Megan Parkins allait regretter le jour où elle avait appelé les flics pour le dénoncer.

Maintenant qu'il avait pénétré dans son appartement, il savait précisément comment il pouvait l'atteindre.

Cependant, il allait jouer un peu d'abord.

En souriant, il remit la serpillière dans le placard. Megan

et Cole découvriraient bien assez tôt que leur habituelle femme de ménage ne pouvait pas continuer.

Il avait de toute façon déjà fait des copies de toutes les clés nécessaires et pouvait donc entrer et sortir du bâtiment à sa guise. À peine avait-il appuyé légèrement sa lame contre la gorge de cette stupide bonne femme qu'elle lui avait donné le code de l'alarme. Il détestait les femmes faibles. Il préférait celles qui se défendaient avant qu'il ne les brise.

Il sourit en quittant les lieux. Il reviendrait. Il allait bien s'amuser.

CHAPITRE 9

Le lendemain matin, alors qu'elle était au lit, Felicity entendit Ryder au téléphone. Il indiquait son véritable nom, celui qu'elle lui avait révélé la veille. Elle n'était pas surprise ; elle avait su, dès qu'elle le lui avait dit, qu'il le transmettrait à ses amis. Elle ne se sentait ni nerveuse ni effrayée, cependant. Vraiment... libérée.

Pour la première fois depuis dix ans, elle ne ressentait pas le besoin de regarder constamment par-dessus son épaule. Elle savait que Joseph n'était pas loin. Il ne lui aurait pas envoyé cette lettre ni cette coupure de journal s'il n'avait pas voulu le lui faire savoir. Jaillir de derrière un buisson en brandissant son arme n'était pas son genre. Il préférait tourmenter. Effrayer. Et il était sacrément doué pour le faire. Il l'avait retrouvée très vite, quand elle avait quitté Chicago, au tout début. Cela avait été suffisamment traumatisant pour elle pour qu'elle décide de changer de nom et disparaître pour de bon.

Elle ne parvenait pas à distinguer les paroles exactes de Ryder, qui avait dû se rendre dans la cuisine, mais elle entendait tout de même le grondement de sa voix. Elle parcourut sa chambre du regard. Empêcher les gens d'y entrer était une seconde nature, une façon de se protéger. Si le salon était virginal et stérile, il en allait tout autrement ici.

Sur la table de nuit se trouvaient des photos de sa mère et elle. Des livres gisaient au sol, un peu partout, puisqu'elle n'avait pas de bibliothèque pour les mettre. Elle avait conservé d'anciens manuels de physique, qui se mêlaient à des livres policiers, des ouvrages sur la meilleure manière de vivre sous le radar et, bien sûr, des bouquins de science-fiction.

Le jour où elle s'était fait faire son dernier tatouage, elle avait surpris la conversation d'étudiantes parlant d'elle et disant qu'elle était effrayante et devait sans doute avoir des posters de motos et de flingues sur ses murs. C'était l'impression qu'elle voulait donner aux étrangers. Elle avait sciemment tout fait pour changer l'image qu'elle projetait. Elle avait toujours été une gentille fille, mignonne, et voilà où cela l'avait menée.

Les cheveux courts, les muscles, les tatouages... tout ceci, elle l'avait fait dans le but de transformer celle qu'elle était autrefois. Cependant... cela n'avait pas vraiment fonctionné. Elle se sentait encore la même à l'intérieur. Effrayer les gens ne lui plaisait pas ni même se montrer sans cesse narquoise et renfermée. Cela n'avait pas empêché Joseph de la trouver, de toute façon, ni de tuer sa mère. Elle en avait surtout récolté l'impression d'être en décalage par rapport aux autres.

Mais... qui était-elle réellement ? Sa chambre était le seul endroit où elle s'autorisait à être elle-même. La véritable elle.

Sur les murs étaient accrochés des photos et des posters bon marché dénichés dans des magasins d'occasion : une affiche représentant *La femme à l'ombrelle* de Claude Monet ;

une aquarelle d'un champ de lupins qu'elle avait trouvée quand elle se cachait au Texas ; une feuille de papier, arrachée dans un petit carnet, sur laquelle Joel avait dessiné un extraterrestre se faisant tirer dessus par un astronaute ; un article de journal relatant la mise en prison de la mère de Grace ; une photo en pied de Margaret Mason menottée conduite au tribunal ; un portrait de trente par trente-cinq centimètres de Grace et elle s'enlaçant lors du mariage de son amie. Elles riaient comme des hystériques, la tête rejetée en arrière, et d'immenses sourires aux lèvres. C'était l'une des photos préférées de Felicity. Avant ce jour-là, elle n'avait jamais vu Grace aussi heureuse.

Puis il y avait son lit. Elle avait chiné dans les magasins d'occasion du coin et trouvé des oreillers brodés et même un dessus-de-lit qui paraissait fait main. Il était constitué de carrés de tissu pastel assemblés ensemble pour former une énorme marguerite. Ce n'était pas sa mère qui le lui avait fait, mais elle aimait se dire que si.

Ses draps étaient l'unique chose qu'elle avait achetée neuve. Ils étaient de grande qualité et si doux contre sa peau qu'elle avait l'impression d'être allongée dans un nuage duveteux. Le jour où elle s'était enfuie, elle avait emporté avec elle la première peluche que sa mère lui avait offerte. C'était une girafe dont le cou avait été recousu au moins à dix reprises au fil du temps, mais elle lui était très précieuse et c'était le seul objet, littéralement, qui lui restait de son ancienne vie.

Sa chambre était en résumé dans un désordre confortable, et un coup d'œil à la pièce suffirait à Ryder pour comprendre que son allure de dure à cuir n'était qu'une façade. Cependant, il l'avait déjà découvert. Il le lui avait dit. Pour la première fois, l'idée de laisser quelqu'un y pénétrer ne la dérangea pas. Laisser *Ryder* y pénétrer.

Grace savait qu'elle appréciait la science-fiction, mais ignorait son amour pour la physique. Ou qu'elle envisageait de faire carrière dans ce domaine. Felicity avait toujours dû être la plus forte, dans leur relation, encourageant sans cesse Grace à s'éloigner de ses parents. Elle n'avait pas pu avouer à sa meilleure amie combien elle était effrayée.

Ensuite, lorsque Grace s'était mise avec Logan et qu'elle s'était vantée de sa meilleure amie badass, Felicity n'avait pas voulu faire éclater cette bulle. Elle aimait le respect dans les yeux des frères Anderson quand ils la regardaient.

Ryder, pourtant, avait vu à travers son armure. Elle savait que ce n'était qu'une question de temps avant qu'elle lui raconte tout. Elle désirait le faire. Il fallait juste qu'elle rassemble son courage.

Elle sortit de son lit et se rendit dans la salle de bains attenante à sa chambre. Cole voulait lui parler de certaines idées qu'il avait eues pour développer *Rock Hard Gym*, et elle avait des courses à faire. Alors qu'elle aurait aimé se cacher dans son domaine, elle savait qu'elle ne pouvait pas. La vie continuait. Même quand on était traquée par un connard psychopathe.

— Oui, elle s'appelle Megan Parkins. Elle vient très probablement de Chicago, comme je te l'ai dit. Est-ce que le nom de Joseph Waters a donné quelque chose ?

— Pas encore, répondit Meat. Mais son nom à elle devrait m'aider.

— Je vais téléphoner à Rex.

Les mercenaires contactaient rarement leur responsable. C'était généralement lui qui se mettait en contact avec eux, pas l'inverse. Toutefois, Ryder n'avait pas l'intention de rester sans rien faire s'il pouvait l'éviter. Pas alors que Felicity était en danger. Tous les Mercenaires Rebelles étaient conscients que leur responsable avait des relations. Dans des milieux parfois effrayants. C'était ainsi qu'il savait sur quelles missions les envoyer.

Si Meat ne parvenait pas à dénicher Joseph Waters avec ses relations – car il était certain qu'il en avait également – alors peut-être que Rex pourrait leur donner un coup de main.

— Bonne idée, commenta Meat. J'ai trouvé plusieurs Joseph Waters à Chicago, mais aucun qui semble être notre homme. Rex peut utiliser ses contacts pour creuser plus profondément.

Ryder hocha la tête même si son ami ne pouvait pas le voir.

— Oui, c'est ce que je pense aussi. Mais j'apprécie ton aide.

— Quand tu veux. Dès que j'aurai réuni tout ce que j'aurai découvert sur Megan, je le crypte et je te l'envoie.

Ryder ravala sa protestation immédiate. Il savait qu'il avait besoin d'informations supplémentaires, mais il préférait que ce soit Felicity qui les lui donne. Les obtenir par la voie officielle qu'ils utilisaient d'ordinaire avant de partir en mission lui paraissait... mal. Il ne le dit pas à Meat, se contentant de le remercier.

— Je te rappelle plus tard.

— À plus, Ryder.

Dès qu'il raccrocha, il songea à la situation. Il s'était senti suivi du regard, lui aussi, tout comme Felicity, la semaine précédente. Comme si ce connard attendait son heure. Ce qui signifiait qu'il était patient... et de ce fait bien plus dangereux qu'un enfoiré fou et impulsif.

La plupart des harceleurs n'avaient pas les moyens de

contrôler leur désir pressant de posséder ou blesser leur proie. Joseph constituait une menace d'autant plus grande qu'il avait dû voir Felicity avec Ryder. Devait savoir qu'il la protégeait. La présence de Ryder compliquerait les plans de Joseph, le gênerait pour atteindre Felicity. Ryder ne pouvait pas sous-estimer cet homme et il ne le ferait pas.

— Bonjour.

Il se tourna vers Felicity pour lui sourire. Elle se tenait à l'entrée de la petite cuisine, ses courts cheveux bruns relevés en pique, et portait un tee-shirt gris aux manches plus foncées ainsi qu'un jean. Elle avait eu la main lourde sur le maquillage, ce qui ne l'empêcha pas de remarquer les cernes qu'elle essayait tant de cacher. Savoir qu'elle dormait mal le contrariait, mais à vrai dire, son sommeil à lui non plus n'était pas très bon. Ce n'étaient pas toutes les bosses du canapé qui le faisaient se tourner toute la nuit, mais la crainte que quelqu'un se faufile en douce devant lui pour atteindre Felicity.

— Bonjour, mon cœur. Tu es magnifique ce matin.

Elle rougit, mais lui adressa un petit sourire.

— Qu'as-tu prévu aujourd'hui ?

Elle s'avança dans la pièce pour ouvrir le réfrigérateur et sortir un jus multifruits et légumes. Elle le déboucha et but une gorgée en fixant Ryder.

— Tu vas faire ça encore longtemps ? demanda-t-elle enfin.

— Faire quoi ?

Elle agita la main.

— Dormir sur mon canapé, surveiller chacun de mes mouvements.

— Autant qu'il le faudra.

Elle posa la bouteille sur le comptoir et fronça les sourcils.

— Tu ne le connais pas, Ryder. Il va juste attendre son heure.

— Alors il devra attendre très longtemps. Je n'ai pas l'intention de m'en aller.

— Tu ne peux pas rester ici pour toujours. Tu as un boulot qui t'attend à Colorado Springs.

— À vrai dire, non, rétorqua-t-il. Comme je te l'ai expliqué, je suis en disponibilité à partir de maintenant. J'ai trop de relations personnelles désormais. Ce qui me rendait aussi bon dans mon travail, c'était le fait d'être un solitaire. Je n'avais personne. Enfin, à part ma mère avant son décès, mais peu de gens étaient au courant de son existence.

— Tu as démissionné ?

— Oui.

Felicity sembla confuse.

— Mais... tu dois bien faire quelque chose, non ?

— Pas avant longtemps. J'étais très bien payé pour ce que je faisais. J'ai beaucoup d'argent. À vrai dire, j'espérais te convaincre d'aller chercher une maison avec moi à un moment donné.

Elle secoua la tête comme si elle avait mal entendu.

— Quoi ? Une maison ? Ici ?

— Oui. Ici.

Ils se dévisagèrent de longues secondes.

— Tu t'installes ici ? demanda-t-elle à voix basse.

— Oui, Felicity. Ma famille est là. J'ai envie de voir grandir mes neveux. Je veux apprendre à mieux connaître mes frères. Et tu es là. Tu as ta salle de sport et tes amis ici.

Il s'attendait à de l'émotion, quand il lui révélerait ses intentions, mais il pensait plutôt à des larmes. Pas à l'immense sourire qui étira ses lèvres.

— Tu t'installes ici, commenta-t-elle.

— Oui, confirma-t-il.

— Ça me plairait, dit-elle d'un ton ferme. Je n'ai jamais ressenti pour personne ce que j'éprouve pour toi. Je veux voir où cela nous mène. Mais je dois d'abord me débarrasser de ce connard qui me pourrit la vie.

Il lui rendit son sourire.

— J'adore cette nouvelle attitude, mais j'avoue que je suis un peu surpris, admit Ryder. D'où vient ce changement ? Hier soir, tu étais effrayée et pas certaine que je resterais ici. Maintenant, tu ne l'es plus. Pourquoi ?

— J'ai repensé à tout ça en me couchant.

— Tout ça ?

— Oui, tout ça. Joseph. Ma mère. Mon arrivée à Castle Rock. Grace et ce qu'elle a traversé, et le fait qu'elle est heureuse aujourd'hui. Alexis et Blake, et Bailey et Nathan, aussi. Bon sang, même Joel a été plus courageux que moi ces temps-ci. Alors, ça m'a énervée. Cet enfoiré n'a pas le droit de me faire ça. Il n'a pas le droit de me gâcher la vie. J'ai compris qu'il ne pourrait me la gâcher que si je le laissais faire. À vingt ans, je n'étais pas assez expérimentée pour rendre coup pour coup. Je ne savais que fuir et me planquer. Mais puisque Joseph a découvert que je vis ici, je n'ai plus besoin de me cacher. J'adore cette ville et j'ai décidé de tout faire pour t'aider à me rendre service.

— Viens là, ordonna-t-il en tendant un bras.

Sans hésiter, elle se blottit contre lui tandis qu'il l'enlaçait. Il l'embrassa sur le sommet du crâne.

— Tu ne le regretteras pas, lui promit-il.

Elle le regarda.

— Je le sais. Ryder ?

— Oui ?

— Tu vas me faire l'amour, n'est-ce pas ?

Il faillit en avaler sa langue, mais répondit immédiatement.

— Tout à fait.

Elle posa la tête sur son épaule et la hocha.

— Bien. Ça fait longtemps et je n'étais pas sûre de faire un jour assez confiance à quelqu'un pour le laisser s'approcher autant de moi. Pourtant, même si nous ne nous connaissons que depuis peu, j'ai encore plus confiance en toi qu'en n'importe qui d'autre.

Ryder prit une grande inspiration.

— Ça fait longtemps pour moi aussi, mon cœur. Et j'espère que tu sais que j'ai tout autant confiance en toi. Je ne t'aurais pas parlé de Zariya si cela n'avait pas été le cas.

— Je sais. J'y ai repensé hier soir également. Je ne suis pas en train de dire que je suis prête à te traîner jusqu'à mon lit tout de suite, mais je veux que tu sois sûr que je ferai tout ce qui est en mon pouvoir pour me battre cette fois-ci afin de pouvoir trouver le bonheur. Si Grace peut le faire, alors moi aussi.

Ils restèrent un long moment enlacés. Puis Ryder posa la main sur sa nuque et écarta sa tête, attendant qu'elle le regarde.

— Tu n'as que des œufs et du jus de fruits dans ton frigo. Ça te dirait d'aller déjeuner ailleurs ?

Elle acquiesça en souriant.

— Oui, bonne idée.

— Bien.

Il n'insista pas pour qu'elle lui raconte son histoire dans la seconde. Tout ce dont il avait besoin pour l'instant, c'était que Felicity prenne conscience qu'elle était en sécurité et que ses frères et lui assuraient ses arrières. Maintenant qu'il savait qu'ils étaient sur la même longueur d'onde concernant leur relation, son envie pressante de la mettre dans son lit s'était calmée.

Ils y viendraient tout de même un jour, et cela apaisait

l'homme des cavernes en lui. Elle était déjà à lui. Faire l'amour pouvait attendre.

* * *

Ils ne parvinrent pas à prendre leur petit déjeuner. Dès qu'ils arrivèrent en bas, Cole les informa qu'ils avaient reçu un appel de leur fournisseur d'électricité. Ce dernier voulait confirmer avec eux leur demande de mettre fin à leur contrat. Pendant qu'ils discutaient, ils furent contactés par l'installateur de leur alarme qui leur posa la même question.

Avant l'heure du déjeuner, deux autres fournisseurs les appelèrent pour la même chose. À titre préventif, ils décidèrent de téléphoner à leur propriétaire et découvrirent qu'il avait lui aussi été informé de leur volonté de fermer la salle de sport.

Il leur fallut la journée entière pour mettre fin à tous les malentendus. Au début, Felicity pensait que ce n'était qu'une simple erreur de la compagnie d'électricité, cependant, plus les appels s'accumulaient, plus sa rage grandissait. Comme elle l'avait dit à Ryder ce matin-là, elle n'était plus effrayée, désormais ; elle était furieuse.

Elle était persuadée que Joseph était derrière tout cela. Il avait déjà fait la même chose. Sauf qu'elle n'avait découvert que trop tard que son propriétaire avait loué l'appartement à une autre personne. Le jour où l'électricité s'était coupée chez elle, elle s'était vu répondre, lorsqu'elle avait appelé, qu'ils possédaient un enregistrement de sa demande de mettre fin à son contrat puisqu'elle déménageait.

Tandis que Cole et elle contactaient les différentes entreprises et les rassuraient quant au fait qu'ils n'allaient nulle part et qu'ils mettaient en place des garde-fous pour qu'une telle situation ne se reproduise pas, Ryder était non loin d'eux. À l'heure de midi, il était sorti acheter à manger et avait posé sans un mot des sandwiches sur leur bureau.

Quand il fut dix-huit heures, Ryder revint dans la pièce et déclara que Felicity en avait fini pour la journée. Cole approuva.

— Nous ne pouvons plus rien faire ce soir, puisque tout est fermé maintenant. Je pense que nous avons réussi à contacter toutes les personnes importantes. L'eau va continuer à nous être livrée et les services de blanchisserie se poursuivent. Je n'ai pas pu avoir l'agence d'entretien, mais quand Mme Hanley arrivera, si elle se pointe, je lui assurerai que nous souhaitons toujours travailler avec elle. Merci pour ton aide aujourd'hui, Felicity.

Elle le dévisagea.

— Euh... nous sommes partenaires, Cole. Évidemment que j'étais là pour le faire.

— Je croyais que tu avais décidé de récupérer ton argent et de te barrer ? rétorqua-t-il.

Elle ne pouvait pas lui en vouloir, puisque c'était exactement ce qu'elle avait dit.

— J'ai changé d'avis.

— Pour de bon ?

— Pour de bon.

— Alors est-ce que je peux ajouter ton putain de nom à cette entreprise ?

Elle le fixa, choquée. Il paraissait énervé. Presque enragé.

— Ce... Ce n'est toujours pas une bonne idée.

— Mon cul, oui. Si tu crois que j'ignorais que tu allais partir un jour, tu es timbrée. Tous les matins, je me réveillais en me demandant si c'était celui où ma meilleure amie aurait disparu. Tous les soirs, je craignais d'avoir à faire tourner cette salle de sport sans toi. Je savais, quand j'ai commencé, que j'aurais à le faire seul, mais je redoutais quand même cette journée de tout mon être. J'adore travailler avec toi, Felicity. Tout le monde t'aime, ici. Si tu t'en vas, je ne suis pas sûr d'avoir envie de laisser *Rock Hard Gym* ouvert.

— Elle ne partira pas, affirma Ryder à sa place.

Cole se tourna vers lui, hocha la tête, puis reporta son attention sur Felicity.

— Je veux quand même mettre ton nom sur les papiers.

— D'accord.

Le soulagement de Cole lui noua le ventre. Elle n'avait jamais eu l'intention de le faire souffrir. Elle croyait qu'il serait mieux sans elle. Bon sang, elle avait même pensé qu'il sauterait sur l'occasion d'être le seul propriétaire officiel.

— Mais pas tout de suite. Quand toute cette histoire sera terminée.

— D'accord. Mais tu as intérêt à tenir parole.

Elle acquiesça.

— O.K.

— O.K.

— Viens, mon cœur. Il faut que tu manges. Et tu n'as pas bu assez d'eau aujourd'hui. Allons à l'appartement.

Elle hocha la tête, prit la main de Ryder et se leva.

Il l'accompagna en haut, comme la veille, et lui tint la porte ouverte. Elle entra dans le salon et s'arrêta si brusquement que Ryder lui rentra dedans. Elle serait tombée s'il ne l'avait pas saisie par les hanches pour la garder droite.

— Quoi ? Qu'est-ce qui ne va pas ? demanda-t-il.

Il n'y avait plus aucune trace du Ryder décontracté.

— Quelqu'un est venu ici, souffla-t-elle.

En un clin d'œil, il se décala pour se placer devant elle et tendit le bras pour l'empêcher de le contourner.

— Comment le sais-tu ?

— Il y a un cadre à côté de la télévision qui ne m'appartient pas.

— Autre chose ? demanda-t-il sèchement.

Elle regarda autour d'elle, examinant la pièce. Puis elle secoua lentement la tête.

— Non, tout est normal, d'après ce que je vois.

Ryder s'approcha de la photo à pas mesurés. Se servant de sa manche longue comme d'une sorte de gant, il saisit le portrait et l'apporta à Felicity.

— C'est qui, avec toi ?

Elle observa l'image, et son souffle se coinça dans sa gorge. Lorsqu'elle put parler à nouveau, elle répondit.

— C'est moi et Colleen, ma colocataire à la fac.

Ryder inclina la photo pour mieux la voir.

— Je te préfère les cheveux noirs, commenta-t-il simplement.

Elle renifla de dérision. Elle ne s'attendait pas à cette déclaration. Pas le moins du monde. Il n'était pas ravi de la situation – il avait le cou rouge et les mâchoires serrées –, mais il essayait de détendre l'atmosphère, pour elle. Si elle n'avait pas déjà été sûre de vouloir cet homme, sa réaction le lui aurait confirmé.

— Personne n'est monté ici aujourd'hui. J'en mets ma main à couper.

— Nous nous sommes absentés longtemps hier, répondit-elle.

— Je n'en reviens pas de ne pas avoir remarqué ça hier soir ou ce matin, murmura Ryder, visiblement bouleversé. Va t'asseoir à table, mon cœur. Je dois vérifier le reste de l'appartement. Es-tu d'accord avec ça ?

Comprenant tout de suite qu'il demandait la permission d'entrer dans sa chambre, elle acquiesça. Si elle comptait coucher avec lui, elle devait le laisser la découvrir entièrement. Ce qui signifiait l'autoriser à pénétrer dans son antre sacré tout autant que dans sa tête.

Ryder posa le cadre sur le plan de travail de la cuisine tandis qu'il l'escortait jusqu'à la table, comme si elle était incapable d'y aller seule. Une fois qu'elle fut assise, il s'agenouilla à ses côtés.

Elle se tourna vers lui. L'homme mortel dont il n'avait fait que parler était bien là. Durant le bref laps de temps où elle l'avait connu, elle n'avait jamais remarqué cette facette chez lui. Oh, elle l'avait vu bouleversé et inquiet, mais cela n'avait rien à voir. Elle avait sous les yeux un homme très en colère, ce qui lui permit à elle de se détendre. Cet homme ne laisserait jamais Joseph l'atteindre. Jamais.

— Tu vas bien ? demanda-t-il.

— Oui.

— Tu as le droit d'aller mal, insista-t-il. Cela ne changera pas mes sentiments pour toi ou l'image que j'ai de toi.

Elle posa une main sur son bras.

— Si tu n'étais pas là, je serais au fond du trou. Je déteste le fait qu'il soit entré chez moi, mais tu vas me protéger.

— Carrément, oui.

Elle n'en était pas encore à sourire, mais elle n'en était pas loin.

— Vas-y, Ryder. Je t'attends ici. Va vérifier qu'il ne rôde pas sous mon lit ou je ne sais où, puis j'irai voir s'il a laissé quelque chose dans ma chambre.

Rapide comme l'éclair, Ryder approcha son visage du sien et lui asséna un baiser bref, mais intense. Puis il s'écarta d'un centimètre sans la lâcher.

— Il ne t'arrivera rien avec moi, lui promit-il.

Il le lui avait répété à maintes reprises, pourtant, cela la faisait se sentir bien à chaque fois.

— Je sais, le rassura-t-elle.

Il hocha la tête et se leva, et, en un geste fluide et sans un mot, il sortit l'arme qu'il transportait – et dont elle découvrait l'existence à l'instant. Elle se fichait qu'il en porte une. Cela la réconfortait davantage et lui donnait encore plus confiance en cet homme qui s'était attaché à elle, à sa grande surprise.

Tandis qu'il vérifiait le reste du petit appartement, elle prit une décision. Elle lui raconterait tout. Absolument tout. Ce soir.

* * *

Allongé sur son lit, Joseph souriait. Il aurait aimé avoir installé quelques caméras chez elle. Il aurait tout donné pour voir sa réaction quand elle remarquerait la photo qu'il lui avait laissée. C'était excitant et enivrant d'être dans son appartement en son absence. Il avait pris tout son temps, regardé dans chaque tiroir et meuble, inspecté chaque pièce, pour en apprendre plus sur sa proie.

Car oui, Megan Parkins était sa proie. Elle allait payer pour son ingérence... un jour. En attendant, il s'amusait bien trop à jouer avec elle. Le fournisseur d'électricité et autres n'avaient été que de petits désagréments. Il savait qu'elle parviendrait à résoudre la situation sans peine. La photo toutefois avait dû la faire flipper. Il s'imagina une nouvelle fois son air effrayé quand elle avait réalisé qu'il était entré dans son espace personnel.

Il caressa son torse et descendit jusqu'à son pantalon. Il se masturba en pensant à la tête qu'avait dû faire Megan en apercevant son cadeau. Peut-être avait-elle pleuré. Il adorait quand les garces chialaient. Fermant les yeux, il réfléchit à tous les projets qu'il avait pour elle.

Ryder constituerait un problème, mais rien dont il ne puisse s'occuper. Il retira son caleçon et soupira de plaisir. Il continua à caresser sa hampe. Son excitation s'accrut à la pensée de tout ce qu'il avait encore en réserve pour elle.

Elle allait flipper.

Elle serait apeurée.

Prête à faire tout ce qu'il voudrait.

Son sourire s'élargit tandis que sa main accélérait ses va-et-vient.

Lorsque l'orgasme survint, Joseph imagina l'horreur et la terreur absolues que Megan ressentirait quand elle comprendrait ce qu'il avait fait. Quand elle réaliserait qu'elle ne pourrait pas jouer au plus malin avec lui cette fois-ci et qu'elle ne pourrait plus jamais lui échapper.

CHAPITRE 10

— Rex ? C'est Ace.

— Qu'est-ce qui ne va pas ?

Les lèvres de Ryder frémirent. Il se doutait que son responsable comprendrait tout de suite qu'il se passait quelque chose.

— J'ai un souci pour lequel je pourrais avoir besoin de ton aide.

— Balance.

— Au moment de la mort de ma mère, j'ai découvert que j'avais trois demi-frères. Ils vivent à Castle Rock, alors j'y suis allé pour les rencontrer. C'est là que je me suis retrouvé au milieu d'une situation particulière.

— De quel genre ?

Ryder adorait que Rex ne tourne jamais autour du pot.

— Du genre impliquant une femme devenue très spéciale à mes yeux et un harceleur bien trop proche pour son bien. Il est rentré chez elle ce soir.

— Dois-tu faire changer les serrures tout de suite ? Ou bien demain suffira ? répliqua Rex sans hésiter.

Ryder soupira, soulagé. Il savait qu'il aurait pu

demander à ses frères de lui recommander un serrurier, comme ils devaient connaître des noms dans le coin, mais le fait que Rex propose de s'en charger immédiatement signifiait que Ryder pourrait se concentrer sur le bien-être de Felicity le plus tôt possible.

— Demain matin, ça ira. Je ne la quitte pas ce soir, donc tout ira bien pour elle jusque-là.

— Quoi d'autre ?

— Joseph Waters. C'est lui qui harcèle Felicity. Depuis Chicago. Meat fait quelques recherches, mais il n'a rien trouvé de concret.

— Je vais le contacter, voir ce qu'il a découvert et voir ce que je peux dénicher.

— J'apprécie.

— Tu as beau avoir donné ta démission, Ace, tu es toujours un membre de cette équipe. Si tu ne m'appelais pas alors que tu as besoin de quoi que ce soit, surtout si ça concerne ta femme, ça me foutrait en rogne.

Sur ces mots, Rex raccrocha.

Ryder fit de même et se dit, pas pour la première fois, qu'il avait de la chance de faire partie d'un groupe aussi soudé. Quel que soit l'ami qu'il aurait contacté – Ro, Ball... –, il serait venu le rejoindre en un clin d'œil si nécessaire. Ils ne travaillaient peut-être pas ensemble sur toutes les missions, pourtant Ryder savait sans l'ombre d'un doute qu'ils seraient tous prêts à sacrifier leur vie pour lui, comme lui en retour.

Entendant du bruit derrière lui, il se détourna de la fontaine à eau et découvrit Felicity dans l'embrasure de la cuisine, l'air hésitant. Elle avait les cheveux en bataille et les yeux gonflés et cernés.

Il serra le verre qu'il tenait dans la main. Il détestait Joseph Waters de toutes les fibres de son être. Ce type était un lâche, et Ryder haïssait les lâches. Oh, il n'aimait pas ceux qui s'en prenaient aux plus faibles qu'eux, de manière générale, mais cela faisait longtemps qu'il n'avait pas croisé quelqu'un d'aussi sournois, manipulateur et sadique que Joseph.

S'obligeant à se détendre, il s'approcha de Felicity. Il lui tendit le verre d'eau qu'il lui avait fait couler. Elle l'attrapa en souriant, mais il voyait au-delà de cette façade. Elle avait bien tenu le coup pendant qu'il vérifiait l'appartement, passait son coup de fil et l'encourageait à se préparer pour la nuit. Mais il était clair qu'elle était au bout du rouleau. Physiquement et mentalement.

— Merci, dit-elle tout bas en portant le verre à ses lèvres.

Il attendit qu'elle l'ait vidé à moitié pour poser la main sur son dos et la pousser à aller au lit.

Elle prit une grande inspiration, comme pour se donner du courage, puis demanda :

— Est-ce que tu viens aussi ?

Il l'observa d'un œil critique.

Oui, il voulait être dans sa chambre avec elle, mais ce devait être son choix à elle. Pas le résultat de la peur que Joseph Waters lui faisait ressentir.

— Il ne reviendra pas aujourd'hui, lui dit-il doucement en plongeant son regard intense dans le sien. Il ne peut pas passer par les fenêtres, elles sont trop hautes. Sa seule manière de rentrer ici, c'est par la porte d'entrée. Et s'il le fait, je serai là pour lui barrer la route. Je peux dormir sur le canapé, comme tous les soirs.

— Je sais, répondit-elle immédiatement. Je suis totalement persuadée que je ne crains rien du tout s'il franchit cette porte, parce que tu es là. À une époque de ma vie, je n'avais pas peur de demander ce que je voulais. Non, de l'exiger. Mais plus les années se sont écoulées, moins je l'ai fait. Ça m'énerve. C'est ironique, quand même. J'étais une Américaine moyenne, prête à affronter le monde. Et maintenant, plus j'essaie d'avoir l'air dure à cuir, avec mes tatouages, mon attitude, mes cheveux noirs... plus je me sens faible et docile. Comme si j'avais laissé Joseph gagner.

Felicity posa le verre d'eau sur le comptoir sans regarder et se pressa contre Ryder. Il ne chercha même pas à masquer la réaction de son corps à la sentir si près de lui. Son érection était appuyée contre l'estomac de Felicity. Elle ne s'écarta pas ; au contraire, elle passa les bras autour de son cou. Il la fit se dresser sur la pointe des pieds et la serra contre lui afin qu'ils se touchent de la poitrine jusqu'aux cuisses.

— J'en ai assez d'être cette personne, Ryder.

— Que veux-tu, mon cœur ?

— Toi.

— Sois plus précise, répliqua-t-il d'une voix un peu dure. Je te désire. Plus que tout. Mais je ne te donnerai que ce que tu veux. Si tu souhaites que je te prenne avec ardeur pendant des heures, c'est ce que je ferai. Si tu as besoin de doux baisers et de tendres caresses, super, aucun problème. Si tout ce que tu peux gérer pour l'instant, c'est que je t'étreigne toute la nuit, ça me va aussi. Mais je ne peux pas lire dans tes pensées. Tu dois me dire ce dont tu as envie.

Elle se mordit la lèvre et ressembla, en cet instant, à une adolescente nerveuse lors de son premier rendez-vous.

— De tout ça... mais je ne suis pas sûre... On pourrait juste se câliner ce soir ? Y aller petit à petit ? Ça te convient ?

Ryder acquiesça immédiatement.

— Bien sûr que oui. Nous pouvons dormir ici, si tu préfères.

Elle refusa instantanément.

— Non. Ce canapé est merdique. Je m'en veux déjà assez

comme ça que tu aies passé autant de nuits dessus. Tu as déjà vu ma chambre. Ce serait idiot de faire comme si ce n'était pas le cas. En plus, j'aimerais... te raconter... tout. Je me sentirais mieux de le faire dans mon espace personnel, là où je suis à l'aise.

Ryder resserra ses mains autour de sa taille et l'embrassa sur le front.

— Vas-y. Je te rejoins tout de suite.

— Si tu détestes ma chambre, ne me le dis pas, d'accord ?

Ryder fronça les sourcils.

— Pourquoi est-ce que je la détesterais ?

Elle haussa les épaules, un peu timide.

— Je ne sais pas. Mais... elle ne correspond pas à celle que je suis maintenant.

C'était bizarrement formulé, mais il comprenait ce qu'elle voulait dire.

— D'après ce que j'en ai vu, je dirais qu'elle te correspond parfaitement. Vas-y. Je te rejoins dans quelques minutes.

Il l'étreignit une dernière fois avant de la relâcher. Elle obéit bien qu'elle ait l'air perturbée par sa déclaration. Elle récupéra son verre d'eau et retourna dans sa chambre.

Ryder s'approcha de la porte d'entrée pour vérifier la serrure. Puis il plaça une chaise sous la poignée. Cela n'empêcherait personne de passer, mais ferait un réel boucan. Il fit de même sous celle de la chambre d'amis. Comme il l'avait dit à Felicity, il ne pensait pas que quelqu'un grimperait sur la façade du bâtiment pour pénétrer par l'une des deux chambres, cependant, il n'allait pas courir le risque pour autant.

Enfin, il se rendit dans la salle de bains du couloir et se prépara pour la nuit, comme tous les jours.

Arrivé devant la porte de Felicity, il prit une grande inspiration pour se calmer. Il avait l'impression d'avoir attendu cet instant toute sa vie. À certains moments, il avait douté de parvenir à franchir les murs que Felicity avait dressés. Ce soir, pourtant, elle lui permettait d'entrer. Il ferait tout pour qu'elle ne regrette pas sa décision.

Il tourna la poignée et pénétra dans son espace. Puis il referma la porte et la verrouilla, pour faire bonne mesure. Enfin, il pivota sur lui-même et observa la femme qu'il désirait plus que son prochain souffle.

Elle était assise sur son lit, mal à l'aise. Avant de se laisser distraire par elle, Ryder étudia la chambre.

Il avait déjà vu la pièce un peu plus tôt dans la soirée, quand il avait vérifié que tout allait bien, mais il ne s'était volontairement pas attardé, malgré son envie de le faire. Entrer dans son espace privé après le salon austère, c'était comme pénétrer dans le jardin d'Éden après des années au purgatoire. Ses sens avaient été tellement assaillis qu'il avait failli oublier qu'il devait chercher des traces de la présence encore possible de Joseph Waters.

La chambre sentait le frais et le propre, comme si les draps étaient lavés de la veille. L'odeur de lilas était, sans surprise, plus prononcée ici que dans l'autre pièce. La profusion de couleurs pastel était apaisante. Le dessus-de-lit était repoussé au pied, si bien qu'il put apercevoir les draps rose pâle. Il aurait aimé les caresser pour voir s'ils étaient aussi soyeux qu'ils en avaient l'air. Il voulait sentir leur douceur contre sa peau lorsqu'il prendrait Felicity dans ses bras. Le silence régnait dans la chambre, car l'animation du centre-ville ne filtrait pas par la fenêtre. Le seul sens non stimulé, c'était le goût, mais Ryder savait que ce besoin serait comblé par Felicity elle-même. Le goût de ses lèvres contre les siennes, celui de sa respiration quand il lécherait tout son corps, et, enfin, découvrir quelle saveur elle aurait à l'instant où elle jouirait sur sa langue.

Il regarda les affiches sur les murs, les photos sur la commode, la girafe usée sur le lit, les livres au sol. Il prit tout son temps pour admirer les lieux, sans avoir cette fois-ci à s'inquiéter de Joseph Waters rôdant potentiellement ici. La différence entre la chambre et le reste de l'appartement était frappante. Alors que les autres étaient d'une propreté immaculée, ici, le chaos régnait.

Ryder sourit. Il adorait cette chambre. Chaque centimètre carré. Voilà la vraie Felicity. Ce bazar était précisément ce qu'il attendait d'une jeune femme pleine de fougue comme elle. Il se sentait à l'aise, ici. Détendu.

Il reporta son attention sur Felicity, qui fronçait les sourcils et continua à se mordiller la lèvre sous son examen.

Comme il ne souhaitait pas qu'elle s'inquiète une seconde de plus, il s'empressa de rejoindre le lit pour s'y appuyer d'un genou. Elle lui fit immédiatement de la place. Sans un mot, il s'allongea et la prit dans ses bras. Il écarta les draps, qui s'avérèrent aussi doux et somptueux qu'ils en avaient l'air, et s'installa contre les oreillers.

Au début, Felicity, la tête sur son épaule, resta raide dans son étreinte. Cependant, à mesure que le temps passait, elle se détendit peu à peu. Elle tendit avec hésitation la main vers le tee-shirt noir de Ryder et la posa sur son torse. Elle se tortilla pour se blottir plus près de lui, se mettre plus à l'aise. Enfin, elle soupira.

— Tu es bien installée ? demanda-t-il.

— Très.

— Bien.

Il n'ajouta rien, préférant la laisser mener la conversation. Il avait un million de questions, mais il n'insisterait pas, comme il le lui avait promis plus tôt.

— Je suis une souillon, commenta-t-elle au bout d'une minute.

Il pouffa.

— Nan. Tu pourrais ranger tous tes livres, si tu avais plus de meubles.

Aucun d'eux ne parla pendant quelques instants supplémentaires avant que Felicity ne reprenne la parole, comme si elle n'avait pas pu s'en empêcher.

— Alors ? Tu n'as rien dit concernant ma chambre. Ne veux-tu pas savoir pourquoi elle est si différente du reste de mon appartement ?

Ryder resserra son étreinte avant de répondre.

— Je suis prêt à écouter tout ce que tu auras envie de me dire, mais tu n'as aucune explication à donner concernant cette chambre.

— Ah bon ? s'étonna-t-elle en relevant la tête.

— Oui.

— Pourquoi ?

— Parce que la véritable toi apparaît clairement dans cette chambre.

Elle se réinstalla sur son épaule.

— Et qui est la véritable moi, alors ? Je ne suis pas sûre de la connaître encore, ajouta-t-elle tout bas, un peu nerveusement.

— Sous cette attitude de dure à cuire que tu essaies très fort de renvoyer se trouve une fan de science. Ta matière principale à la fac devait être les maths ou quelque chose du genre. Tu adores la science-fiction. Mais cette nerd cache aussi une femme complètement romantique. Entre les posters fleuris sur les murs et les couleurs pastel de ton lit, c'est facile à deviner. Tes draps m'indiquent que tu aimes être à ton aise. Et les photos de tous ceux qui te sont chers répartis dans la pièce me confirment que tu ferais n'importe quoi pour tes amis. Y compris partir, si ça garantit leur sécurité et celle de leurs enfants.

Ryder sentit Felicity déglutir à plusieurs reprises, comme si elle essayait de garder contenance. Puis elle répondit, et il fut sidéré par sa force.

— C'était à l'université. Mon amie Colleen sortait avec Joseph. Il la maltraitait, mentalement et physiquement, mais elle ne souhaitait pas le quitter. Un soir, j'ai appelé la police parce qu'il la frappait. Lorsqu'ils sont arrivés, Colleen a tout nié en bloc et refusé de porter plainte. Les flics n'ont rien pu faire, puisque Joseph avait cogné Colleen dans des zones invisibles au premier abord.

» Il m'en a voulu de m'en être mêlée et il a commencé à faire de ma vie un enfer. Il a placé de la drogue dans mon appartement, ce qui m'a valu d'être expulsée de la fac avant mon diplôme. J'ai perdu le travail d'ingénieur qui m'attendait, à cause des soupçons de trafic de drogues. Les charges ont fini par être abandonnées, mais il a tué Colleen et a ensuite fait de son mieux pour m'accuser de l'avoir fait.

» J'ai été déchargée de tout soupçon, car Colleen a été retrouvée battue à mort avec les deux bras et les deux jambes cassés. Le médecin légiste a déterminé que le meurtrier de Colleen devait être assez fort pour la maîtriser et pouvoir lui briser les os. Joseph l'a littéralement tabassée à mort, Ryder. À mains nues.

Elle frémit et ferma les yeux.

Ryder serra les dents pour retenir ses jurons. Il ne voulait rien dire ou faire qui pourrait empêcher Felicity de raconter la suite, car il devait obtenir un maximum d'informations à transmettre à son responsable pour faire payer à Joseph Waters tout ce qu'il avait fait à la femme entre ses bras. À *sa* femme. Elle le serait un jour ou l'autre.

Elle poursuivit son histoire.

— Je suis retournée chez ma mère. Elle m'a adoptée quand j'avais sept ans. Au début, je craignais qu'elle me chasse. Cependant, dès le premier jour, elle m'a assuré que je resterais avec elle. Lorsque je suis venue la voir après le meurtre de Colleen, elle avait peur pour moi. C'est elle qui m'a encouragée à fuir, qui m'a dit que Joseph n'arrêterait pas de s'en prendre à moi. Elle m'a même donné ses maigres économies pour m'aider à démarrer une nouvelle vie.

Felicity indiqua la photo d'une femme, à l'autre bout de la pièce.

— Elle était magnifique, avec ses longs cheveux bruns que j'aurais rêvé d'avoir au lieu de mes cheveux blonds. Elle avait un regard si doux... c'est la première chose que j'ai remarquée à son sujet quand je suis entrée dans sa maison, enfant. Elle avait toujours un mot gentil pour tout le monde... sauf pour Joseph. Elle le détestait autant que moi pour ce qu'il m'avait fait. Alors, vivement encouragée par elle, je suis partie. Je la contactais le 3 mars de chaque année, date à laquelle elle m'a ramenée chez elle. Je prenais un portable jetable afin que Joseph ne puisse pas retracer l'appel.

» La première fois qu'il m'a retrouvée, j'habitais à San Antonio et j'ai compris que je devais me cacher plus sérieusement. Jusque-là, je me servais de mon vrai nom et de la carte bancaire de ma mère. Je n'étais pas très prudente. J'ai utilisé une partie de l'argent qu'elle m'a donné pour m'acheter une nouvelle identité. Megan Parkins était partie, Felicity Jones était née. J'avais un numéro de sécurité sociale et un faux certificat de naissance, mais j'avais trop peur de m'en servir. Avoir un nom et une photo d'identité différents ne me gênait pas, mais en me servant du numéro de sécurité sociale, je me sentais comme une criminelle. Alors, j'ai vécu sous le radar. Je réglais tout en espèces. Je trouvais des boulots où je pouvais me faire payer sous la table. Comme je m'ennuyais et que tout le reste coûtait cher, je me suis mise à faire de l'exercice. C'est aussi parce que je me suis dit que si je changeais mon apparence, cela me rendrait plus forte à l'intérieur, et qu'être plus forte me donnerait le sentiment d'être moins vulnérable.

» J'ai beaucoup économisé. Plus j'épargnais, moins je voulais dépenser. C'était comme si plus j'avais d'argent de côté, mieux je me sentais. Je me nourrissais de produits bon marché et vivais dans des appartements pourris. Un jour, je suis arrivée à Castle Rock et j'ai rencontré Cole quand nous nous sommes littéralement rentrés dedans en faisant du jogging. J'aimais ma vie ici et j'appréciais Cole. J'ai saisi ma chance et utilisé mes économies pour ouvrir *Rock Hard Gym* avec lui. La suite, tu la connais.

— Parle-moi de ton voyage à Chicago cette année, demanda-t-il doucement.

Elle se tourna sur le côté, dos à lui. Il vint immédiatement l'enlacer par-derrière pour l'attirer contre lui. Il se souleva sur un coude et huma ses cheveux. Ainsi enveloppée dans sa chaleur, elle poursuivit son histoire.

— Tous les deux ou trois jours, je vérifiais les infos de Chicago. Peut-être dans l'espoir d'entendre parler de l'arrestation de Joseph, ou je ne sais quoi. Mais j'ai vu un article relatant un incendie dans mon ancien quartier, illustré par la carcasse d'une maison et d'une voiture à moitié brûlée dans le garage.

Son souffle se coupa dans sa gorge alors qu'un sanglot lui échappait. Ryder resserra son étreinte. C'était le seul réconfort qu'il pouvait lui apporter en cet instant.

— C'était chez ma mère. Ils l'ont retrouvée morte dans son lit. La police soupçonnait un acte criminel, et moi, je savais au fond de moi que c'était Joseph qui l'avait tuée.

L'entendant renifler, il comprit qu'elle pleurait. Son cœur se brisa pour elle, et sa haine envers l'homme qui lui avait fait subir tout cela grandit encore plus en lui.

— Il fallait que je rentre pour l'enterrement. Je n'avais pas le choix. J'y suis allée en voiture et je suis restée au fond de l'église pendant tout le service. Elle avait tant d'amis. Tellement, Ryder. L'endroit était bondé. Je me suis même rendue au cimetière, faisant semblant d'être venue pour quelqu'un d'autre, assise sur un banc face à la tombe d'un inconnu, mais je ne me serais jamais pardonné d'avoir manqué les funérailles de ma mère. Je l'ai tuée, Ryder. Ce n'est peut-être pas moi qui ai frotté l'allumette, mais c'est tout comme.

Ryder la fit tourner. Elle le fixa de ses yeux bleus baignés de larmes, qui coulaient au coin et humidifiaient ses cheveux, près de ses oreilles. Elle s'accrocha aux bras de Ryder, l'air si malheureuse.

— Non, mon cœur, tu ne l'as pas tuée.

— Si. Et ça ne peut pas se reproduire. Il va assassiner Grace. Ou ses bébés. Ou toi. Je ne peux pas...

— J'espère qu'il va essayer, la coupa-t-il, les dents serrées.

Felicity cilla, stupéfaite.

— Quoi ?

— J'espère que cet enfoiré va essayer de s'en prendre à moi. Je veux le regarder dans les yeux quand je lui trancherai la gorge. Écoute-moi bien, Felicity. Tu n'as pas tué ta mère. C'est ce connard qui l'a fait.

— Mais si je n'avais pas été en cavale si longtemps, il...

— Non, l'interrompit-il à nouveau, car il n'avait pas envie d'entendre les inepties qu'elle pensait. Si tu n'avais pas été en cavale aussi longtemps, c'est toi qu'il aurait tuée. Tu as fait ce qu'il fallait.

— Mais ma mère est morte. Je ne l'ai jamais revue après mon départ. Elle me manque, Ryder. Elle me manque tellement.

Ses larmes se mirent à couler comme si un robinet avait été ouvert.

— Je suis sincèrement désolé pour toi, mon cœur. Raconte-moi tout sur elle. Tout ce dont tu te remémores. Je veux tout entendre.

Surprise, elle cligna des yeux.

— Tu as envie que je te parle de ma mère ?

— Oui, mon cœur. Je veux tout savoir d'elle. Son odeur et tes souvenirs préférés. La vie que tu as menée quand elle t'a ramenée chez elle. Son métier. Ses plats préférés. Ça fait des années que tu n'as pas parlé d'elle, alors que ça t'aidera à surmonter ton chagrin et à ne pas l'oublier.

Alors, elle le fit. Pendant une heure, Felicity évoqua sa mère. Raconta à Ryder tous les détails concernant cette femme qui l'avait prise chez elle à un âge où la plupart des enfants n'ont plus l'espoir d'être adoptés. Elle pleura. Beaucoup. Mais elle rit, aussi, en lui rapportant certaines histoires loufoques. Lorsqu'elle eut terminé, elle leva les yeux vers lui.

— Merci.

Ils avaient changé plusieurs fois de position au cours de l'heure écoulée. Actuellement, il se tenait au-dessus d'elle, relevé sur un coude, la tête dans sa main. De l'autre, il caressa les cheveux de Felicity, puis il l'embrassa sur le front. Enfin, il se rallongea sur le dos et l'attira contre son flanc.

— Je t'en prie. Elle avait l'air d'être une femme extraordinaire.

— Oui.

— Il va payer pour ce qu'il a fait, ajouta-t-il.

Il savait que son ton était trop dur, mais il ne parvenait pas à se calmer.

— Il va payer, puis nous irons à Chicago ensemble pour que tu dises un dernier adieu convenable à ta mère, sans avoir à te cacher dans le cimetière cette fois-ci.

Felicity hocha la tête. Ryder s'y connaissait en chagrin. Il l'avait ressenti pendant la maladie de sa mère puis quand elle était décédée, cependant, ce n'était pas la même chose. Felicity n'avait pas pu lui faire ses adieux, n'avait pas vu sa mère ni ne l'avait enlacée depuis dix ans. Joseph paierait pour ce qu'il avait fait et bien plus encore.

— Ça me plairait bien.

Il fut surpris de sentir la tension quitter le corps de Felicity. Comme il l'avait espéré, parler de sa mère lui avait permis de se départir d'une partie du stress qui s'accumulait en elle depuis son voyage à Chicago.

— A-t-il fait autre chose ? demanda-t-il tout bas.

Elle acquiesça contre son épaule.

— J'ai reçu un courrier dans ma boîte aux lettres il y a deux semaines, à peu près au moment où tu es arrivé en ville.

— Tu l'as encore ? Il y a peut-être de l'ADN dessus.

Elle secoua la tête.

— Je l'ai jetée.

Ryder s'obligea à rester calme.

— Autre chose ?

— Un article de journal relatant la mort de Colleen. Et puis la photo de ce soir, dans mon appartement. Et tes pneus crevés.

Du pouce, Ryder traçait des cercles sur la peau chaude en bas du dos de Felicity. Elle n'avait pas protesté lorsqu'il avait glissé la main sous son tee-shirt. Au contraire, quand il avait commencé à la caresser, elle s'était rapprochée de lui.

Il hocha la tête.

— On ne dirait peut-être pas, mais c'est une bonne chose.

— Ah oui ? répliqua-t-elle, bafouillant presque.

Après près de deux heures intenses en émotion, Ryder n'était pas surpris qu'elle perde la bataille contre le sommeil.

— Oui, mon cœur. Plus il joue, plus on a de chances de le trouver et de le tuer.

La dernière partie lui avait échappé. Il ne voulait pas révéler à Felicity son intention de tuer Joseph, mais elle réagit à peine.

— Bien, marmonna-t-elle.

— Oui, bien, approuva-t-il.

Il n'ajouta rien de plus, laissant Felicity dormir.

Il resta éveillé un long moment, à la tenir simplement dans ses bras. Elle ronfla doucement, et bava même un peu sur son épaule. Il en aima chaque seconde. Voilà la Felicity qu'il voulait, celle qui laissait tomber ses défenses en sa présence. Elle décala une jambe, et il ferma les yeux.

Oui, il aimait cela. Il *adorait* cela.

Être dans son lit. Entouré de tout ce qui faisait d'elle la femme qu'elle était.

Joseph était un homme mort. Ce n'était qu'une question de temps.

CHAPITRE 11

Une semaine plus tard, Felicity n'était pas sûre d'avoir fait ce qu'il fallait en racontant tout à Ryder. Le lendemain du jour où elle avait vidé son sac, elle avait cru que les choses seraient gênantes entre eux. Mais pas du tout. Lorsque le réveil s'était déclenché à l'heure habituelle, Ryder l'avait simplement embrassée sur le front et était descendu du lit.

Quand elle était sortie de la chambre en tenue de sport, elle l'avait trouvé dans la cuisine, plus sexy que jamais. Il lui avait tendu une bouteille de jus multifruits et légumes, ce qu'elle buvait tous les matins, et lui avait dit qu'il se chargerait d'accueillir le serrurier pendant qu'elle retrouverait Cole en bas pour leurs exercices quotidiens.

Elle en était venue à croire qu'il allait faire comme si leurs moments intimes n'avaient pas eu lieu, jusqu'à ce qu'il l'attrape par la main pour la ramener vers lui. Il l'avait embrassée avec passion puis gentiment poussée vers la porte.

— Ne sois pas en retard, lui avait-il dit, sinon, Cole va te botter les fesses encore plus fort.

Le sourire qu'il lui avait adressé lui avait permis de tenir pendant toute la session d'exercice avec Cole, qui lui botta effectivement les fesses.

Elle n'avait pas rencontré le serrurier, mais était à présent dotée d'un dispositif flambant neuf. Et d'une ombre permanente. Si ce n'était pas Ryder ou Cole, c'était l'un des Anderson. Elle aurait aimé s'énerver, mais elle ne pouvait pas. Elle se sentait plus en sécurité avec eux surveillant chacun de ses mouvements. Un peu plus, mais pas totalement sereine. D'autant que Grace l'avait appelée ce matin-là pour lui raconter que la police était venue interroger Logan chez *Ace Sécurité* à propos d'un tuyau anonyme reçu faisant état d'usage excessif de la force envers l'ex-mari d'une de leurs clientes.

Felicity savait que c'était Joseph. Évidemment que c'était lui. C'était sa façon d'agir. Lorsqu'elle avait rapporté l'incident à Ryder, il avait serré les mâchoires, mais n'avait pas explosé. N'était pas devenu complètement fou. Il avait juste haussé les épaules.

— Logan va gérer ça. D'après ce que j'ai compris, mes frères sont plutôt proches des flics d'ici. S'il a besoin de soutien, j'appellerai mon responsable et il interviendra.

— Aussi simplement que ça ? s'était étonnée Felicity.

— Aussi simplement que ça, avait-il confirmé.

Cette scène remontait à sept jours. À présent, elle se trouvait chez elle en compagnie de Ryder. Elle s'était douchée après sa séance d'exercice, tandis qu'il préparait un petit déjeuner à base d'omelette et de bacon. Elle avait cru que tout raconter à Ryder permettrait à ce dernier de ne plus être obsédé par son passé à elle et que leur relation avancerait dans la bonne direction, comme n'importe quel couple normal. Cependant, elle avait désormais l'impression qu'il ne pensait qu'à une seule chose : la protéger. Elle refusait que ce soit tout. Elle voulait davantage. Elle était prête pour la suite. Plus que prête. Mais elle ignorait le positionnement de Ryder.

— Ça te dirait de faire une pause ? demanda Ryder.

Elle pencha la tête pour l'étudier.

— De quel genre ?

— Bailey doit se rendre chez sa tatoueuse à Colorado Springs, pour son dos. Veux-tu y aller aussi ?

Felicity fut incapable de maîtriser son excitation.

— Oui ! accepta-t-elle immédiatement.

Elle adorait Bailey. Elles avaient noué un lien instantané quand la jeune femme était traquée par son ex-petit ami, leader d'un gang. Felicity avait reconnu une âme sœur. C'était elle qui lui avait donné le nom de la tatoueuse à Colorado Springs qui transformerait la marque horrible en bas du dos de Bailey en une œuvre d'art magnifique.

— Joel vient aussi ?

— Non, Alexis et Blake vont l'emmener, avec deux de ses amis, faire de l'escalade au sommet de Castle Rock.

Felicity haussa les sourcils.

— Jusqu'en haut ?

Ryder pouffa.

— Oui. Ils espèrent épuiser les gamins, les gaver de pizzas en rentrant et pouvoir les coucher en suivant.

— Ils n'ont sans doute pas tort.

— Je dois te prévenir, par contre... Quitte à être à Colorado Springs, j'aimerais retrouver mon équipe, ajouta Ryder, changeant légèrement de sujet.

Felicity sourit.

— Ah oui ? Ça veut dire que je vais enfin faire la connaissance de ces amis « mystérieux » avec lesquels tu parles au téléphone ?

Les commissures des lèvres de Ryder se soulevèrent un peu.

— Oui, mon cœur, tu vas les rencontrer. Mais ils auront sans doute des informations concernant Joseph Waters que tu n'auras peut-être pas envie d'entendre.

Felicity pencha la tête, son sourire envolé.

— Comment ça ?

— En fait, je voulais te demander si tu souhaitais être là lorsque nous discuterons de la situation ou si tu préfères que nous en parlions quand tu seras chez la tatoueuse avec Bailey.

— Tu me demandes ?

— Oui. Si c'est trop dur à gérer pour l'instant pour toi, je ferai en sorte de m'entretenir avec mon équipe avant que tu n'entres dans la salle de billard. Si tu désires être présente, je les ferai patienter jusqu'à ce que tu nous rejoignes.

— Tu ferais ça ?

Ryder la prit par la main et l'attira contre lui, si fort qu'elle lâcha un souffle d'air.

— Oh que oui ! C'est de ta vie qu'il est question. Je n'ai aucun droit de te laisser en dehors. Mais si tu ne veux pas ou si tu n'es pas sûre de pouvoir gérer, je ferai en sorte que tu ne sois pas obligée de le faire.

Elle apprécia sa prévenance. Beaucoup.

— Je veux être présente, affirma-t-elle.

— Alors ainsi soit-il.

Elle le regarda dans ses yeux noisette. Ryder la fixait avec une intensité qu'elle n'avait pas remarquée depuis longtemps. Elle et lui dormaient enlacés chaque soir, depuis une semaine, pourtant, leur étreinte actuelle lui parut plus intime. Il avait glissé une main sous son tee-shirt pour la poser en bas de son dos. L'autre se trouvait entre ses omoplates pour la garder contre lui.

Il caressa sa peau du pouce, vers ses reins, sans la quitter des yeux.

— Quoi ? demanda-t-elle tout bas. Pourquoi me regardes-tu comme ça ?

— Mon métier m'a mené aux quatre coins du monde. J'ai vu des femmes et des enfants dans les pires situations que tu puisses imaginer. Certains étaient totalement brisés, à peine l'ombre d'eux-mêmes. D'autres étaient effrayés à mort. D'autres encore étaient complètement énervés. Je ne savais jamais comment ils réagiraient à ma présence ou à celle de mon équipe. Mais jamais je ne m'étais attardé sur ce qu'ils *ressentaient.* Je ne les rencontrais qu'un bref instant, puis je les transmettais à quelqu'un qui gérait la suite.

Felicity pencha la tête, intriguée. Elle ignorait où il voulait en venir.

— J'ai toujours cru que je faisais le plus difficile en secourant ces femmes, en me faisant tirer dessus et en tirant sur des gens, en les tuant. Mais je me rends compte maintenant que j'avais tort. Complètement. De bien des façons, ce que je fais, c'est le plus facile. Oui, c'était dangereux, mais ces femmes étaient en danger au quotidien. À présent, je réalise que, le plus dur, c'est ce qui suit le sauvetage. C'est grâce à toi que je l'ai compris.

— Ryder, je...

Il ne la laissa pas finir. Il l'embrassa. Le baiser fut bref, mais intense. Puis Ryder s'écarta un peu.

— Je t'admire tellement, Felicity. Tu ne mérites pas ce qu'il te fait. Tout ce que tu voulais, c'était aider une amie. Pourtant, sans expérience, tu as réussi à survivre dix ans. C'est épatant. Tu vas être libérée de lui, je te le promets.

— J'espère, souffla-t-elle. Mais je ne sais plus comment vivre une vie normale.

— La mienne se résumait à recevoir un appel toutes les deux semaines environ et partir traquer puis tuer la lie de l'humanité.

Il haussa les épaules, un peu timidement.

— Je peux t'aider si tu m'aides aussi. Ensemble, nous essaierons de mener une vie normale.

C'était génial à entendre.

— D'accord.

— D'accord.

Il l'embrassa. Pendant leur baiser, il la souleva pour la poser sur le plan de travail. Elle écarta les jambes, l'encourageant à se placer entre elles. Sous ses mains qui caressaient ses flancs et ses cuisses, elle se sentait féminine et désirée.

Il s'éloigna à contrecœur, bien trop tôt à son goût.

— Je dois téléphoner à Nathan. Il attend mon appel pour savoir si nous allons à Colorado Springs avec Bailey et lui.

Felicity leva les yeux et se lécha les lèvres. Elle percevait encore son goût dessus, et le plaisir qui flambait toujours dans le regard de Ryder, surtout quand il suivit le mouvement de sa langue, puis lorsqu'il parcourut son corps ensuite, lui réchauffa le cœur.

— Nous pourrions peut-être rester ici, à la place, suggéra-t-elle en remontant la chemise de Ryder pour caresser son torse nu.

Elle resserra aussi les cuisses autour de lui afin de l'empêcher de bouger. Elle sentait son érection contre elle, ce qui déclencha une vague de désir dans tout son être.

— Je sais que nous devons retrouver Joseph, mais ça... c'est agréable.

Il appuya plus fort contre l'entrejambe de Felicity, étala les doigts sur son ventre et pressa le pouce contre son clitoris.

Cette caresse agressive lui coupa le souffle. Elle arqua le dos. Ryder posa sa main libre sur ses seins pour l'encourager à s'allonger sur le plan de travail en granit froid, puis la glissa dans son dos pour l'aider à rester en place. Ainsi inclinée, la tête rejetée en arrière et les jambes écartées. Elle était ouverte pour lui.

— Ryder, gémit-elle tandis que son pouce continuait ses assauts.

Elle s'accrocha à ses biceps et enfonça légèrement les ongles dans ses muscles qui fléchissaient sous ses mouvements.

— Tu n'imagines pas combien c'était dur de dormir à tes côtés tous les soirs sans te toucher comme ça, l'informa Ryder.

— Je... Je pensais que tu ne voulais peut-être plus de moi.

— Quoi ? Putain, mon cœur. Je me suis masturbé dans la douche tous les matins rien que pour pouvoir marcher droit.

Elle ne répondit pas verbalement. Elle creusa encore plus le dos et remonta les jambes pour s'agripper à ses fesses.

Ryder essaya de contrôler le désir qui pulsait dans ses veines. Il avait envie d'arracher les vêtements de Felicity et de la faire sienne là, sur ce comptoir. Ses tétons suppliaient sa bouche de s'y poser, et la sentir appuyer sur ses fesses pour le plaquer contre son intimité le rendait fou.

— Dis-moi ce que tu veux, ordonna-t-il.

Il n'était pas homme à prendre sans consentement. En outre, il avait découvert, au cours de la semaine écoulée, qu'une Felicity fougueuse l'excitait bien plus que la femme effrayée et peu sûre d'elle de leur première rencontre.

Il l'avait déjà désirée à l'époque, mais cette envie avait grandi de manière exponentielle, parallèlement à la colère qu'il ressentait envers Joseph pour ce qu'il lui avait fait subir.

— Je veux jouir, lança-t-elle d'une voix tendue.

Quand elle leva la tête, il vint immédiatement poser la main sur sa nuque pour la soutenir. Ses yeux bleus étaient orageux, ses pupilles dilatées par le désir. Elle bougea les hanches pour se rapprocher du pouce de Ryder.

— J'ai besoin de ça.

Sans la quitter du regard, Ryder accéléra ses attouchements sur le clitoris. Il frotta son érection contre la chaleur torride émanant d'entre ses jambes, mimant une pénétration.

Jamais elle ne détourna les yeux, même quand elle agrippa violemment les bras de Ryder sous l'effet du plaisir. Ses cuisses se resserrèrent autour de lui tandis qu'elle se tortillait sous ses caresses.

Pendant de longues secondes, ils restèrent à se fixer pendant qu'il la rapprochait toujours plus du bord du gouffre, ignorant son propre désir croissant. Il sut que l'orgasme de la jeune femme était imminent avant même qu'elle ferme les paupières, laisse retomber la tête en arrière et que ses jambes se mettent à trembler.

Il baissa les yeux à temps pour voir les abdominaux de Felicity se raidir en attente de la jouissance. Elle s'agrippa à ses hanches avec ses cuisses, les talons appuyés contre ses fesses, puis explosa en gémissant.

Ryder n'avait jamais rien vu d'aussi beau de toute sa vie. Felicity était entièrement habillée, vêtue d'un jean et d'un tee-shirt remonté sur son ventre, et pourtant, il la désirait plus que n'importe quelle autre femme. Son corps était encore agité de soubresauts, et Ryder continuait à effleurer son clitoris tout en s'enfonçant contre elle comme il le ferait s'il était en elle.

Il ferma les paupières lorsque l'idée même de lui faire l'amour dans un futur proche, sur ce plan de travail, et de pouvoir sentir son intimité chaude autour de son sexe, le fit basculer à son tour.

Lorsqu'il rouvrit les yeux et les posa sur Felicity, il ne savait pas trop à quoi s'attendre de sa part. Du regret. De l'embarras. Du malaise. Ces émotions ne l'auraient pas surpris. Celles qu'il vit en revanche le clouèrent sur place.

De la satisfaction. Du contentement. Une sérénité qu'elle affichait pour la première fois depuis leur rencontre.

— Ça va ? souffla-t-il en écartant finalement sa main.

Il redressa Felicity et l'attrapa par la taille pour l'enlacer. Elle passa les bras autour de son cou et joua avec ses cheveux.

— Mieux que bien. Merci.

— Tout le plaisir était pour moi, mon cœur, répliqua-t-il en souriant comme un imbécile.

À ces mots, elle se trémoussa contre lui pour constater qu'il n'était plus dur.

— Ah oui ?

— Oh, oui, admit-il sans gêne. C'était génial. *Tu* étais géniale.

Felicity détacha ses chevilles et laissa pendre ses jambes. Ryder l'aida à descendre du plan de travail. Comme elle, il devait se changer, mais il la prit par la main avant qu'elle ne sorte de la pièce pour déposer un baiser sur sa paume. Ses lèvres s'attardèrent un long moment puis il la fixa dans les yeux.

— J'aime cette facette de toi, mon cœur.

— Laquelle ?

— Celle qui n'a pas peur de demander ce qu'elle

souhaite et ce dont elle a besoin. Maintenant que je l'ai vue, je ne te laisserai plus me la cacher.

Felicity posa la paume qu'il avait embrassée sur sa joue.

— C'est une bonne chose. Parce que c'est une nana avide qui va vouloir découvrir, et le plus tôt sera le mieux, ce que tu as dans le pantalon.

Elle indiqua son entrejambe d'un signe de la tête.

Ryder éclata de rire en avisant son sourire suggestif avant qu'elle ne s'éloigne en ondulant des hanches comme jamais.

Oh oui, il aimait cette Felicity Jones. Beaucoup.

<h1 style="text-align:center">CHAPITRE 12</h1>

Felicity se tenait aux côtés de Bailey dans le salon de la tatoueuse tandis qu'elle s'occupait de son dos. La marque vulgaire que l'ex de Bailey avait apposée sur sa peau avait disparu et, à la place, émergeait peu à peu une œuvre d'art. Elle était faite de trois montagnes immenses, à la base desquelles coulait une rivière. De la brume s'élevait au-dessus de l'eau. La tatoueuse était aujourd'hui concentrée sur les ombres qu'elle ajoutait afin de magnifier le coucher de soleil et les pics montagneux. Plusieurs oiseaux avaient été insérés au tableau, les mêmes que ceux que Grace et Logan s'étaient fait tatouer. Felicity venait de se faire dessiner le même oiseau sur le bras à l'instant.

— Comment ça va ? demanda-t-elle à Bailey.

— Bien. J'ai l'impression que les ombres me font moins mal que les montagnes.

— Ce sera stupéfiant quand ce sera terminé, Bail, lui avoua Felicity. Sérieusement.

Son amie leva la tête et posa son menton sur ses mains pour l'observer.

— Merci. Maintenant, raconte-moi ce qui se passe avec

Ryder. J'ai tenté de convaincre Nathan de m'en parler, mais il m'a dit que ce n'étaient pas ses affaires.

Felicity s'appuya contre son siège et joua avec le bandage qui couvrait son nouveau tatouage. Elle haussa les épaules.

— En résumé, un homme que j'essayais d'éviter m'a retrouvée. Il est énervé à cause de quelque chose que j'ai fait il y a dix ans. Au début, j'étais effrayée, mais maintenant, je suis juste en colère.

Bailey cilla.

— Quoi ? Tu es sérieuse ? Pourquoi ne nous as-tu rien dit plus tôt ?

— Parce que ce n'était pas un problème. Mais quand je suis revenue de l'enterrement de ma mère cette année, ce mec m'a trouvée. Il m'a suivie jusqu'ici ou a demandé à l'un de ses larbins de le faire. Il a attendu son heure, et maintenant... Je ne sais pas trop quel mot utiliser pour décrire ce qu'il me fait.

— Il te harcèle ? suggéra Bailey, sur un ton légèrement agressif.

Felicity secoua la tête.

— Non. Il me nargue, plutôt. Nous savons qu'il est en ville et qu'il pourrait simplement me tuer quand il le souhaite, sauf que, ce qui l'excite, c'est de faire peur aux femmes. De *me* faire peur. Alors, il cause des emmerdes pour m'agacer et essayer de me briser.

Bailey fronça les sourcils, inquiète.

— Mais il ne va pas y parvenir, si ?

Felicity secoua la tête.

— Au début, je flippais, je te l'avoue. Je voulais prendre la fuite à nouveau. Mais Cole a refusé de me donner l'argent que j'ai investi dans la salle de sport. Et Ryder est arrivé en ville.

Elle haussa les épaules.

— Maintenant, je suis juste énervée.

— Et Ryder et toi ?

Felicity pinça les lèvres, réfléchissant.

— Je l'aime beaucoup.

— Et ?

— Et je crois que lui aussi.

Bailey éclata de rire.

— Il n'y a pas de « je crois » qui tienne. Nathan n'a pas tous les détails, mais il m'a dit que Ryder dormait à la salle de sport avec toi depuis près d'un mois.

— Il me protège.

— C'est tout ?

— Eh bien, jusqu'à ce matin, oui, c'était tout.

— Que s'est-il passé ce matin ? demanda immédiatement Bailey, s'engouffrant dans la brèche.

Cela faisait longtemps que Felicity n'avait pas parlé à une amie d'une histoire de garçons. C'était agréable.

— Il... Nous... Disons que j'espère que ce soir, nous ferons plus que juste dormir côte à côte.

Bailey levant le poing, et Felicity fit un *check* avec elle tandis qu'elles se souriaient.

— Tu te souviens de ce que tu m'as dit à propos des frères Anderson il y a quelques mois ?

Felicity fronça le nez puis secoua la tête.

— Tu m'as dit que tu étais triste qu'il n'en reste aucun pour toi, répondit Bailey, qui fit une pause mélodramatique avant de poursuivre. Il semblerait qu'il y en ait un, finalement.

Felicity regarda fixement son amie quelques instants avant que ses lèvres ne se mettent à trembler. Puis un sourire apparut sur son visage. Et elle pouffa. Rit aux larmes. Bailey se joignit à elle, et la tatoueuse dut lever l'aiguille puisque sa toile rigolait bien trop fort.

Lorsqu'elles parvinrent enfin à se calmer assez pour que l'artiste puisse poursuivre, Felicity dit :

— J'avais complètement oublié. Mais quelles étaient les probabilités pour que ça arrive ?

Bailey tendit la main vers elle, et Felicity la prit.

— Je ne pense pas être la mieux placée pour donner des conseils. Grace est sans doute plus douée pour ça, et tu la connais depuis plus longtemps, mais si Ryder est comme ses frères, tu n'as *aucune* inquiétude à avoir. Je ne sais rien de ton histoire ni ce qui se passe avec l'homme qui te nargue, mais tu vas t'en sortir. Je n'en doute pas un instant. Tu es forte et intelligente, et Ryder te contemple comme Nathan me regarde. Lorsque je me lève du mauvais pied, ronchon à cause des mauvaises décisions que j'ai prises autrefois, il me suffit de me réveiller aux côtés de Nathan pour réaliser la chance que j'ai. J'ai appris une chose : on ne peut pas changer le passé. On ne peut que regarder vers l'avenir. Pour la première fois depuis longtemps, je suis impatiente de voir venir le mien. Tant que Nathan est avec moi, je peux tout gérer... même un adolescent bourré d'hormones qui est déterminé à être un « vrai homme » comme Nathan et ses frères.

— Merci, souffla Felicity. J'avais besoin de l'entendre.

Bailey serra sa main, puis grimaça quand la tatoueuse trouva un point sensible sur son dos.

— Que fait-on, ensuite ? interrogea-t-elle, visiblement désireuse de se concentrer sur autre chose que sa douleur.

— Ryder veut me présenter certains de ses amis à Colorado Springs. Nathan et toi êtes les bienvenus, mais je ne savais pas ce que vous aviez prévu de faire.

— Qu'est-ce que ça te fait ? De rencontrer ses amis ?

Felicity comprit la véritable question de Bailey, et elle ne l'en aima que plus. Pour être honnête, faire leur connaissance ne lui posait aucun problème. Ryder lui avait raconté des histoires sur eux ces derniers jours et elle avait déjà l'impression de les connaître.

— Ça me va. Si vous avez envie de venir, c'est cool, mais si tu préfères rentrer avec Nathan et profiter d'un peu de temps seule avec lui avant de récupérer ton frère, je ne t'en voudrais pas.

Bailey sourit, mais indiqua son dos d'un coup d'œil.

— Je ne suis pas sûre de pouvoir faire grand-chose avec ça.

— Je suis persuadée que tu peux être créative, rétorqua Felicity, d'humeur grivoise.

Bailey la fixa un instant, puis étouffa le rire qui montait pour éviter que l'artiste n'ait à s'interrompre à nouveau.

— C'est vrai. La vache, j'adore te voir comme ça.

— Comment ?

— Comme toi. Franche, pleine de repartie. Le regard dépourvu d'inquiétude et de peur. Tu sais, c'est en partie grâce à toi que je n'ai pas fui alors que je savais que Donovan allait me trouver. Tu étais si forte. J'ai détesté te voir aussi mal à l'aise et effrayée, ces derniers jours. C'est agréable de te voir de retour.

— C'est agréable d'être de retour, confirma Felicity.

Elle était sincère. Elle se sentait deux fois plus forte avec Ryder à ses côtés. Elle savait sans l'ombre d'un doute qu'avec lui près d'elle, elle était en sécurité. Cependant, elle connaissait aussi Joseph mieux que personne. Ryder ne pouvait pas être avec elle chaque seconde de chaque jour. Joseph attendrait le moment parfait pour frapper, et il finirait par l'atteindre, tôt ou tard. Malgré tout, Felicity en avait assez de la lâcheté et de la peur. Elle ignorait ce qu'il avait prévu, mais rien de ce qu'elle ferait ne le ferait accélérer son plan. Il suivrait son propre timing et celui de personne d'autre. De son côté, elle se sentait plus libérée avec son nouvel état d'esprit.

— Si tu es sûre que ça ne te gêne vraiment pas, je vais accepter ta proposition et repartir avec Nathan pour lui faire des choses cochonnes, dit Bailey avec une expression qui suggérait qu'elle réfléchissait déjà à toutes les manières de faire l'amour à son homme sans se trouver sur le dos.

Les deux amies se sourirent. L'artiste se redressa et tapota le bras de Bailey.

— C'est tout pour aujourd'hui. Je pense qu'une dernière séance suffira, pour égaliser les ombres et ajouter les petits détails que tu souhaitais. Tu veux le voir ?

Bailey hocha la tête avec empressement. Felicity se leva pour se placer à côté d'elle et entendit le souffle de son amie se bloquer dans sa gorge quand elle vit les ajouts au dessin.

— Je n'en reviens pas, murmura-t-elle. On ne dirait pas que l'autre tatouage était là avant.

— Et moi, je n'en reviens pas qu'un connard t'ait foutu ça sur le corps en premier lieu. Enfoiré.

Stupéfaites, Felicity et Bailey se tournèrent vers Alicia, l'artiste incroyablement talentueuse qui avait travaillé pendant trois sessions à cette œuvre d'art. Pas une seule fois elle n'avait commenté ce qu'elle devait couvrir, sauf pour indiquer qu'elle pourrait le faire disparaître sans peine.

— Quoi ? rétorqua Alicia, sur un ton légèrement agressif. Si tu veux tout savoir, j'étais tellement bouleversée après la première séance que je me suis saoulé la gueule. Ma copine a dû me retenir : j'avais envie de me précipiter à Denver et de trouver tous ceux qui se revendiquent des Inca Boys pour les tuer moi-même. D'ailleurs, Bailey, s'il y a un autre tatouage que tu souhaites cacher, compte sur moi. Je te le fais gratuitement. Entre femmes, il faut se serrer les coudes.

— Oh... euh... merci.

— À la prochaine, répliqua Alicia, en agitant la main pour balayer la gratitude de Bailey.

Puis elle tourna les talons et retourna à l'avant du salon, sans doute pour accueillir son prochain rendez-vous.

Les yeux écarquillés, Felicity regarda Bailey, qui arborait la même expression. Alicia n'avait guère fait de commentaire sur le tatouage qu'elle devait recouvrir, si bien que Felicity s'était dit qu'elle n'avait pas vraiment d'opinion sur le sujet. Manifestement, elle s'était trompée.

* * *

— Tout s'est bien passé ? demanda Ryder à Felicity après qu'ils eurent fait leurs adieux à Bailey et Nathan devant le salon de tatouage.

Ryder et elle se rendaient désormais dans un bar/salle de billard appelé *The Pit*. C'était apparemment là que les amis de Ryder et lui se retrouvaient quand ils n'étaient pas en opération. Les six hommes avaient des emplois « classiques » en plus d'être mercenaires, et la salle de billard leur servait à se détendre autant qu'à planifier les futures missions ou à évoquer les précédentes.

— Oui, confirma-t-elle. Le tatouage de Bailey est superbe. Alicia est une véritable artiste.

— Tu t'en es fait faire un nouveau ? demanda Ryder en indiquant le petit bandage sur son avant-bras.

Elle acquiesça et toucha la zone.

— Un oiseau, comme celui de Grace et Logan. Je sais que c'est leur truc, mais j'en ai parlé à Grace il y a quelques semaines et elle m'a dit que ça ne la dérangeait pas que j'en aie un aussi.

— Ça ne m'étonne pas. Vous êtes comme deux sœurs.

— C'est vrai. Je n'imagine pas ce que ce serait de ne pas pouvoir la voir tous les jours.

— Ça n'arrivera pas, répliqua Ryder, comme s'il avait lu dans ses pensées. Nous allons faire en sorte que tu puisses t'enraciner encore plus à Castle Rock afin de ne plus jamais avoir à en repartir.

Elle lui sourit faiblement.

— J'espère.

Ryder n'essaya pas de l'apaiser. Il posa simplement la main sur sa cuisse pour la serrer, et l'y laissa jusqu'à ce qu'il se gare devant un bâtiment miteux.

Une vieille enseigne en bois pendait de guingois sur le côté de l'édifice et annonçait qu'ils étaient arrivés au *Pit*. Juste à côté des lettres se trouvait le dessin de trois tables de billard. Une seule fenêtre, qui semblait n'être jamais lavée, donnait sur l'avant du bâtiment.

Incrédule, elle fixa la façade délabrée, puis se tourna vers Ryder, qui expliqua.

— Ça ne ressemble à rien, mais ça empêche les yuppies et les étudiants d'entrer. C'est en meilleur état à l'intérieur.

— J'espère, s'exclama-t-elle, en un cri du cœur.

Puis elle se couvrit la bouche.

— Désolée, c'était malpoli, marmonna-t-elle.

Ryder se contenta de sourire, avant de descendre de voiture pour lui ouvrir sa portière et lui tendre la main.

— Nathan a eu la même réaction, et le temps qu'on parte vous retrouver, Bailey et toi, il était converti. Viens voir par toi-même, mon cœur.

Elle accepta son aide et s'émerveilla de sa force quand il la fit lever de son siège et la plaqua contre lui comme si elle n'était pas plus lourde qu'une enfant. Il claqua la portière et ferma la voiture à l'aide de la télécommande tout en la maintenant d'un bras autour de la taille.

Felicity se blottit contre lui. Il lui avait manqué, aujourd'hui. C'était de la folie, puisqu'ils n'avaient été séparés que quelques heures. Mais comme ils étaient restés ensemble pratiquement non-stop depuis quelques semaines, elle s'était habituée à l'avoir à ses côtés. Tout près.

Ryder lui ouvrit une porte étonnamment épaisse et lui fit signe d'entrer dans le bar faiblement éclairé. Quand elle pénétra dans les lieux, elle s'arrêta le temps que sa vision s'ajuste à l'obscurité après le soleil éclatant. Ryder avait raison, ce n'était pas totalement un trou à rats à l'intérieur.

C'était plus grand qu'elle ne s'y attendait. Une large salle dégagée offrait des tables et des chaises installées sans logique. Une porte menait vers une zone à l'arrière où elle apercevait d'innombrables billards. À cette heure de l'après-midi, peu de personnes s'y trouvaient. Elle entendait néanmoins les tintements des boules qui émanaient de la pièce. Un grand comptoir occupait la partie droite du bar, derrière lequel se tenait un homme immense qui leur souriait. Alors qu'elle était en train d'hésiter à courir le risque de lui rendre son sourire, Ryder resserra son bras autour de sa taille.

— Viens, lui dit-il à l'oreille. J'aimerais te présenter Dave avant d'aller voir les autres.

Felicity frissonna en sentant son souffle contre sa peau. Pendant un quart de seconde, elle eut envie de lui dire qu'elle ne souhaitait pas rencontrer ses amis, en fin de compte. Qu'elle se fichait de Joseph. Elle avait regardé derrière son épaule pendant si longtemps qu'elle s'était habituée à la menace que représentait Joseph. Elle voulait penser à autre chose. À Ryder. Elle voulait lui dire qu'elle désirait rentrer directement à la maison pour aller au lit. Avec lui. Elle prit toutefois une grande inspiration et se força à marcher calmement tandis qu'il l'entraînait vers le bar.

Ryder lui fit un immense sourire, comme s'il savait exactement à quoi elle songeait. Elle décida que oui, il était capable de lire dans les pensées, quand il murmura :

— Ne t'en fais pas, j'ai beau aimer mes amis, je ne vais pas passer la journée à discuter avec eux alors que je préférerais te ramener chez toi.

Ses mots lui donnèrent la chair de poule. Elle se concentra pour arriver à placer un pied devant l'autre sans tomber face contre terre. Trébucher n'était pas vraiment la première impression qu'elle voulait laisser à ses amis.

Ryder l'entraîna vers le comptoir imposant, et elle se retrouva de nouveau stupéfaite par l'air jovial du barman. Il était grand, un peu plus d'un mètre quatre-vingt. Il avait les cheveux coupés court et une petite barbe qui recouvrait la partie inférieure de son visage. Des touches de gris se mêlaient au noir. Il avait également des lèvres pleines, un nez donnant l'impression d'avoir été cassé plusieurs fois et une cicatrice sur le côté du cou qui disparaissait sous l'échancrure du tee-shirt noir moulant qu'il portait. Il avait la peau foncée, mais elle n'aurait su dire si c'était par nature ou suite à une exposition prolongée au soleil. Ses bras étaient recouverts de tatouages noirs, sans la moindre tache de couleur nulle part.

C'était dans l'ensemble un type imposant, du genre que l'on n'aimerait pas croiser dans une allée sombre. Il ressemblait aux hommes de main que Joseph Waters pourrait engager... ce qui ne la rassura pas le moins du monde.

— Il était temps que tu nous amènes ta femme, déclara l'homme d'une voix tonitruante.

Sans commenter, Ryder répondit :

— Dave, j'aimerais te présenter Felicity Jones. Felicity, voici Dave. Le meilleur barman de Colorado Springs... Sans hésiter.

Felicity tendit courageusement la main. Si Ryder n'était pas inquiet en la présentant à ses amis, alors elle devrait arrêter d'imaginer cet homme imposant la traîner à l'arrière du bâtiment pour lui trancher la gorge. Ce n'était pas gentil de penser cela, d'autant plus qu'elle faisait implicitement confiance à Ryder.

— Ravie de te rencontrer.

Il lui prit la main et l'engloutit dans la sienne, immense.

— Les gars ne parlent que de toi. Et tu es aussi belle qu'Ace l'a affirmé. Bienvenue au *Pit*. Dis-moi ce que tu veux boire, c'est la maison qui paie... Enfin, sauf si tu as des problèmes avec la boisson. Là, il va falloir que je t'interrompe à un moment ou à un autre. Mais ça m'étonnerait, parce qu'Ace ne sortirait jamais avec une nana alcoolique. Je...

— Tu veux bien rendre sa main à ma femme, Dave ? le coupa Ryder.

Le barman parut confus un instant, puis il lâcha la main de Felicity, qu'il agitait pendant sa conversation.

— Désolé, désolé.

Il pouffa.

— J'ai parfois tendance à parler à tort et à travers. Faites comme si je n'étais pas là, tous les deux.

Felicity sourit. Sa crainte précédente, selon laquelle Dave pourrait être un homme de main voire un tueur à gages, avait disparu presque à l'instant où il avait ouvert la bouche. Il avait une voix très basse et rauque, et il était vraiment imposant, mais il se comportait davantage comme un enfant que comme un barman dur à cuire. Elle indiqua ses tatouages d'un signe du menton.

— J'adore tes dessins.

Il lui fit un grand sourire en tendant le bras.

— Merci ! Je me suis fait le premier à dix-huit ans et je

n'ai jamais regretté. Chaque fois que j'en fais un de plus, le tatoueur essaie de me convaincre d'ajouter de la couleur, mais j'aime le noir. Je n'ai pas besoin que du rouge, du bleu ou du jaune viennent se mêler à ce que j'ai mis des années à avoir.

— Les gars sont derrière ? demanda Ryder, comme s'il était habitué au babillage de Dave.

Il passa à nouveau son bras autour de la taille de Felicity.

— Oui. Ils t'attendent.

— Top. Qu'est-ce que tu veux boire, mon cœur ? ajouta-t-il en se tournant vers elle.

— Juste de l'eau... si c'est bon.

Ryder l'embrassa sur la tempe puis recula un peu.

— Bien sûr que c'est bon. Pourquoi ça n'irait pas ?

Elle haussa les épaules.

— Nous sommes dans un bar. L'eau n'est pas vraiment la boisson standard.

— Rien à foutre des standards. Même si tu veux boire du jus de cerise en poudre, je suis sûr que Dave peut t'en trouver.

— Carrément, confirma l'intéressé. Je n'en ai pas à l'heure actuelle, mais je peux t'en avoir pour la prochaine fois.

Felicity lui sourit.

— Merci, mais de l'eau, ça suffira.

— Tu la veux dans un verre pour que ça ressemble à de l'alcool ?

Elle pencha la tête, intriguée.

— Pourquoi ?

Le barman haussa les épaules.

— Parfois, ça empêche les autres d'être trop curieux et de se demander pourquoi tu ne bois pas. Certains joueurs de billards d'ici, anciens alcooliques, aiment bien faire ça.

Ça leur permet de se fondre plus facilement dans la masse.

— Je n'ai aucun problème avec ça, donc un verre normal, ça me va. Merci.

Dave secoua la tête.

— Non. Dans ce bar, l'eau des femmes n'est pas servie dans un verre, à moins qu'elles ne le demandent spécifiquement.

Il attrapa sous le comptoir une bouteille d'eau froide.

— C'est bien plus difficile de glisser quelque chose dans une bouteille scellée que dans un verre.

Il brisa le sceau sous ses yeux, mais laissa le bouchon avant de la lui tendre.

— Je n'y avais pas pensé. Merci.

— Je t'en prie. Ace ?

— N'importe quoi, ça me va.

Quelques secondes plus tard, Dave posa une pinte sur le comptoir usé.

— À plus tard, Dave.

— À plus tard. C'était cool de te rencontrer, Felicity. Reviens me voir souvent ! s'écria-t-il tandis que Ryder entraînait Felicity vers les billards, dans l'autre salle.

Elle agita la main puis regarda Ryder qui pouffait.

— Quoi ?

— Il t'aime bien.

— Super. Moi aussi.

Ils entrèrent dans la grande pièce au fond, où Ryder tourna tout de suite vers la droite. Quelques tables étaient disposées tout autour de l'espace, entourant les billards. Quelques groupes jouaient, mais ce furent les six hommes installés ensemble qui attirèrent immédiatement l'attention de Felicity.

Tout à coup, elle ne fut plus sûre de vouloir rencontrer

les amis de Ryder. Il était évident, d'un seul coup d'œil, que ces hommes n'étaient pas des types lambda. Tous se levèrent quand Ryder et elle s'avancèrent. Elle déglutit et s'immobilisa.

— Qu'est-ce qui ne va pas ? demanda Ryder en regardant autour d'eux pour comprendre ce qui avait alarmé Felicity.

— Je crois que j'ai changé d'avis, dit-elle tout bas. Je vais aller discuter avec Dave pendant que tu parles avec eux, je pense. Tu pourras tout me raconter quand nous rentrerons à Castle Rock.

Ryder observa ses amis, puis elle à nouveau, et sourit.

— Ils sont inoffensifs, la rassura-t-il.

— Inoffensifs, mon cul, marmonna-t-elle tout bas.

Évidemment, il l'entendit et son rictus s'élargit. Il alla se placer devant elle pour lui bloquer la vue de ses amis, puis prit son visage en coupe et l'inclina vers le sien.

— Qu'est-il arrivé à ma Felicity badass et qui n'a peur de rien ?

— Ce serait stupide de ne pas craindre tes amis quand ils ressemblent à ça.

Ryder se décala pour lui attraper la main qui ne tenait pas la bouteille d'eau.

— Tu les mèneras par le bout du nez avant même de te présenter, affirma-t-il en touchant la zone en question.

Felicity nia de la tête et se mordit la lèvre.

— Oh que si. Et tu sais pourquoi ?

— Non, souffla-t-elle, apaisée par ses doigts calleux contre les siens.

— Parce que tu es avec moi.

— Et ça suffit ? Ils aiment toutes tes copines ?

— Je ne leur ai jamais présenté personne, mon cœur. Tu es la première.

Elle le dévisagea, bouche bée.

— Mais ce n'est pas seulement pour ça qu'ils feront tout ce qu'il faut pour que tu sois à l'aise.

Il enchaîna sans lui laisser l'occasion de l'interroger.

— Chacun des hommes assis à cette table déteste la violence faite aux femmes. Ils préféreraient presque frapper un chiot que de te mettre mal à l'aise. Fais-moi confiance, Felicity.

Elle déglutit et hocha la tête.

— Malgré tout, si la conversation devient trop intense pour toi ou si tu n'as plus envie de parler de Joseph, il te suffit de me le dire. Tu pourras aller attendre avec Dave le temps que je finisse. Il te protégera.

Ces paroles réconfortèrent Felicity. Elle carra les épaules. Elle voulait savoir ce qu'ils avaient découvert. Elle en avait *besoin*. Ils étaient les amis de Ryder. Elle était en sécurité.

— C'est bon, je vais bien. Allons voir ce qu'ils ont à nous dire.

Ryder ne s'écarta pas immédiatement. Il continua à l'observer dans les yeux.

— Quoi ? souffla-t-elle.

— Lorsque j'ai pris la décision de rencontrer mes demi-frères, je savais que ma vie allait changer, mais j'ignorais à quel point. J'ai l'impression de t'avoir attendue toute ma vie. Que tout ce que j'ai fait, que la personne que je suis devenue afin de faire correctement mon boulot de mercenaire, c'était pour pouvoir être ici, à cet instant, pour te protéger.

— Ryder, protesta-t-elle.

— Je suis sur le point de te présenter à ces hommes que je connais depuis des années, auxquels je confierais ma vie et que je n'ai pas vus depuis longtemps. Tout ce que je veux pourtant, c'est te jeter sur mon épaule, te ramener à la salle de sport et m'enfermer avec toi dans ta chambre pour m'enfoncer si loin en toi que nous ne serons plus en mesure ni l'un ni l'autre de nous souvenir d'une époque où nous n'étions pas ensemble.

Le corps de Felicity fondit pour cet homme qui mettait son âme à nu devant elle.

— Oui, murmura-t-elle, incapable de prononcer autre chose à cause de la boule dans sa gorge.

— Ce soir, ajouta-t-il fermement.

— Oui, répéta-t-elle.

Il ne fit pas un geste pendant un long moment, se contentant de la regarder comme s'il cherchait à graver chaque trait de son visage dans sa mémoire.

— Peu importe ce qui se passera à notre retour à la maison, tu seras à moi ce soir. De toutes les manières possibles.

Ce n'était pas une question. Elle répondit quand même.

— Oui, dit-elle, pour la troisième fois.

Elle n'était pas ravie de la partie « peu importe ce qui se passera à notre retour », mais elle savait que s'éloigner de la salle de sport, c'était laisser à Joseph le champ libre pour lui faire une nouvelle surprise désagréable. Mais qu'il aille au diable. Pour une fois dans sa vie, Felicity comptait bien prendre ce qu'elle voulait, au mépris des conséquences.

Joseph Waters ne gagnerait pas. Hors de question.

CHAPITRE 13

Ryder s'arrêta devant la table et adressa un simple geste du menton à ses amis. Il attira Felicity contre lui et passa un bras autour de sa taille, un peu trop vivement ; elle trébucha et se tourna sur le côté pour éviter de tomber. Il ne l'aurait pas laissée faire, cela dit. Elle se retrouva donc plaquée contre son flanc, et il pouvait sentir son souffle court contre son cou.

— Felicity, j'aimerais te présenter mes amis, dit-il en désignant chacun d'eux de la tête à mesure qu'il donnait leurs noms. Gray, Meat, Arrow, Black, Ball et Ro.

Tous les hommes sourirent à Felicity et lui adressèrent un signe du menton.

— Bonjour. Enchantée de vous rencontrer, les salua-t-elle doucement avant de se tourner vers lui. S'il te plaît, ne me dis pas que ce sont leurs vrais noms.

Il rit.

— Non. Mais c'est ainsi que nous nous appelons.

Elle plissa le nez et regarda Meat.

— Je me fiche de votre façon de faire à Ryder et toi, mais

hors de question que je t'appelle Meat[1]. C'est au-dessus de mes forces.

L'intéressé pouffa.

— Tu peux utiliser mon vrai prénom. Hunter.

Soulagée, Felicity fit mine de s'essuyer le front.

— Pfiou.

Ryder sourit. Le groupe se réinstalla à table, et il les présenta à nouveau en donnant cette fois-ci leurs véritables identités.

— Tu peux les nommer comme ça t'arrange, mon cœur. Gray, c'est Grayson. Meat, tu le sais maintenant, c'est Hunter. Arrow, c'est Archer. Black s'appelle Lowell. Ball, c'est Kannon. Et Ro, pour Ronan.

Felicity y réfléchit quelques instants avant de hocher la tête.

— D'accord. Gray, Arrow, Black et Ro, je peux. Mais pour vous deux, il faudra que ce soit Hunter et Kannon, désolée.

Aux sourires peu habituels que ses amis arboraient, il était clair qu'ils trouvaient Felicity amusante.

Gray s'appuya sur la table et l'épingla du regard.

— Content de faire enfin ta connaissance. Ace nous parle de toi depuis le jour où il t'a vue pour la première fois.

Elle leva des yeux surpris vers Ryder.

— Ah bon ?

— Ouaip, confirma Meat. Quand il m'a appelé, il m'a dit qu'il avait rencontré sa future femme.

— Ça suffit, lança Ryder sur un ton d'avertissement tandis que Felicity rougissait.

Arrow haussa les épaules.

— Tu sais, Felicity, nous sommes peu impressionnables. Nous avons vu ou fait trop de choses pour ça. Alors, le fait que tu aies eu un impact aussi immédiat sur Ace nous a fait comprendre que tu étais spéciale.

— Ça suffit, j'ai dit, grogna Ryder. Putain, si vous continuez comme ça, elle va partir en courant en se demandant dans quoi elle s'est fourrée.

Ses amis éclatèrent de rire tandis qu'il serrait les dents. Ils allaient gâcher sa relation avant même qu'elle n'ait réellement commencé. À l'instant où il s'apprêtait à se lever et à traîner Felicity loin d'ici, sans se soucier du fait qu'ils n'avaient pas discuté de sa situation encore, il sentit une petite pression sur sa cuisse. Baissant les yeux, il vit que le geste provenait de Felicity. Il remarqua son sourire quand il releva la tête.

Soulagé, il mit la main sur la sienne.

— Ce n'est pas que je n'apprécie pas que vous vous amusiez à mes dépens, mais... pourrions-nous en venir au sujet et parler du connard qui harcèle Felicity, avant de s'intéresser à ma vie privée ?

Les hommes redevinrent sérieux immédiatement.

Ro posa les coudes sur la table.

— Joseph Waters. Trente ans. A grandi à Chicago. A obtenu sa licence de commerce à Northwestern. Un mètre quatre-vingt. Jamais marié. Beaucoup de copines, dont plusieurs ont disparu.

Ball prit la suite.

— Nous n'avons pas réussi à retrouver ses parents. Ils ne doivent pas avoir le même nom.

— Son père est un gros bonnet de Chicago, je pense, intervint Felicity. Je ne sais pas comment il s'appelle, mais mon ancienne colocataire m'a dit qu'il avait beaucoup de pouvoir.

— Joseph a été entendu dans le cadre de deux disparitions, mais il a chaque fois été lavé de tout soupçon par un inspecteur de Chicago, et les affaires n'ont toujours pas été résolues, ajouta Black.

— D'après les fichiers, il serait employé d'une société intitulée *Tyson Enterprise* à Chicago, mais je n'ai pas réussi à déterminer ce qu'il y faisait, intervint Arrow.

Au même instant, le portable de Ryder sonna. Il le sortit de sa poche et regarda l'écran, puis il le montra à tout le monde.

— Rex, dit-il, avant de décrocher et de placer l'appareil au milieu de la table. Salut, Rex. C'est Ace. Les gars sont là aussi, ainsi que Felicity.

— Bonjour, Felicity, la salua une voix mélodieuse dans le téléphone. Je suis désolé que ce soit dans ces circonstances, mais je suis enchanté de faire ta connaissance.

— Moi de même, répondit-elle.

— As-tu découvert autre chose sur Joseph Waters ? demanda Ryder.

— Joseph Waters, répliqua Rex sur un ton bien plus froid qu'un instant plus tôt, est le fils de Garrick Watson, qui se prétend parrain de la mafia, mais qui n'est en réalité qu'une sale grosse brute.

— C'est la première fois que j'en entends parler, commenta Ro.

— Parce qu'il agit principalement à Chicago. Il n'a pas essayé de s'étendre, et il se cantonne surtout à intimider les entrepreneurs du coin et à faire du trafic d'armes et de drogues. Il collabore avec quelques gangs de motards, mais n'a jusqu'à présent mis les pieds dans rien qui n'attire mon attention et ne l'inscrive sur ma liste.

Le silence tomba autour de la table. Felicity se pencha vers Ryder.

— Je ne comprends pas. De quelle liste s'agit-il ? demanda-t-elle tout bas.

Ce fut Rex qui répondit.

— Nous ne parviendrons jamais à sortir de la rue toutes les drogues illégales et les armes. L'intimidation, ce n'est pas une bonne chose, mais ce n'est pas aussi grave que le trafic d'êtres humains. Ou les kidnappings. Ou le harcèlement. Ou les réseaux de prostitution. Mes mercenaires se soucient des femmes et des enfants, Felicity. Ils descendent les connards qui abusent et exploitent le beau sexe. Si des hommes veulent s'entretuer pour une stupide bataille de territoire, ça les regarde. Mais je ne supporte pas la violence envers les enfants. Ou le fait de profiter d'une femme pour son propre plaisir sans son consentement. C'est dégoûtant et seuls les faibles s'y adonnent.

Ryder voyait bien qu'elle était perdue. Il essaya de clarifier.

— Les Mercenaires Rebelles n'acceptent que les missions concernant les femmes et les enfants, mon cœur.

— Mais les hommes aussi sont victimes d'abus. Regarde ton propre père.

Il serra les lèvres et réfléchit à la meilleure manière de lui expliquer afin qu'elle comprenne. Black vint à son secours.

— Ce n'est pas que nous ne nous préoccupons pas d'eux, Felicity. Par exemple, si nous sommes envoyés dans une mission de sauvetage pour délivrer des otages et qu'il y a également des hommes parmi eux, nous libérons tous les prisonniers. Mais Rex nous a très clairement fait comprendre sur qui se concentraient ses opérations. Il a une réputation, et c'est souvent lui le premier appelé lors de situations à risque. Le gouvernement, les gens riches, les politiciens, tout le monde contacte Rex en cas de besoin. Il y a cependant de nombreux groupes de mercenaires pas aussi sélectifs que nous et qui acceptent n'importe quelle mission, mais pas nous.

— Comme je l'ai dit, poursuivit Rex sans tenir compte de l'interruption, je garde un œil sur Garrick Watson, mais il ne m'a donné aucune raison de m'intéresser à ce qu'il fait à Chicago.

— Jusqu'à aujourd'hui, commenta Ryder.

— Jusqu'à aujourd'hui, confirma Rex. Ce type n'aime pas les femmes. Il dirige ses opérations avec ses frères. Aucun d'eux n'est marié. Il ne vend pas les femmes, ne fait pas de trafic d'êtres humains, et même si c'est un connard vicieux et brutal, il ne se sert pas des femmes et des enfants comme moyen de pression lorsqu'il extorque de l'argent aux entrepreneurs du coin. Il s'est marié quand il avait vingt ans, mais ne l'est pas resté longtemps. Sa femme a eu un fils, mais est morte en couches, malheureusement.

— Joseph, lança Ryder.

— Oui. Joseph Waters. Il a reçu le nom de sa mère, par précaution. Garrick savait que nombre de ses ennemis n'hésiteraient pas à se servir de son fils contre lui. Joseph a grandi dans cette famille et on lui a enseigné les ficelles de l'empire local. Mais quelque part en cours de route il a dévié. Garrick n'est pas ravi. Il a dû le sortir des ennuis en plus d'une occasion, littéralement parfois. D'après les rumeurs qui circulent, il va bientôt s'en laver les mains. Son fils a attiré bien trop d'attention négative sur les opérations de Garrick et ne semble même pas capable de comprendre la règle de base de toute l'organisation.

— Laquelle ? demanda tout bas Felicity.

— La discrétion, répondit Rex. Je n'ai parlé à Garrick qu'une seule fois, dans le cadre d'une mission que j'envisageais d'accepter. Une rumeur disait qu'une cargaison de femmes en provenance des Philippines allait arriver par camion dans la zone de Chicago contrôlée par Garrick. Je l'ai contacté et lui ai fortement suggéré de détourner cette cargaison, car si son but était de rester discret, il ne le serait pas longtemps s'il réceptionnait effectivement ces femmes. Parce que je me fixerais pour mission de faire tomber toute son organisation, qu'il a mis tant d'efforts à bâtir.

— La vache, souffla Felicity. Que s'est-il passé ?

— Il m'a donné les détails sur la cargaison et l'endroit parfait pour que mes hommes l'interceptent. Nous ne nous sommes pas parlé depuis et je le laisse tranquille. Il connaît ma position concernant les femmes et les enfants maltraités et il n'a pas cherché à franchir la ligne. Comme je le disais, il ne veut pas attirer l'attention sur sa modeste organisation. C'est un gros poisson dans la petite mare de Chicago et n'a aucune intention de s'étendre... ou de me caresser dans le mauvais sens du poil.

— Et donc... Joseph Waters ? demanda Ryder. Il est à Castle Rock et cherche à s'en prendre à Felicity.

— Oui. Je vais parler à son père, dit Rex sur un ton implacable.

— Ça ne va pas suffire, riposta vivement Ryder.

Il poursuivit, conscient du regard interloqué de Felicity.

— Parler à papa ne fera pas revenir le fiston. Il est obsédé. Dangereux.

— Je te pardonne ce ton cette fois-ci, parce que je sais que tu t'inquiètes pour ta femme. Mais fais attention, Ace, le prévint Rex.

Ryder fit de son mieux pour maîtriser son emportement. Jamais, depuis qu'il avait rejoint les Mercenaires Rebelles, il n'avait parlé avec autant d'irrespect à son responsable. Il prit une grande inspiration.

— Toutes mes excuses, Rex.

L'intéressé poursuivit sans relever.

— Fais ce que tu as à faire. Ne quitte pas Felicity d'une semelle. Reste sur tes gardes. Garrick ne va pas être content d'avoir réapparu sur mon radar. Il va brider son fils.

— Et s'il ne le fait pas ? demanda Ryder.

— Alors Garrick va découvrir ce qui se passe quand je me mêle de ses affaires. Je vais le ruiner. Il n'aura plus un dollar et il fuira Chicago en un claquement de doigts.

— Il peut vraiment faire ça ? articula Felicity à l'intention de Ryder.

Il acquiesça.

— Peux-tu me tenir au courant si tu trouves d'autres informations ? demanda-t-il à son responsable.

— Bien sûr. Felicity ?

— Je suis là.

— Je suis navré pour ce que tu as traversé ces dix dernières années. Aucune femme ne devrait se sentir menacée au point de devoir abandonner toute sa vie. Je suis triste que tu aies dû te retrouver seule tant d'années, mais j'ai le sentiment que tu ne l'es plus. Ace est un homme bon. Tu seras en sécurité avec lui.

— Je sais qu'il fera tout son possible, affirma-t-elle, sans quitter Ryder du regard.

— Je vous rappelle, déclara Rex avant de raccrocher.

Ryder récupéra son portable, le mit en veille et le rangea dans sa poche.

— Bien... Comment pouvons-nous t'aider ? demanda Gray à Ryder. De quoi as-tu besoin ?

— D'informations, répliqua-t-il immédiatement. Felicity est protégée. Mes frères et son ami Cole la surveillent quand je ne suis pas là. Jusque-là, il n'a fait que des choses pour nous agacer. Mais je pense qu'il va s'énerver, après sa discussion avec son papa, et qu'il va devenir impatient. Il fera tout pour obtenir la réaction de Felicity qu'il souhaite.

— À savoir ? intervint Ro.

— La peur.

Ball se tourna vers elle.

— As-tu peur ?

— Je suis terrifiée, avoua-t-elle immédiatement. Mais je suis encore plus irritée. J'aime Castle Rock. J'adore mes amis, mes filleuls, mon entreprise. Et j'en ai marre d'être en cavale. Alors, je vais me battre. Si ce connard pense que je vais reprendre la fuite, il se trompe.

— Tu sais, je suis plus cool qu'Ace, intervint Meat sur un ton suggestif. Tu pourrais venir chez moi et...

Black lui donna une claque à l'arrière de la tête pour le faire taire.

— Ferme-la, Meat.

Felicity pouffa.

Ryder s'adossa à sa chaise et regarda sa femme s'amuser avec ses amis. Ce spectacle lui plaisait. Beaucoup.

Ces hommes étaient tous imposants. Musclés. Capable de tuer à mains nues. Mais ils traitaient Felicity comme leur petite sœur. Ils surveillaient leur langage, essayaient de la mettre à son aise. Ils lui manqueraient, quand il s'installerait à Castle Rock. Cependant, il savait sans l'ombre d'un doute que Felicity et lui feraient de nombreux voyages jusqu'à Colorado Springs pour se rendre au *Pit* et rattraper le temps perdu. Il démissionnait de son boulot de missionnaire, pourtant, il n'hésiterait pas à aider ces hommes s'ils en avaient besoin.

— Tu es prête à rentrer ? demanda-t-il à Felicity pendant un blanc dans la conversation.

— Tu ne veux pas faire une partie ? Hunter t'a mis au défi, tu sais.

— J'ai mieux à faire que de rester ici à botter les fesses de mes potes au billard, rétorqua-t-il.

Les pupilles de Felicity se dilatèrent à ses mots. Il ne tint pas compte des taquineries bon enfant que sa déclaration provoqua. Il avait l'impression que Felicity et lui étaient seuls au monde en cet instant. Il lui tendit la main, paume levée, et haussa un sourcil en guise de défi.

— Désolée, les gars, dit-elle aux autres hommes sans quitter Ryder du regard.

Elle posa la main dans la sienne.

— Je dois ramener Ryder à la maison et le mettre dans mon lit.

Les amis de Ryder hululèrent et explosèrent de rire. Même Ryder sourit.

Il observa ses camarades en se levant, puis il se pencha et prit Felicity sur son épaule. Elle poussa d'abord un petit cri de surprise qui le fit pouffer, puis elle rit.

— Tu sais comment nous contacter, lança Gray. Appelle-nous si tu as besoin d'aide.

— Ça marche, lui assura Ryder, qui se tourna ensuite vers le bar.

Il souriait encore quand il entendit Felicity saluer Dave depuis sa position précaire, tandis que Ryder avançait jusqu'à la sortie sans faire de halte.

— Reviens quand tu veux ! lança Dave.

Ryder ne s'arrêta que lorsqu'il eut rejoint sa voiture. Il reposa Felicity et la plaqua contre la portière passager. Elle arborait un immense sourire et était rouge d'avoir eu la tête à l'envers. Malgré son envie pressante de la ramener très vite chez elle, il devait d'abord vérifier si ce qu'ils venaient d'apprendre l'avait bouleversée.

— Tu vas bien ?

— Oui, Ryder, très bien, répondit-elle, le sourire toujours aux lèvres.

— Même en ayant découvert ce que mes amis et moi faisons ?

Le sourire s'effaça lentement et son visage devint sérieux. Il ne lui avait jamais vu cette expression.

— Ryder, je savais déjà quel genre d'homme tu étais avant d'entrer dans cette salle de billard. Mais même si cela n'avait pas été le cas, tes amis et ce Rex me l'ont très clairement fait comprendre : tu es un héros. J'ignore combien de personnes tu as sauvées, mais je suis persuadée que toutes se jetteraient à tes pieds pour te remercier si elles le pouvaient.

— Je ne suis pas un héros, mon cœur. J'ai tué beaucoup de gens.

Elle balaya son objection de la main comme s'il s'agissait d'une mouche agaçante.

— Des connards qui méritaient de mourir.

— Ça ne te dérange vraiment pas ?

Elle secoua la tête.

— Non. Si l'occasion se présente, je veux que tu tires une balle entre les deux yeux de Joseph et que tu t'assures qu'il est bel et bien mort. S'il est arrêté, je ne suis franchement pas sûre qu'il restera en prison. Pas avec les relations qu'il a, et celles de son père aussi manifestement. Tu n'imagines pas combien de fois j'ai espéré avoir un flingue pour le buter moi-même.

Ryder haussa les sourcils.

— Ça ne te ressemble pas, mon cœur. Tu n'aimes déjà pas tuer les souris qui se faufilent dans la salle de sport de temps à autre. J'ai vu les gentils pièges que tu as installés.

— Les souris ne m'ont rien fait. Elles ne font que ce pour quoi elles sont programmées. Joseph, lui, est un homme horrible qui mérite de mourir. Je suis sérieuse, Ryder. Tout ce que je demande, c'est de vivre en paix, et je ne pense pas qu'il me laissera faire tant qu'il sera en vie. Promets-moi de le tuer si l'occasion se présente. Mais seulement si tu peux t'en tirer sans avoir d'ennuis. Je détesterais que *tu* finisses en prison pour t'être débarrassé de ce connard. Je ne crois pas que les visites conjugales soient aussi satisfaisantes que ce que nous nous apprêtons, je l'espère, à faire ce soir.

Ryder s'étouffa sur un rire, stupéfait que Felicity puisse évoquer le fait qu'il tue un homme et enchaîner sans sourciller sur sa volonté de faire l'amour.

— Si à n'importe quel moment ce soir tu changes d'avis, il te suffit de le dire, précisa-t-il, bien qu'il soit persuadé qu'il finirait avec les testicules congestionnés si jamais elle l'obligeait à s'arrêter.

Felicity se mit sur la pointe des pieds et attira sa tête vers la sienne. Elle effleura ses lèvres une fois avec les siennes, puis son souffle les caressa, léger comme une plume.

— *Rien* ne pourra me faire changer d'avis. Je te veux enfoncé en moi ce soir.

Il l'embrassa à l'instant où le dernier mot quitta sa bouche. Il plongea la langue en elle, imitant ce qu'il ferait avec son sexe dès qu'il l'aurait mise sur un lit.

Lorsqu'il sentit la main de Felicity sur la protubérance dans son pantalon, il reprit conscience de leur environnement. Il l'attrapa par le poignet et l'éloigna de son entrejambe pour le plaquer fermement contre ses reins.

Elle se trémoussa contre lui, frottant ses mamelons érigés contre son tee-shirt.

— Ryder, se plaignit-elle. Je te veux.

— Et tu vas m'avoir. Mais pas dans le parking du *Pit*. Tiens-toi bien, dit-il d'un ton autoritaire.

Il savait que la tendresse de son regard contredirait la rudesse de ses paroles.

Felicity l'embrassa sur le menton. Puis sur la mâchoire.

— Ramène-moi à la maison, demanda-t-elle entre deux baisers. Fais-moi l'amour.

Sans un mot, Ryder attrapa la poignée de la portière et encouragea Felicity à s'asseoir. Puis il fit rapidement le tour de la voiture, s'installa et observa la femme qui comptait plus que tout à ses yeux.

Attachée, elle avait relevé un genou. Si elle avait porté une jupe, il aurait pu se glisser sous le rebord et remonter... Il mit un terme à ses pensées.

Une heure de trajet les attendait, et il devait pouvoir conduire sans s'imaginer constamment s'enfoncer dans son corps chaud et humide. Il démarra le moteur et sourit à Felicity.

— Parle-moi.

— De quoi ? demanda-t-elle en passant la main sur sa propre jambe d'un air aguicheur.

— De n'importe quoi sauf du nombre de fois où tu vas jouir ce soir, répliqua-t-il d'une voix crispée.

Elle éclata d'un rire profond dépourvu de la moindre trace de peur ou d'angoisse. Ce son, il voulait l'entendre jusqu'à la fin de sa vie. Elle se mit à parler de Nate et Ace et du fait que Grace était contente qu'ils fassent leurs nuits, et Ryder sourit.

Il devrait s'inquiéter de Joseph et de ce qui les attendrait à leur retour à Castle Rock, mais il en était incapable. Ce soir, Felicity serait sienne dans tous les sens du terme. Rien ne pourrait gâcher sa bonne humeur.

CHAPITRE 14

Ryder s'était trompé. *Joseph Waters* pouvait gâcher sa bonne humeur. Dès qu'il se fut garé à l'arrière de la salle de sport, à côté de la PT Cruiser de Felicity, il remarqua l'enveloppe blanche glissée sous les essuie-glaces de la jeune femme, et qui ressortait comme un phare dans la nuit.

Il parvint à descendre de voiture et à atteindre celle de Felicity avant elle. Il saisit l'enveloppe avec précaution par le bord de son tee-shirt afin de ne pas souiller la moindre preuve ou empreinte de doigt, et regarda à l'intérieur.

Son cœur cessa de battre un instant avant de repartir à coups redoublés.

Le retour de Colorado Springs avait été intimiste et plaisant. Felicity s'était montrée détendue et aguicheuse. Ils n'avaient pas eu de discussion profonde pendant le trajet. Pas de conversation sur le fait de tuer quelqu'un. Aucune concernant Joseph Waters ou son père. Felicity lui avait raconté d'autres histoires sur sa mère, et il en avait fait de même. C'était... normal. Et il avait adoré.

Maintenant, cependant, il regardait le contenu de l'enveloppe en sachant, au fond de lui, que cela allait bouleverser

Felicity. Peut-être même lui faire retrouver l'état d'esprit dans lequel elle était à leur première rencontre, effrayée et prête à fuir.

— Qu'est-ce que c'est ? demanda-t-elle d'une voix qui ne flancha pas, mais qui avait perdu la légèreté des deux dernières heures.

— Tu n'as pas besoin de voir ça, lui dit Ryder en refermant le rabat et attrapant son portable.

Il devait appeler la police. Rapporter la folie de Joseph ne le ferait pas arrêter, mais cela permettrait d'assurer, quand Ryder le tuerait, qu'il s'agissait d'un sincère cas de légitime défense.

Felicity posa une main chaude sur son bras. Il leva la tête et croisa son regard.

— Chaque fois que j'ai reçu l'un de ses « cadeaux », j'étais toute seule. Je n'avais personne sur qui compter. Je ne suis pas vraiment excitée à l'idée de découvrir ce qu'il a fait cette fois-ci, mais nous nous attendions à un geste de sa part. Je sais que tu es bouleversé, mais moi je pourrais peut-être déterminer ce qu'il a en tête en voyant ce qu'il nous a laissé. Il adore me narguer, conclut-elle en haussant les épaules. C'est son plaisir.

Ryder serra les dents et essaya de trouver une raison valable de lui refuser d'étudier le contenu de l'enveloppe. Elle ne lui en donna pas l'occasion.

— S'il te plaît, Ryder. Quoi qu'il y ait à l'intérieur, cela ne changera pas mes projets pour la nuit. Je ne vais plus le laisser m'atteindre. Nous allons nous occuper de ce merdier, puis aller à l'étage et nous mettre au lit, comme nous l'avons fait tous les soirs cette semaine. Si ce n'est que, ce coup-ci, je vais te faire toutes les choses dont je rêve depuis la première fois que je t'ai vu.

Sans un mot, Ryder l'attrapa par la nuque et l'embrassa

comme si elle était son oxygène. Dans un sens, c'était vrai. Jamais il n'avait désiré une femme aussi fort que Felicity Jones et il avait besoin d'elle pour respirer.

Il s'écarta trop tôt à son goût et soupira. Puis il attira Felicity contre lui, pour se préparer à son éventuelle réaction, et ouvrit l'enveloppe de sorte qu'elle voie le contenu.

Il s'agissait d'un tas de photos. Seule la première était visible, mais le message était clair. C'était un cliché au télé-objectif montrant Joel et deux autres garçons déambulant sur un chemin. La date sur l'image indiquait qu'elle avait été prise ce jour.

Felicity inspira profondément et serra les lèvres si fort qu'elles devinrent blanches. Elle releva toutefois juste la tête sans plus de réaction.

— Donne-moi ton téléphone, s'il te plaît. Je vais appeler la police. Il vaut mieux que cela vienne de moi. L'enveloppe était sur ma voiture.

Ryder s'exécuta après l'avoir embrassée sur la tempe. Au fond de lui, il soupira. Felicity tenait le coup. Oh, il se doutait qu'elle aurait une réaction à retardement, mais pour l'instant, elle ne flippait pas, ne se précipitait pas derrière son volant pour quitter la ville en vitesse. C'était suffisant pour le moment.

* * *

Joseph Waters observait la scène depuis sa voiture de location, à quelques emplacements de là. Il tourna ses jumelles vers Megan, anticipant avec une joie malsaine l'horreur et la peur qu'afficheraient son visage lorsqu'elle découvrirait ce qu'il lui avait laissé. La présence de ce fichu mercenaire était agaçante, cependant, elle pourrait rendre les choses encore plus intéressantes. S'il pouvait s'en prendre à un proche de Megan autant qu'à elle, c'était aussi bien.

Joseph souffla un rire en voyant Ryder utiliser le bord de son tee-shirt pour saisir son petit cadeau. Comme s'il était assez bête pour avoir laissé son ADN ou ses empreintes. Il n'était pas un amateur. Megan saurait que les photos venaient de lui. Le sourire de Joseph s'élargit en remarquant l'énervement du mercenaire lorsqu'il feuilleta le contenu de l'enveloppe.

Son sourire disparut cependant quand il avisa la réaction de Megan. Ou son absence de réaction, plus exactement. Il serra les doigts autour de ses jumelles, incrédule. Elle ne pleura pas. Ne regarda pas derrière elle d'un air apeuré en se demandant s'il l'observait.

Elle tendit simplement la main, accepta le portable que lui proposait Ryder et le colla à son oreille.

Salope. Espèce de salope.

Tu ne me prends pas au sérieux ?

Lâchant les jumelles, il agrippa le volant de toutes ses forces. Toutes les choses qu'il mourait d'envie de faire à Megan se bousculaient dans son esprit, tout ce qu'il voulait entreprendre pour qu'elle comprenne exactement ce que l'on ressentait lorsque quelqu'un interférait dans notre vie... comme elle l'avait fait dans la sienne tant d'années plus tôt.

Inspirant profondément pour se calmer, Joseph pensa à toutes les possibilités qui s'offraient à lui. Il jouerait avec elle une semaine de plus, puis il attaquerait. Il devait juste attendre le bon moment pour frapper.

Il savait précisément quoi faire.

Il avait des arrangements à faire.

Megan regretterait le jour où elle avait osé se mêler de sa relation avec... comment s'appelait-elle, déjà ?... à l'université.

Mettant le moteur en route, Joseph sortit lentement de sa place de parking afin de ne pas attirer l'attention sur lui. Il était bien plus calme maintenant que son plan allait être mené à bien.

— Plus qu'une semaine, Megan, et tu m'appartiendras. Cœur, corps et âme. Et je te garantis que tu ne vas pas apprécier. Même pas une seconde.

Son rire démoniaque résonna dans l'habitacle tandis qu'il s'éloignait du centre-ville de Castle Rock.

* * *

Deux heures plus tard, Ryder et Felicity purent enfin fermer l'appartement pour la nuit. La police était arrivée très vite sur les lieux. Ryder soupçonnait ses liens de parenté avec les Anderson d'être à l'origine de la rapidité des forces de l'ordre. Il s'en fichait. Il n'avait aucun scrupule à utiliser ses relations si cela lui permettait d'obtenir des résultats.

Les inspecteurs avaient écouté avec attention Felicity qui leur faisait part de ses doutes quant à la personne lui ayant laissé l'enveloppe et les photos, et pourquoi il l'avait fait, et ils avaient pris la menace au sérieux. Ils l'avaient encouragée à demander une ordonnance restrictive contre Joseph. Elle leur avait en outre confié les preuves sans rechigner quand ils lui avaient posé la question.

Felicity jeta ses clés dans un petit panier sur le plan de travail de la cuisine et alla directement se servir à boire. Elle avala la moitié d'une traite, inspira profondément, puis vida le reste. Enfin, elle remit de l'eau dans le verre et se tourna vers lui.

— Est-ce que tu veux boire ?

Ryder sentit poindre un sourire, mais il parvint à se retenir. Il s'était beaucoup inquiété de son manque de réaction face aux clichés envoyés par Joseph. En fait, il l'était encore, mais la voir respecter sa routine nocturne le calma d'une certaine manière. Il secoua la tête.

— Non, merci.

Haussant les épaules, elle ouvrit un autre meuble, celui contenant la nourriture.

— Tu as faim ? Je peux nous préparer quelque chose en vitesse avant que nous allions au lit.

Ryder s'approcha d'elle et l'enlaça par-derrière. Elle s'appuya immédiatement contre lui. Il récupéra son verre pour le poser en sécurité sur le comptoir puis la fit pivoter vers lui.

— Je ne veux rien à manger. J'aimerais savoir à quoi tu penses.

Felicity soupira et noua ses mains au niveau de ses reins. Se pressant un peu plus contre lui, elle leva le menton.

— Je vais bien.

Ryder nia d'un signe de tête.

— Non, mon cœur. Je veux savoir comment tu te sens vraiment. Voir toutes ces photos de Grace, des jumeaux, de Joel et ses amis, de mes frères, n'a pas dû être facile pour toi.

Elle esquissa un petit sourire.

— Non, en effet. Ça m'a énervée et effrayée. Je ne supporterais pas qu'il fasse du mal à quelqu'un à cause de moi. Mais j'essaie de ne pas flipper. Tu es là. Tes frères sont conscients du danger, et je suis persuadée que Logan va couver Grace et ses fils tant que Joseph n'aura pas été arrêté. Cette situation craint, mais ne me surprend honnêtement pas. Il m'a déjà fait ce genre de choses. M'a déjà suivie partout, a déjà mis des clichés dans des enveloppes laissées à mon intention. Il aime me voir apeurée et crois-moi que, par le passé, je l'étais.

— Mais pas aujourd'hui ?

Elle ne répondit pas directement, méditant sa question.

— Je suis agacée, oui. Ça m'énerve qu'il ait suivi Alexis et Blake et ait pris ces images d'eux, de Joel et de ses amis. Je ne suis pas franchement ravie qu'il se soit approché assez près de Grace et des jumeaux pour les photographier. Mais tu as appelé tout le monde et leur as raconté ce qu'il se passait, donc ils vont tous être sur leurs gardes. Maintenant, je n'ai plus qu'à espérer qu'ils prendront soin de ceux qu'ils aiment.

Elle poursuivit, le regard rivé sur le haut de sa chemise.

— Ma mère n'avait personne pour veiller sur elle. Peut-être que si elle avait eu un homme qui l'aimait aussi fort que Logan aime Grace, ou Blake Alexis, ou Nathan Bailey, elle ne serait pas morte.

Le cœur de Ryder se brisa. D'une main sous son menton, il encouragea Felicity à le fixer dans les yeux. Puis il prit gentiment son visage en coupe.

— Les hommes comme Joseph sont des lâches. Faire peur à ceux qu'ils pensent plus faibles qu'eux les excite. En règle générale, lorsqu'ils se rendent compte que leurs cibles ne sont pas effrayées, ils font machine arrière.

— Ce n'est pas le genre de Joseph, répliqua-t-elle immédiatement.

— J'en suis conscient. C'est bien pour ça que mes frères et moi n'allons pas baisser notre garde. Et que la police est impliquée, ainsi que mes amis de Colorado Springs. Je serai à tes côtés quand il fera une erreur, mon cœur.

— Je sais.

Elle prit une grande inspiration et ferma les yeux.

— Pouvons-nous arrêter de parler de Joseph maintenant ?

— Tout à fait.

Il ferait tout ce qu'elle voudrait.

— De quoi aimerais-tu discuter dans ce cas ?

Elle lui décocha un sourire aguicheur qui lui alla droit à l'aine. Elle mit les mains sur ses abdos.

— Et si nous arrêtions tout simplement de discuter ?

Lentement, elle releva sa chemise, coincée dans son pantalon, et commença à la déboutonner. Ses doigts effleurèrent le ventre et le torse de Ryder tandis qu'elle remontait. Lorsqu'elle eut terminé, elle posa les paumes à plat sur sa poitrine et la caressa d'un air séducteur.

— Tu n'as peut-être pas faim, mais moi, je suis affamée, tout à coup.

Ryder empoigna ses fesses charnues en réponse.

— Ah oui ?

— Hum hum. J'ai la dalle.

Elle joua avec les tétons de Ryder et les pinça, et il les sentit, ainsi que son sexe, se raidir instantanément.

Il lui serra une dernière fois les fesses avant de poser les mains à l'arrière de ses cuisses.

— Saute, ordonna-t-il.

Felicity le caressait de son nez quand elle entendit sa demande.

— Quoi ?

— Saute, répéta-t-il en appuyant sur ses jambes pour lui faire comprendre ce qu'il souhaitait.

Une étincelle de plaisir apparut dans ses yeux et, d'un petit bond, elle grimpa dans ses bras.

Ryder la soutint pendant qu'elle passait ses jambes autour de sa taille et se mit en mouvement avant même qu'elle n'ouvre la bouche.

— On est pressé ? murmura-t-elle en l'enlaçant par le cou.

Sa langue traça avec langueur le lobe de son oreille, puis

Felicity le prit entre ses lèvres pour le mordiller et le suçoter, et le souffle de Ryder se bloqua dans sa gorge.

Sans un mot, il la porta jusqu'à sa chambre et au matelas accueillant. Comme ils n'avaient pas fait le lit ce matin-là, le couvre-lit était toujours repoussé si bien qu'il put, sans prévenir, la lâcher.

Elle couina de surprise, mais il se positionna sur elle avant qu'elle ne puisse parler et s'empara de sa bouche. Il l'avait désirée au premier regard et avait passé de nombreuses heures éveillé et en érection tandis qu'elle dormait en toute confiance entre ses bras. Il avait cru que, après le petit cadeau désagréable laissé par Joseph, elle se retrancherait derrière cette carapace qu'il avait réussi à lui retirer couche par couche ces dernières semaines, mais il aurait dû le savoir : sa Felicity était plus forte que cela. Une fois qu'elle avait décidé qu'elle cesserait d'avoir peur de l'homme qu'elle avait fui depuis toute sa vie d'adulte, elle ne revenait pas sur sa résolution.

Toujours sans un mot ni sans interrompre le baiser, Ryder entreprit de se débarrasser de son propre pantalon. Felicity fit de même.

Ils se déshabillèrent, leurs lèvres encore fusionnées le plus possible, ne s'écartant que lorsqu'elle passa son tee-shirt par-dessus sa tête. À tous les endroits où leurs peaux nues se touchaient, des étincelles naissaient sous la surface.

Il s'était fait torturer, un jour. Ses ravisseurs avaient balancé de l'eau sur lui et s'étaient servis de câbles de batterie pour essayer de l'obliger à dire ce qu'ils voulaient savoir. Les décharges électriques avaient été douloureuses et il avait parfois encore l'impression de sentir le courant parcourir son corps, bien après l'enlèvement.

Il ressentait ces décharges, actuellement. Cependant, plutôt que douloureuses, elles étaient érotiques en diable. À contrecœur, il s'éloigna de la bouche de Felicity et s'allongea sur elle. Il sentait ses tétons contre les poils de son torse, le chatouillant et l'aguichant tout autant. Felicity et lui se touchaient des orteils jusqu'au bout des doigts. Ryder n'avait même pas pu voir son corps en entier, mais il s'en fichait.

Elle haletait, les yeux grands ouverts. Ses lèvres luisaient de leurs baisers, et il percevait la fragrance de son nectar intime.

— Je te veux, dit-il doucement.

Souriant, elle releva les hanches autant que possible, ce qui n'était pas grand-chose.

— C'est ce que je sens.

— Je te veux *entièrement*, précisa-t-il en ignorant sa tentative de légèreté. J'aimerais avoir le droit de m'allonger tous les soirs à tes côtés. D'être près de toi quand tu prouveras à ce connard qu'il ne t'a pas brisée. En me laissant pénétrer ton corps, tu m'autorises à te revendiquer complètement. Tu me donnes le droit de dire aux hommes qui te matent d'aller se faire foutre, et celui de te ramener à la maison pour te prendre jusqu'à ce que nous soyons sans force.

La passion s'était légèrement estompée dans son regard, remplacée par autre chose. Un désir ardent.

— Ce n'est pas que du sexe pour moi, mon cœur. Loin de là. Pas avec toi. Veux-tu bien m'accorder ta confiance ? Tout me donner ?

Elle ne répondit pas tout de suite, mais il ne s'en inquiéta pas. Il voyait pratiquement tourner les rouages dans son cerveau. Il souhaitait qu'elle réfléchisse à ses paroles. Qu'elle les prenne avec tout le sérieux qu'elles exigeaient.

— À condition d'avoir les mêmes droits sur toi, dit-elle enfin. Je ne suis pas une fleur délicate, quoi que tu aies cru remarquer à notre première rencontre.

— Tu les as. Et je ne t'ai jamais considérée comme une fleur délicate, mon cœur. Je t'ai vue telle que tu étais. J'ai vu ce cœur en acier au fond de toi. C'est ce qui m'a attiré en premier lieu.

— Bien. Bon... on a terminé cette conversation sentimentale ? J'ai besoin de toi.

Il ne répondit pas verbalement. Il lâcha ses mains, descendit le long de son corps et lui écarta les jambes.

Sans montrer la moindre résistance, elle le laissa faire en gémissant.

Ryder admira sa chatte pour la première fois. Avec référence, il passa le doigt sur les poils blonds de son intimité. Ils étaient si fins et clairs, presque blancs.

— Tu es si belle, souffla-t-il.

— Ce ne sont que des poils, murmura-t-elle.

— Non, mon cœur, ce sont *les tiens*, rétorqua-t-il avant d'entreprendre de lui montrer combien il adorait sa couleur naturelle.

Il ne tint pas longtemps, cela dit. Pas alors qu'il contrôlait son désir depuis des semaines. Pas alors que sa fragrance envahissait ses narines et que ses lèvres roses intimes s'ouvraient en signe d'invite.

Il se jeta sur elle comme un homme affamé. La première saveur sur ses papilles ne fit qu'attiser la passion flamboyante qu'il ressentait pour elle.

Il se mit à genoux et posa les cuisses de la jeune femme sur ses jambes, puis il s'attaqua à sa fente en grognant. Il la lécha encore et encore, incapable de s'arrêter. Plus il la goûtait, plus il en voulait. Il ouvrit les yeux pour regarder le clitoris qu'il suça tout en donnant des coups de langue, comme le ferait un vibromasseur. Felicity arqua le dos alors qu'il la rapprochait du précipice.

Elle avait les paupières closes et frémissait. Jamais il ne

s'était senti aussi puissant qu'en cet instant. Il avait connu des femmes, mais aucune qu'il avait désirée avec une telle intensité. Il prenait toujours son temps pour s'assurer que sa partenaire serait satisfaite, mais jamais il n'avait éprouvé ce besoin animal de la rendre folle de plaisir. Son pénis n'avait jamais été aussi raide. Toute son attention était concentrée sur la femme qu'il vénérait avec sa bouche.

Il s'écarta un instant pour donner un coup de langue de haut en bas afin de collecter le nectar qui coulait entre ses lèvres.

— Ryder, gémit-elle.

Il enfonça un index en elle. Elle se crispa autour, comme pour l'empêcher d'entrer, mais il continua jusqu'à la phalange.

Puis, il le ressortit et incapable de résister, le porta à sa bouche pour lécher tout le liquide crémeux. Il surprit le regard de la jeune femme, dont les pupilles étaient si dilatées qu'elles dissimulaient presque ses iris bleus.

— Tu es si parfaite, murmura-t-il, fasciné par son intimité.

Sans prévenir, il enfonça deux doigts dans son fourreau étroit et gémit en la sentant se crisper autour de lui.

— C'est... putain..., jura-t-elle lorsqu'il fit des va-et-vient impatients.

Sans chercher à s'écarter pour autant, elle lui indiqua que cela faisait longtemps pour elle. Au contraire, elle se pressa contre lui quand il enleva ses doigts.

— Combien de temps ? demanda Ryder.

Il avait conscience de se comporter comme un con, mais il avait l'impression d'observer la scène d'en haut, comme si son corps ne lui appartenait plus. Il l'avait désirée dès la première seconde et pouvoir l'avoir dépassait ses rêves les plus fous.

— Euh…, souffla-t-elle. Je ne sais pas.

— Combien de temps ? répéta-t-il en enfonçant de nouveau la main en elle pour effleurer du pouce son clitoris en même temps.

Ses hanches tressautèrent au rythme de ses caresses sur le nœud de nerfs.

— Des années. Six, peut-être ?

La satisfaction envahit Ryder. Il aurait dû se sentir coupable, puisque cela faisait moins longtemps pour lui, mais il ne pouvait s'empêcher d'être ravi qu'elle n'ait connu personne dans le Colorado.

— Tu te masturbes ? demanda-t-il.

— Oui.

— Comment ?

À ce stade, ils grognaient pratiquement tous les deux, mais il s'en fichait.

— Mon clitoris.

— Vibromasseur ?

— Sur mon clitoris.

Elle haleta quand il appuya plus fort sur la zone en question.

— Je peux pas…, souffla-t-elle, jouir juste avec une pénétration.

C'était bon à savoir. Ryder n'avait pas la prétention de croire que son pénis possédait un pouvoir magique qui la ferait décoller dès qu'il s'enfoncerait en elle. Si elle avait besoin de stimulation de son clitoris pour atteindre l'orgasme, il le ferait avec joie.

Il retira ses doigts de son fourreau et les plaça sur son propre sexe, pour se masturber avec sa lubrification naturelle. Son autre pouce continua les effleurements du bouton de Felicity, tandis qu'il se donnait du plaisir. Lorsqu'il fut à deux doigts d'exploser, il écarta sa main à contrecœur et saisit le préservatif qu'il avait posé sur l'oreiller quand il s'était déshabillé. Il l'avait rapidement sorti de son porte-feuille avant de balancer ce dernier et son pantalon par terre.

Il enfila en vitesse la gaine de latex sur sa hampe. Il voulait être prêt dès qu'*elle* le serait. Après qu'elle aurait crié pour lui.

Ryder aurait aimé passer sa nuit entière à embrasser et caresser Felicity, mais il savait qu'il n'avait pas assez de contrôle sur lui-même pour y parvenir sans jouir, alors il serra les mâchoires avec détermination et se mit au travail. Soulevant à nouveau les fesses de la jeune femme, il recommença à la dévorer. Il lécha, mordilla, suçota, et apprit ce qui lui plaisait le plus. Lorsqu'il la sentit se remettre à frémir, il posa la bouche sur son clitoris et suça fort. Elle tressauta et enfonça les ongles dans ses bras, mais il ne s'interrompit pas.

Le bassin de Felicity ondulait entre ses mains. Baissant les yeux, il surprit son regard et ne le lâcha pas quand il ajouta sa langue à la manœuvre.

— Oh mon Dieu, Ryder. C'est... putain, ça fait mal et c'est si agréable à la fois, haleta-t-elle.

Il lui serra simplement les fesses en réponse.

Il sut à quel instant elle allait décoller, comme s'il se trouvait à l'intérieur de sa tête. Chaque muscle du corps de Felicity se raidit et elle se pressa plus fort contre sa bouche. Elle ouvrit les lèvres, cherchant à respirer.

Elle était pratiquement pliée en deux à présent, telle que Ryder l'avait positionnée. Il suça une dernière fois, fort, et elle partit, les yeux fermés.

Elle trembla, son ventre ondula et un cri silencieux lui échappa dans un souffle.

Sans lui laisser l'occasion de descendre de l'orgasme,

Ryder la lâcha et se plaça entre ses cuisses toujours frémissantes, ravi d'avoir eu la présence d'esprit de se préparer avant. Il n'était pas certain qu'il aurait pu s'arrêter en cet instant.

Baissant le regard, il admira les jambes écartées, les lèvres roses mouillées par la jouissance. Il pressa son gland contre son fourreau et s'enfonça.

Elle tressaillit, mais ne bougea pas. Au contraire, elle leva le bassin pour aller à la rencontre de ses coups de reins. Ryder serra en vitesse la base de son membre pour s'empêcher d'exploser.

Toujours en proie à l'orgasme, le corps de Felicity tremblait et se raidissait encore. Le sexe de Ryder dut se frayer un chemin entre les muscles étroits jusqu'à s'enfoncer au maximum. Les mains posées à plat sur le matelas, il surplomba la femme qu'il aimait de tout son être.

— À moi, grogna-t-il.

— À moi, répliqua-t-elle avec férocité.

Elle passa les jambes autour de sa taille et plongea les ongles dans ses flancs.

Ryder avait prévu d'être doux quand il la pénétrerait. Afin de lui montrer combien elle comptait pour lui. Cependant, les gestes de la jeune femme, sa farouche déclaration d'appartenance, lui firent perdre le contrôle qui ne tenait qu'à un fil.

Les yeux fermés, la tête rejetée en arrière, il la pilonna, aidé par l'humidité qu'elle dégageait. Leur étreinte résonnait fort dans la petite chambre. Les sons qu'ils émettaient auraient pu être gênants autrefois, avec une autre femme. Avec Felicity, ils étaient parfaits.

Ses bourses claquaient contre les fesses de la jeune femme à chaque coup de reins. Les bruits de succion provenant de l'intimité de Felicity quand elle essayait de le garder en elle chaque fois qu'il reculait attisaient son propre désir et son envie d'elle.

Ryder sentait la sueur sur son front à cause de ses efforts pour retenir son orgasme. Il aurait voulu que leur première fois dure toujours, mais ce n'était malheureusement qu'une question de secondes avant qu'il ne perde la bataille.

Serrant les dents, il observa Felicity. Elle lui sourit sans le quitter du regard. Ses yeux affichaient une telle satisfaction et une telle possessivité qu'il fut fasciné. Il s'enfonça deux fois de plus en elle, et, à la troisième poussée, resta au plus profond de son corps... et explosa.

La chaleur de son sperme entoura sa verge dans le préservatif. Il aurait aimé la remplir *elle* de sa jouissance. C'était de la folie et un sentiment inédit pour lui. Mais il voulait l'inonder de sa semence. La revendiquer. La marquer.

Conscient qu'elle n'avait pas eu d'orgasme depuis qu'il l'avait pénétrée, il resta fermement en elle et glissa la main entre leurs corps humides, droit sur son clitoris.

— Oh ! s'exclama-t-elle alors qu'il faisait tourner avec rudesse le petit noyau de nerfs. Ryder, j'ai... j'ai déjà joui.

— Je sais. Recommence. Je veux le sentir, cette fois-ci. Du début jusqu'à la fin. Sur ma queue.

Toujours galvanisée par son précédent orgasme, il ne fallut pas longtemps à ses muscles internes pour se crisper autour du membre ramollissant de Ryder. C'était incroyable. Son pénis tressauta et reprit vie. Il accéléra les mouvements de son pouce et fut récompensé par le plaisir de Felicity, qu'il sentit ondoyer contre son érection, de nouveau totale, jusqu'à ce qu'elle se mette à trembler de manière incontrôlable.

D'une main, il sortit du corps de Felicity en retenant le préservatif, sans arrêter de stimuler son clitoris de l'autre. Il se débarrassa du latex usagé et enfonça doucement deux doigts dans le fourreau de la jeune femme, puis il se servit de cette lubrification pour se caresser tandis qu'elle redescendait de son second orgasme.

Il n'était pas certain de pouvoir jouir une deuxième fois, mais rien que l'odeur de l'excitation que dégageait Felicity et ses soubresauts rendaient les va-et-vient sur sa verge plus délicieux.

Tout à coup, elle repoussa sa main et la remplaça par les siennes. Les yeux rivés à son pénis, elle lui accorda la masturbation du siècle. Il gémit à son tour.

— Bon sang, Felicity... Tes mains... elles sont si agréables.

— Hummm, murmura-t-elle. C'est toi qui es agréable.

Une giclée de liquide préséminal jaillit de son membre à ces mots.

Elle pouffa puis reprit son sérieux, accélérant ses caresses sur sa hampe tout en cajolant ses bourses.

Elle savait parfaitement quand augmenter la cadence et la pression exacte à appliquer, comme si elle pouvait lire dans ses pensées.

Quand il fut à deux doigts d'exploser, il tenta de l'avertir.

— Mon cœur, je vais jouir. Laisse-moi m'écarter.

Elle resserra son étreinte. Il se sentait comme un pervers à se masturber au-dessus d'elle de cette façon, mais à ce stade, il n'aurait pas pu arrêter, même si l'on avait brandi une arme sur sa tempe.

Il essaya très fort de garder les yeux ouverts et rivés à ceux de Felicity qui le faisait basculer, mais à la dernière seconde, il rejeta la tête en arrière et gémit fort. Puis il retomba en avant, se rattrapant d'une main, et frémit alors que son sperme giclait sans discontinuer sur le corps nu sous lui. Il se sentait épuisé et drainé de toute substance.

Cela faisait longtemps qu'il n'avait pas joui deux fois en une seule nuit, et jamais il ne l'avait fait dans un délai aussi court.

Il resta au-dessus d'elle un long moment pour l'admirer. Elle était magnifique. Absolument magnifique. Et ses yeux étincelaient d'humour, signe qu'elle n'était pas dégoûtée par ce qu'il venait de faire, par chance.

— À moi, dit-il tout bas.

— À toi, affirma-t-elle. Mais tu es à moi aussi.

— Carrément, oui. À toi, approuva-t-il.

— Tu crois qu'il nous reste assez d'énergie pour prendre une douche ?

Il imagina Felicity humide et scintillante à cause de l'eau qui cascaderait sur ses épaules, et il se sentit revigoré. Son membre également, ce qui fit sursauter Felicity, qui le caressait encore avec langueur.

— Tu es sérieux ? s'exclama-t-elle, un sourcil levé, en percevant sa demi-érection.

Ryder rit et roula sur le côté, gémissant quand elle le lâcha. Il dut se rappeler qu'il allait passer toute sa vie avec elle. Pas besoin de faire l'amour jusqu'à l'inconscience la première nuit. Il devait se préserver pour la seconde. Debout à côté du lit, totalement indifférent à sa propre nudité, il tendit la main.

— Viens, allons prendre une douche. Puis nous pourrons nous coucher.

Elle accepta son offre et se releva.

— Tu penses pouvoir dormir comme ça ? répliqua-t-elle en indiquant son sexe désormais presque complètement raide à nouveau.

Il rougit, mais haussa les épaules et se rendit à la salle de bains.

— Oui, mon cœur, je peux dormir comme ça. Ce ne serait pas la première fois ces dernières semaines.

Tandis qu'il attendait que l'eau se réchauffe, il lui sourit. Felicity n'était peut-être pas totalement en sécurité à l'heure actuelle, mais ce moment viendrait. Il ne pouvait plus vivre sans elle. Il était sincère quand il lui avait dit que, s'ils faisaient l'amour, il ne pourrait pas la laisser partir. Elle était à lui désormais. Tout comme il était à elle.

CHAPITRE 15

Felicity se tenait à l'arrière de sa voiture, les mains sur les hanches.

— Comptes-tu... Qu'est-ce qui ne va pas ? demanda Ryder, dans son dos.

Cette dernière semaine, question relation, avait été super. Ryder lui avait fait l'amour toutes les nuits... et certains matins. Elle n'avait jamais connu d'amant aussi attentionné que lui... ou aussi inventif.

En plus de tout cela, il était prévenant, affectueux et respectueux. D'accord, il était également autoritaire, obsédé par sa sécurité et possessif comme pas deux, cependant elle pouvait oublier ses défauts, largement contrebalancés par ses qualités.

Comme le fait qu'il lui apportait invariablement un verre d'eau avant de dormir, même extrêmement épuisé par leurs ébats.

Comme le fait qu'il lui tendait toujours sa girafe en peluche après qu'il eut ravagé son corps et juste avant de fermer les yeux.

Comme le fait qu'il appelait systématiquement Cole

pour s'assurer qu'il l'attendait bien dans la salle de sport, avant de la laisser y descendre seule.

Comme le fait qu'il berçait Nate ou Ace et leur murmurait de douces paroles qui arrêtaient leurs pleurs.

Comme le fait qu'il contactait Rex tous les jours pour voir s'il avait appris de nouvelles informations concernant Joseph.

Comme le fait qu'il se mettait en mode « Je vais tuer cet enfoiré » tous les matins quand ils découvraient un cadeau flippant de Joseph.

Ce matin-là ne fit pas exception à la règle.

L'arrière de sa magnifique voiture était tapissé de stickers. Le pare-chocs, la vitre ainsi que le hayon. Et aucun mignon, en plus. Ils étaient tous offensants, avec leurs slogans nazis, leurs logos du Ku Klux Klan, leurs images anti-lesbiennes et anti-gay, sans oublier... les autocollants politiques.

— Putain, grommela Ryder en écartant Felicity de son véhicule.

Puis il soupira.

— Vas-tu aller chez Grace aujourd'hui ? demanda-t-il, concluant sa phrase précédente.

La matinée s'était si bien passée. Felicity avait fait de la musculation avec Cole, puis Ryder l'attendait avec une omelette à son retour à l'appartement. Ils avaient déjeuné paisiblement puis pris une douche ensemble. Ryder l'avait penchée en deux et lui avait ordonné de se masturber tandis qu'il l'empalait par-derrière à une intensité qui l'avait fait jouir presque immédiatement. Elle adorait quand il était tendre et aimant, mais également lorsqu'il perdait tout contrôle et se contentait d'exiger ce qu'il voulait.

Après leur toilette, ils avaient discuté de leurs projets pour la journée en s'habillant. Felicity comptait rendre visite à Grace avant de retourner au travail pour faire de la paperasse. Cole et elle avaient décidé d'organiser une nouvelle fête à la lumière noire, comme la dernière remontait à longtemps. Une fois Joseph arrêté, bien sûr. Tout le monde avait apprécié la précédente soirée, et c'était un bon moyen de mettre la salle de sport en vedette et d'attirer de nouveaux membres.

Ryder comptait se rendre chez Blake. Étonnamment, les deux hommes étaient devenus assez proches. Ils avaient réussi à dépasser le drame vécu par leur père et à bien s'entendre. Felicity aurait aimé que les femmes soient capables de faire de même... de mettre leurs différends de côté une fois les choses mises à plat.

Ryder et elle avaient prévu de se retrouver plus tard à la salle de sport. Ryder souhaitait donner à Cole un peu de temps libre plutôt que de lui « tourner autour », comme le disait Felicity. Elle détestait le fait d'avoir toujours quelqu'un avec elle, bien qu'elle ne soit pas assez bête pour refuser un garde du corps. Joseph rôdait quelque part et attendait son heure.

— Oui, répondit-elle. Comme je dois faire du babysitting plus tard dans la semaine, Grace veut passer en revue les mille et une notes qu'elle a rédigées pour chaque bébé.

Felicity l'avait dit en plaisantant, pourtant, Ryder n'esquissa pas le moindre sourire à cette référence à l'obsession de Grace.

— Est-ce que Logan sera là ?

— Je ne pense pas. Mais Bailey, oui. Alexis comptait venir aussi, mais il me semble qu'elle a dû annuler. Elle doit aller se former avec son hacker, je crois.

— Alors, je vais rester jusqu'à ce que tu partes.

Felicity aurait voulu protester. Lui dire qu'elle n'avait pas besoin d'une baby-sitter. Mais elle repensa ensuite à tout ce que Joseph avait fait ces derniers temps. Les affiches pour personne disparue placardées partout en ville avec sa photo à elle et description dessus. Elle avait cru que Ryder allait péter un câble quand il les avait aperçues. Elle ne l'avait jamais vu aussi furieux. Ce matin-là, c'était le mercenaire qu'elle avait eu sous les yeux. La rage dans son regard lui avait fait comprendre qu'elle ne voudrait jamais être la cible de toute cette testostérone. Cela dit, elle se sentait en sécurité avec lui. Il tuerait pour elle. Bizarrement, cela la réconfortait.

Joseph avait fait d'autres choses agaçantes, mais pas aussi menaçantes que ces affiches pour personne « disparue ». Des fleurs mortes sur le trottoir devant *Rock Hard Gym*, des visites de la police ayant reçu des plaintes pour tapage, de nouvelles photos d'elle très récentes, des gâteaux livrés comportant chacun un chiffre... qui, une fois mis dans le bon ordre, se trouvèrent être le numéro de portable de Ryder. Et ils avaient même découvert un crotale dans l'un des vestiaires de la salle de sport un jour.

Felicity soupira.

— Mais tu devais aller voir Blake, protesta-t-elle.

— Il comprendra. Tu es bien plus importante que tous mes projets.

— Nous ne pouvons pas passer chaque seconde de chaque jour ensemble.

— Pourquoi pas ?

— Pourquoi pas ? Eh bien, parce que.

Ryder sourit d'un air narquois.

— Ce n'est pas une réponse, mon amour.

— Parce que nous allons nous lasser l'un de l'autre. Parce que la plupart des gens se rendent à leur travail tous les jours, ce qui leur permet de passer un peu de temps sans la personne qu'ils fréquentent.

— Je ne me lasserais jamais de toi. Impossible. Et nous avons tous les deux des boulots... Seulement, nous n'avons pas d'horaires de bureau classiques. Nous avons la chance de pouvoir avoir notre propre emploi du temps.

— Tu as un travail ? demanda Felicity en haussant les sourcils de surprise. Je croyais que tu ne bossais plus pour Rex.

— C'est vrai. Je comptais aborder avec Blake ce matin mon envie de faire partie d'*Ace Sécurité*.

Felicity le dévisagea un long moment, puis un immense sourire naquit sur ses lèvres. Elle se jeta dans ses bras, le faisant reculer d'un pas, avant qu'il ne la rattrape et retrouve l'équilibre.

— Je vais prendre ça pour une approbation.

— Oh que oui !

Elle se redressa pour l'embrasser.

— Je n'y avais même pas songé, mais c'est parfait. Et tu crois qu'ils vont être partants ?

— Ce sont *eux* qui m'ont fait la proposition, lui révéla-t-il. Je voulais discuter des détails avec Blake, puis voir ce que tu en pensais avant d'accepter officiellement.

Felicity pencha la tête, perplexe.

— Tu comptais *m*'en parler avant d'accepter un travail ? Pourquoi ?

— Tu te fiches de moi ? demanda-t-il en haussant un sourcil.

— Euh... non ?

— C'est moi le nouveau venu dans cette ville, Felicity. Tu es déjà installée. Grace est ta meilleure amie. C'est *ton* territoire. Je refuse de te donner l'impression d'intégrer de force ton cercle familial si tu ne veux pas de moi ici.

— Tu te fiches de moi ? répliqua-t-elle.

Les lèvres de Ryder tressaillirent, comme s'il se retenait de sourire.

— Non.

— Bon sang, je ne suis pas une ado jalouse de dix-huit ans. Logan, Blake et Nathan sont tes *frères*. Je ne te dirai jamais de ne pas travailler avec eux, quoiqu'il se passe entre nous. En plus... d'après ce que j'ai vu... tu es doué. Tu serais un vrai atout à leur équipe. Bon sang, avec tes relations, tu peux véritablement aider *Ace Sécurité* à atteindre un tout autre niveau... même si j'ignore lequel c'est. Je ne sais pas comment tout ça fonctionne. Mais ils auraient de la chance, beaucoup de chance, que tu te joignes à eux. Et pas seulement à cause de vos liens de parenté.

— J'ai un rendez-vous avec un agent immobilier la semaine prochaine. Tu veux venir avec moi ?

Elle le dévisagea.

— Oui, bien sûr. Mais ça va me manquer de ne plus t'avoir avec moi.

— Non, tu verras.

— Si, Ryder. C'est vrai. Ça fait près d'un mois que tu vis avec moi. Je me suis habituée au fait que tu monopolises les draps, que tu laisses le couvercle des toilettes relevé et la cuisine en chantier quand tu prépares à manger.

Elle sourit pour qu'il comprenne bien qu'elle plaisantait. Elle se moquait de toutes ces choses, mais elle essayait de ne pas déprimer à l'idée qu'il déménage.

— Mais tu m'apportes mon verre d'eau tous les soirs, alors ça éclipse tous les trucs négatifs.

— Ça ne va pas te manquer, parce que tu vas emménager avec moi, répliqua-t-il sans tenir compte de ses taquineries. Nous trouverons une maison qui nous plaît à tous les deux, pas trop loin du centre-ville avec un peu de chance, histoire que nous soyons à proximité d'*Ace Sécurité* et de la salle de sport.

Elle le fixa, bouche bée. Il lui avait déjà demandé son aide pour ça, toutefois, elle avait pensé qu'il s'agissait juste d'une remarque en passant. Ou bien d'une recherche qu'ils feraient plus tard… bien plus tard. Ses yeux se remplirent de larmes qu'elle refusa de laisser couler. Elle n'était pas une pleureuse. Elle était dure à cuir et badass, bon sang.

— C'est vrai ? le questionna-t-elle d'une voix rauque.

— Oui, confirma-t-il.

Elle sourit et nicha son visage contre son cou.

— Oui. Oh que oui !

Ryder l'entoura de ses bras et la souleva pour la porter jusqu'à sa voiture de course.

Elle pouffa, mais resta blottie contre lui. Ses jambes se balancèrent tandis qu'ils avançaient. Elle se fichait d'où il l'emmenait. Lorsqu'il s'immobilisa et la posa sur ses pieds, elle constata qu'ils se tenaient à côté de son véhicule.

— Tu as vraiment envie que nous nous installions ensemble ? C'est une grande étape, étant donné que nous nous connaissons depuis peu.

Elle se sentait obligée de le mettre en garde.

— Mon cœur, j'ai su à la seconde où je t'ai vue que je désirais que tu sois à moi. Je t'ai prévenue avant de te faire l'amour pour la première fois, te disant que si tu me laissais te pénétrer, cela voulait tout dire pour moi. Alors non, ça ne m'a pas l'air d'une si grande étape que ça. Tu es à moi. Je suis à toi. Je m'installe à Castle Rock parce que tu es là. Par conséquent, cela me paraît naturel que nous emménagions ensemble.

Elle lui fit un sourire radieux.

— Et quitte à t'avertir, sache que je vais te demander en mariage. Bientôt. Et tu prendras mon nom. Je sais que Bailey ne croit pas en cette institution et que Nathan a pris son nom à elle, mais tu es à moi, et je ne veux pas laisser planer le moindre doute sur la personne à laquelle tu appartiens.

— Putain de merde, souffla-t-elle, incapable de formuler différemment son état de choc.

Elle le dévisagea simplement, la bouche grande ouverte.

Ce fut Ryder qui sourit cette fois-ci.

— J'adore te surprendre comme ça.

Puis il l'embrassa. Passionnément. Langoureusement. Dans le parking derrière la salle de sport, avec la voiture dégradée de Felicity à quelques pas de là.

Elle n'en avait rien à cirer. Même en ayant conscience de la menace Joseph qui planait au-dessus d'eux, elle était plus heureuse que jamais. Elle n'aurait jamais rêvé d'avoir ce style de vie. Elle s'écarta quand une pensée lui effleura l'esprit.

Malgré ses réticences, Ryder la laissa reculer.

Ils restèrent un long moment à s'enlacer les yeux dans les yeux avant qu'elle ne prenne la parole.

— Je t'aime, dit-elle.

— Bien.

Elle fronça les sourcils.

— Bien ? C'est tout ce que tu as à dire à ma déclaration d'amour ?

Il sourit avec suffisance.

— Ouaip.

Elle se débattit, pour qu'il la lâche, mais il résista.

— Si tu crois que je vais épouser un homme incapable d'admettre qu'il m'aime, tu as perdu l'esprit. Je me fiche de tes conneries à la « tu es à moi ». La possessivité, ce n'est pas de l'amour, et je refuse de passer ma vie à attendre ces paroles. Est-ce que tu sais que personne ne m'a jamais dit ça avant mes huit ans ? Ça craint, et je ne veux pas que ça se reproduise. Tu m'écoutes, Ryder ? Tu es peut-être plus sexy que tous les acteurs de ma connaissance et un grand méchant mercenaire, mais j'ai besoin d'entendre ces mots.

Elle fusilla du regard l'homme qu'elle aimait de tout son cœur. Elle avait été honnête. S'il se croyait trop viril pour lui faire des déclarations d'amour, alors elle ne pourrait pas rester avec lui. C'était peut-être ridicule, mais elle avait besoin d'entendre ces paroles.

— Comment est-ce que je t'appelle depuis le premier jour ou presque ? demanda-t-il.

De quoi parlait-il ? Elle lui ouvrait son cœur, et lui, il lui posait des questions bizarres.

— Je ne sais pas. Lâche-moi, Ryder. Je dois aller chez Grace.

— Écoute-moi, ordonna-t-il. Lors de notre première rencontre, tu te disputais avec Cole pour qu'il te donne l'argent que tu as investi dans la salle de sport. Grace, Logan et moi étions aussi présents quand tu as commencé à faire une crise de panique. Je t'ai aidée à la surmonter. Comment t'ai-je appelée ?

Elle arrêta de se débattre et le regarda, confuse.

— Je ne me souviens pas.

— D'accord. Mais réfléchis au surnom que je te donne, Felicity.

Elle écarquilla les yeux en comprenant à quoi il faisait allusion.

— Mais... tu appelles tout le monde comme ça.

Il souffla un rire.

— Certainement pas. Il n'y a que toi, mon cœur, que toi.

Ces fichues larmes refirent leur apparition dans les yeux de Felicity.

— Oh.

— Oui, oh. Je t'ai aimée de tout mon cœur depuis notre

première rencontre. Tu étais totalement paniquée et tu voulais désespérément fuir, et tu étais si formidable. Tu refusais de céder malgré les cinq hommes qui t'entouraient. Mais pas seulement. Il y avait quelque chose chez toi. Comme si j'avais, dès le premier regard, senti que tu m'appartiendrais. J'ai su au fond de moi que tu rendrais ma vie plus belle si tu en faisais partie.

— Ryder.

— Pour le cas où ce ne serait pas assez clair : je t'aime, Felicity Jones. Ou Megan Parkins, ou quel que soit ton nom. Je sais que ça fait très homme des cavernes, mais tu es à moi, et je suis à toi aussi. Je t'appartiens corps et âme. Si tu me quittes un jour, tu vas réduire mon cœur en miettes. Je veux passer le reste de ma vie à tes côtés.

Felicity faillit se liquéfier. Elle s'était sentie vulnérable en se croyant la seule capable de partager ses sentiments, mais elle s'était manifestement bien trompée.

— Était-ce une demande en mariage ?

— Oh que non, rétorqua-t-il. Le jour où je te la ferai, tu le comprendras tout de suite.

Il savait toujours quoi dire pour l'empêcher de fondre complètement, ce qu'elle appréciait. Elle voulait être Felicity Jones, la femme forte, et non une fille faible et pleurnicharde.

— Tu es sacrément sûr de toi. Peut-être que c'est *moi* qui *te* demanderai en mariage.

— Si tu le fais, je te prends sur mes genoux pour te mettre une fessée.

Felicity cilla puis pouffa.

— Quoi ? Pourquoi ? répliqua-t-elle quand elle eut maîtrisé son hilarité.

— Parce que c'est moi l'homme. Et c'est aux hommes de faire ce genre de choses.

Elle leva les yeux au ciel.

— N'importe quoi.

Il lui posa une main sur la joue.

— Fais-moi plaisir, mon cœur. Je suis le premier à admettre que les femmes ont les mêmes droits que les hommes, mais laisse-moi faire ça, s'il te plaît.

— Très bien, répliqua-t-elle en soufflant.

Elle n'était pas vraiment agacée. C'était amusant toutefois de titiller Ryder.

— Mais tu as intérêt à en faire une demande en mariage qui déchire.

Il lui fit un grand sourire.

— Défi accepté. Maintenant que nous avons discuté du fait que nous nous aimons et que nous allons emménager ensemble, pouvons-nous quitter ce fichu parking, où nous sommes des cibles pour ce connard de Joseph Waters, et nous rendre chez Grace où tu pourras gazouiller face à mes neveux ?

— Vas-tu appeler la police pour leur rapporter les derniers événements ?

— Bien sûr. Je vais aussi contacter la société de sécurité et voir s'ils ont le moindre enregistrement de Joseph posant ces autocollants sur ta voiture. Cela dit, et je déteste l'admettre, je pense qu'il a été suffisamment malin pour rester dans l'ombre et ne jamais montrer son visage. Oh, et tant que j'y suis, je vais trouver quelqu'un pour enlever ce merdier.

— Formidable. Merci. Eh oui, je suis prête à aller chez Grace pour pouvoir gazouiller face à mes filleuls. Après toi, ô le dirigeant suprême de notre couple.

Il secoua la tête, amusé, et posa la main sur sa nuque.

— Je t'aime. Du bout de tes orteils à la racine de tes magnifiques cheveux noirs.

— Ma mère me disait la même chose, souffla-t-elle.

— Je sais, tu me l'as raconté.

— Et tu t'en es souvenu, commenta-t-elle, émerveillée.

— Je me souviens de tout, répliqua-t-il en l'embrassant délicatement sur les lèvres. Monte en voiture, maintenant.

Souriant, elle recula pour s'installer côté passager. Joseph Waters était peut-être un connard sadique, mais c'était en fin de compte grâce à lui qu'elle avait rencontré Ryder. Cette idée le mettrait très certainement en rage. Elle espérait avoir la chance de le lui dire un jour.

* * *

Joseph, installé dans sa voiture de location bas de gamme, regarda la 370Z sortir de son emplacement. Il serra les poings. Il avait espéré voir Megan piquer une crise face aux autocollants offensants recouvrant sa Chrysler adorée. À la place, il avait surtout assisté à une sorte de rendez-vous galant.

Elle ne se comportait pas comme il le voulait.

Elle était censée avoir peur.

Être effrayée.

Faire ses bagages et quitter la ville.

Ce n'était pas son plan ultime, mais il en aurait profité pour l'enlever avant qu'elle ne franchisse les frontières de l'État.

Cependant, elle gâchait les choses.

Ils gâchaient les choses.

Ce satané Ryder Sinclair donnait à Megan un faux courage. La convainquait que Joseph ne pourrait jamais poser les mains sur elle. Quelle erreur !

Son père l'avait appelé un peu plus tôt dans la journée, fou de rage.

— Oublie-la et rentre à la maison.

— Non. Elle doit payer pour s'être mêlée de mes affaires.

— Écoute-moi, fiston. Cette histoire a assez duré. Je pensais que tu aurais renoncé à ton obsession insensée pour cette fille. J'ai reçu un appel de Rex, des Mercenaires Rebelles. Il n'était pas content. Et si Rex n'est pas content, alors je ne le suis pas non plus. Il m'a donné une seule chance de régler tout ça. Rentre à la maison. Aujourd'hui.

Tu vas devoir accélérer les choses, sinon, papa va s'en mêler, songea-t-il.

Hochant la tête, il alluma le moteur et quitta le centre-ville. Il avait encore un peu de travail à faire avant de pouvoir mettre un terme à tout cela. Il n'allait sans doute pas pouvoir laisser des petits cadeaux à l'intention de Megan pendant les deux jours à venir, mais, avec un peu de chance, elle baisserait sa garde pendant son absence. Et le jeu pourrait reprendre quand il reviendrait.

CHAPITRE 16

Felicity tapa du pied comme une enfant.

— Ryder, tu *dois* y aller.

— Non.

— Bon sang, si !

— Je refuse de te laisser seule avec les jumeaux.

— Tout ira bien pour nous, insista Felicity. Il ne s'est rien passé depuis plusieurs jours.

— Ça ne veut pas dire pour autant que Joseph est parti.

— Je le sais, mais je ne suis pas bête. Je ne sortirai pas de cet appartement en ton absence. Les bébés dorment dans leur berceau. La journée a été longue et je suis épuisée. Je vais juste m'asseoir sur ce canapé et regarder la télé en attendant ton retour.

Ryder s'approcha pour la coincer entre son corps et le comptoir de la cuisine.

— Je n'aime pas ça.

Elle rit, sans humour.

— Moi non plus. Mais Blake t'a envoyé un message pour te dire qu'il a besoin de toi, et maintenant, il ne décroche plus. Je n'arrive pas à joindre Alexis non plus. Logan et

Grace sont à Denver, et Nathan et Bailey n'ont aucune nouvelle. Tu ne peux pas ignorer ce message.

Elle l'observa. Il était stressé, c'était évident. Il était déchiré entre sa volonté d'aider son frère et celle de ne pas la laisser seule.

Ils regardaient tranquillement la télévision quand ils avaient reçu le SMS succinct de Blake.

« J'ai besoin de toi. Chez moi. Maintenant. »

C'était tout.

C'était sans doute un leurre. Mais si cela n'en était pas un ?

— Je n'ai pas confiance en Joseph. Ça ressemble à un piège.

— Moi non plus, je n'ai pas confiance en lui, mais avons-nous le choix ? Le texto venait du portable de Blake. Admettons que ce n'est pas lui qui l'a envoyé, mais Joseph. Il a bien obtenu le téléphone de Blake, d'une manière ou d'une autre. Imagine qu'il soit chez Alexis et lui et qu'il les retienne en otage ? Tu ne peux pas prendre le risque de les laisser ainsi.

— Je ne peux pas prendre le risque de *te* laisser seule, rétorqua-t-il. Je peux patienter jusqu'à ce que Nathan arrive là-bas et me tienne au courant de ce qu'il se passe. Et si Joseph décidait de mettre le feu à la salle de sport avec toi à l'intérieur ?

— À la moindre odeur de fumée, je prends les bébés et je sors.

— Et s'il t'attend ?

— Alors, je me battrai, insista-t-elle. Mais ce n'est pas son genre, tu le sais. Il ne va pas me tuer si facilement.

Ryder serra les mâchoires, frustré. Ils en avaient discuté quelques jours plus tôt. Joseph ne comptait pas débouler tout à coup devant elle pour lui tirer une balle dans la tête. Il envisageait sans doute de l'emmener quelque part pour la torturer avant. Ce qui serait un merdier sans nom, de la taille des excréments d'éléphants. Mais cela donnerait à Ryder et ses frères, et même aux Mercenaires Rebelles, le temps de la trouver. Felicity n'avait pas hâte de se faire maltraiter, mais savoir que son homme et ses amis viendraient la chercher faciliterait les choses.

— Va voir comment va ton frère, insista-t-elle. Je serai là à ton retour à t'attendre. Il est tard. Je ne vais pas sortir. Il n'y a personne en bas à la salle de sport. Je vais regarder d'autres annonces de maisons et essayer d'en trouver une qui nous plaise à tous les deux. Nous pourrons appeler l'agent immobilier demain et fixer un rendez-vous pour aller voir celles qui sont déjà sur notre liste.

— N'ouvre à personne. Personne, mon cœur. Je suis sérieux, ordonna-t-il.

— Ne t'en fais pas.

Un muscle tressauta dans sa joue quand il serra les dents.

— Au moindre signe étrange, tu m'envoies un message et je reviendrai.

— Promis.

Il soupira.

— Je n'aime pas ça. Mais je dois aller voir comment va Blake.

— Vas-y, Ryder. Ensuite, tu pourras te dépêcher de rentrer et nous pourrons nous coucher.

— D'accord.

— D'accord, répéta-t-elle.

Aucun d'eux ne bougea toutefois. Enfin, Felicity se dressa sur la pointe des pieds et embrassa doucement Ryder, puis posa les lèvres sur son oreille.

— Je te dois toujours une fellation. Je ne comptais pas

m'endormir hier soir, mais après ces deux orgasmes que tu m'as donnés rien qu'avec ta bouche, je n'ai pas pu rester réveillée. Si ça te tente, je rembourserai ma dette à ton retour.

Elle le sentit sourire.

Cependant, quand il prit son visage en coupe et l'inclina vers le sien, il ne souriait plus.

— Tu ne me dois rien du tout, mon cœur. Je prendrai tout ce que tu voudras bien me donner, mais jamais tu ne me devras quoi que ce soit.

— D'accord.

— Maintenant que c'est clair, dès que je suis sûr que mon frère va bien, je te veux à genoux devant ma queue à mon retour.

Elle frémit à cause de ces mots crus et de l'image qui se forma immédiatement dans son esprit d'elle nue tandis que Ryder lui baisait la bouche.

— Marché conclu.

— Je t'aime.

— Je t'aime aussi, répondit-elle.

Il l'embrassa sur le front puis se détourna et prit un verre dans le meuble. Comme ils avaient été absents toute la journée, elle n'avait pas bu autant d'eau que d'ordinaire. Ryder lui en versa depuis la fontaine et la lui tendit.

Elle sourit puis en avala une grande gorgée.

— Pourquoi te soucies-tu autant de mon rituel d'hydratation ?

— J'aime prendre soin de toi. Tu as pris cette habitude afin de rester en bonne santé, et moi, j'ai envie que tu vives très longtemps, expliqua-t-il en haussant les épaules. Alors, si c'est ce que tu veux et que ça me permet de te garder plus d'années à mes côtés, je vais tout faire pour te verser un grand verre d'eau chaque soir de notre vie.

Attendrie, elle vida sa boisson, puis lui rendit le verre en souriant.

— Encore ?

— Oui, s'il te plaît. Je dois bien m'hydrater pour ce que j'ai prévu ce soir.

Il lui remplit de nouveau son verre puis le lui tendit. Elle avala une gorgée, puis donna une légère poussée à Ryder.

— Allez, va voir ce que veut Blake. Je vais aller admirer ces bébés, puis chercher des maisons jusqu'à ton retour.

Hochant la tête, il l'embrassa sur le front une dernière fois avant de s'en aller.

Felicity verrouilla après lui et alla jeter un coup d'œil aux jumeaux. Ils étaient plongés dans un profond sommeil. Sur le seuil de la chambre d'amis, elle les regarda dormir un long moment. Logan et Grace étaient partis à Denver pour la soirée afin d'assister à une représentation de *Cats* et lui avaient laissé Nate et Ace sans hésiter. Elle était contente de savoir que même avec ce qui se passait avec Joseph, ils lui faisaient toujours confiance pour s'occuper des enfants.

Elle protégerait ces deux petits humains de toutes ses forces, quitte à donner sa vie pour eux. Il ne leur arriverait rien sous sa surveillance. Rien. Elle préférerait suivre Joseph sans discuter plutôt qu'entraîner Nate et Ace dans son drame personnel.

Satisfaite de voir qu'ils dormaient paisiblement, elle retourna dans le salon. Veillant à garder le baby-phone allumé à plein volume, elle alla chercher son verre et s'installer sur le canapé. Elle sirota plus tranquillement son eau, maintenant que sa soif avait été en partie étanchée peu avant. Détendue, un peu somnolente, elle garda le verre sur ses genoux et s'adossa au canapé pour continuer la série policière que Ryder et elle regardaient avant qu'il ne reçoive le message de son frère. Quand l'épisode serait terminé, elle prendrait son ordinateur pour chercher des maisons.

* * *

Ryder n'arrivait pas à se débarrasser de la crainte qui pesait sur ses épaules comme une chape de plomb depuis qu'il avait reçu ce message de son frère. Quelque chose clochait. Mais il ignorait quoi.

Une fois garé dans l'allée de Blake, il sortit de voiture et s'approcha de la porte d'entrée. Au début, il avait trouvé étrange que son frère habite dans la maison de son enfance, où sa mère l'avait tabassé si souvent. Cependant, plus il apprenait à le connaître, ainsi qu'Alexis, plus il comprenait que c'était cathartique pour lui. Que vivre ici et s'y forger de nouveaux et bons souvenirs aidait Blake à surmonter les blessures du passé.

En outre, Alexis et lui avaient tellement rénové la bâtisse qu'elle était a priori difficile à reconnaître. Un agrandissement à l'arrière, un jardin refait à neuf, une cuisine et une salle de bains totalement revues... Grace avait dit que c'était comme si une mite se transformait en magnifique papillon.

Ryder sortit son arme, toqua à la porte et se plaça sur le côté afin de ne pas constituer une cible facile pour toute personne qui le viserait à travers le battant. Son mauvais pressentiment était peut-être dû au fait que son frère avait des ennuis. Hors de question qu'il prenne le moindre risque.

Il se raidit en entendant les verrous bouger. Puis la porte fut entrebâillée.

— Qui est là ?

C'était Blake.

Ryder abaissa son pistolet, sans toutefois le ranger.

— C'est moi, Ryder. Tout va bien ?

— Attends, ordonna Blake.

Il ferma la porte, retira la chaîne et la rouvrit immédiatement.

— Salut, Ryder.

Il attendit, impatient, que son frère lui indique pourquoi il lui avait demandé de venir, tandis que Blake le dévisageait, comme s'il attendait que Ryder lui explique la raison de *sa* présence. Ryder lâcha une bordée de jurons colorés.

Il sortit son portable et contacta Felicity. Après quatre sonneries, l'appel finit sur la boîte vocale. Il jura à nouveau.

— Qu'est-ce qui se passe ? s'inquiéta Blake. Ryder ?

Ryder le regarda et constata que son demi-frère était sur le qui-vive.

— Est-ce que tu m'as envoyé un message il y a vingt minutes ?

— Non.

— Tu es sûr ? C'était peut-être Alexis ?

— J'en suis certain. Nous étions... euh... occupés, la dernière heure. Nous venions juste de descendre manger un morceau quand j'ai entendu frapper à la porte. Aucun de nous ne t'a écrit.

— Merde. Je dois retourner chez Felicity, mais est-ce que je peux voir tes messages d'abord ?

Blake fit tout de suite volte-face pour rentrer chez lui. Ryder pénétra dans l'entrée, mais pas plus loin. Il n'était pas là pour une visite de courtoisie. Il devait repartir à la salle de sport. Maintenant. Cependant, il devait au préalable vérifier le téléphone de son frère.

Quand Blake revint, Alexis le suivait. Elle faisait près de trente centimètres de moins que son frère, mais il savait combien elle était coriace. Il se souvenait de tout ce qu'elle avait traversé. Les voir heureux Blake et elle malgré tout lui donnait l'espoir que, quels que soient les projets de Joseph, Felicity et lui connaîtraient le même bonheur.

— Tiens, lui dit Blake.

Ryder prit l'appareil qu'il lui tendait et vérifia rapidement les SMS. Le dernier que Blake lui avait fait parvenir datait de deux jours plus tôt, quand ils avaient discuté des papiers à remplir afin d'ajouter Ryder à *Ace Sécurité*.

Il cliqua sur son nom sur le portable de Blake et s'envoya un texto test. Son propre téléphone annonça l'arrivée d'un message une seconde plus tard. Il le compara avec celui précédemment reçu. Tous deux indiquaient provenir du numéro de son frère.

Secouant la tête, il tourna l'écran pour montrer à Blake et Alexis ce qui l'avait poussé à venir chez eux.

Alexis tendit la main, puis hésita.

— Je peux ? demanda-t-elle

Ryder lui remit l'appareil avec impatience. Il sentait dans ses tripes qu'il devait retrouver Felicity au plus vite.

Alexis pressa quelques touches, avant de lui rendre le téléphone, comme si elle avait compris qu'il était à deux doigts de partir en courant.

— Si j'avais plus de temps, je pourrais sans doute pister l'expéditeur. Ou au moins déterminer de quelle antenne le message a été envoyé. Mais honnêtement, si c'est quelqu'un qui connaît son affaire, ce n'est pas compliqué d'acheter un prépayé et de modifier le numéro.

Ryder secoua la tête. Il le savait, mais, trop inquiet pour son frère, il n'y avait même pas pensé.

— Vas-y, ordonna Blake. Je te suis.

— *Nous* te suivons, rétorqua Alexis. Je vais appeler les flics et leur demander de nous rejoindre là-bas.

Ryder n'écouta pas leur dispute. Il n'avait pas vraiment envie qu'elle se retrouve mêlée à ce qui les attendrait à la salle de sport, mais il n'avait pas vraiment envie non plus qu'elle reste seule chez elle. Si c'était le début de ce que Joseph avait prévu de faire, Ryder n'allait pas le laisser s'en prendre aux amis de Felicity, conscient que ce serait *elle* qui en souffrirait en fin de compte.

Joseph n'avait pas hésité à faire du mal à la mère de Felicity pour l'atteindre, alors envisager qu'il puisse se servir de ses amis dans le même but était une conclusion logique. Felicity le savait, et c'était pour cela qu'elle avait voulu fuir en premier lieu. Pour une raison qu'il ignorait, cependant, Ryder n'y avait pas songé ce soir-là quand il avait reçu le message soi-disant de Blake. Agacé, il secoua la tête. C'était idiot de sa part, et Rex lui aurait botté les fesses pour sa stupidité s'il avait fait la même chose en mission.

Ryder retourna à *Rock Hard Gym* à vive allure. La maison de Blake n'était pas très loin, mais bien trop quand même pour sa tranquillité d'esprit. Il n'avait pas dû s'absenter plus d'une demi-heure, toutefois, Joseph n'aurait besoin que d'une ou deux minutes pour enlever Felicity.

Sans s'embêter à se garer à l'arrière, il se mit devant la salle de sport et constata, soulagé, que tout semblait comme à son départ. Malgré tout, les poils se dressaient toujours sur sa nuque.

Il était en train de déverrouiller *Rock Hard Gym* quand Blake s'arrêta derrière lui. Cole avait donné à Ryder une clé des lieux la semaine précédente, avec un sourire narquois aux lèvres et une tape dans le dos, en lui disant qu'il pouvait tout avoir, maintenant qu'il avait convaincu Felicity de rester ici. Ryder avait été content d'être si bien accueilli par l'ami de Felicity. À présent, il était d'autant plus soulagé que cela signifiait qu'il n'avait pas à attendre que Cole vienne ouvrir la porte, qui se verrouillait au contraire automatiquement lorsque l'on partait.

Il avait tenté une nouvelle fois de joindre Felicity, en cours de route, mais l'appel avait de nouveau atterri sur la messagerie.

Une boule dans la gorge, il courut jusqu'au couloir, ignorant la zone d'accueil déserte. Il monta les marches deux par deux et jaillit à l'étage. Il mit bien trop de temps à son goût à attraper la clé de l'appartement de Felicity, puis il entra en trombe et se figea.

Tout avait l'air normal.

Felicity était sur le canapé. Plongée dans un profond sommeil.

Il déglutit. Il espérait qu'elle dormait, en tout cas.

Il s'approcha d'elle en vitesse et se vit vérifier son pouls, comme s'il assistait à la scène de l'extérieur.

Il le sentit. Lent et régulier.

Il souffla de soulagement.

Il entendit Alexis et Blake le rejoindre, mais il ne leur prêta pas attention. Il secoua doucement Felicity par l'épaule.

— Réveille-toi, mon cœur.

Elle ne tressaillit même pas.

Il fronça les sourcils. Il savait qu'elle était fatiguée de la journée, mais elle avait toujours eu le sommeil léger. Cela faisait dix ans qu'elle fuyait, alors évidemment qu'elle ne dormait jamais profondément.

Il la secoua de nouveau, plus fort cette fois-ci.

— Felicity, dit-il, sur un ton plus dur.

Elle ne broncha pas, inconsciente de son environnement.

— Reste là, ordonna Blake.

Levant la tête, Ryder constata que c'était à Alexis qu'il l'avait dit. L'arme au poing, il se dirigeait vers les chambres. Ryder posa à nouveau la main sur la gorge de Felicity pour se rassurer. Son pouls lui confirma qu'elle n'était pas morte, mais dormait juste profondément.

Blake revint une minute plus tard avec Ace dans les bras.

Ryder fronça les sourcils.

— Où est Nate ?

Blake s'immobilisa.

— Nate ?

— Oui. Felicity gardait les deux enfants pendant que Grace et Logan se rendaient à Denver pour assister à un spectacle.

— Nate n'était pas là, dit doucement Blake.

Et voilà.

Le ventre de Ryder se souleva, et il serra les lèvres pour s'empêcher de vomir.

Il regarda à nouveau Felicity, les sourcils froncés.

— La police est en route, l'informa Blake.

Mais Ryder ne l'écoutait pas. Il observait la pièce pour essayer de déterminer ce qui avait pu rendre Felicity inconscience. Parce qu'il était clair qu'elle ne dormait pas simplement. Il était impensable qu'elle ait sommeillé pendant que Joseph enlevait Nate.

Ryder savait qu'il n'était pas parti très longtemps. Peut-être que Joseph avait réussi à entrer dans l'appartement, d'une manière ou d'une autre, et avait neutralisé Felicity à l'aide de chloroforme. Il secoua la tête. Non, elle n'aurait ouvert à personne.

Son regard se posa sur les photos qu'il l'avait encouragée à mettre dans le salon. Il y avait Grace et elle ; Grace et les bébés ; une série de clichés d'Alexis, Grace, Bailey et Felicity. Tous les cadres étaient allongés face cachée.

Puis il remarqua un détail qui lui avait échappé jusque-là. Sa girafe. Sa peluche bien-aimée gisait au sol, la tête arrachée. Ryder fut incapable d'en détourner les yeux pendant plusieurs secondes.

— Il était là, souffla-t-il.

— Comment l'a-t-il droguée ? demanda Blake en s'approchant du canapé.

Il avait donné Ace à Alexis, qui attendait les policiers près de la porte de l'appartement.

— A-t-il répandu un gaz ici ? Fait passer un tuyau dans la ventilation ou par la fenêtre pour diffuser je ne sais quoi ?

— Ace va bien, rétorqua Ryder, les dents serrées, en montrant du menton le bébé désormais réveillé.

— Est-ce qu'il a pu droguer quelque chose, dans ce cas ? Enfin, toi, tu vas bien. Qu'aurait-elle mangé que tu n'aurais pas touché ?

Son regard tomba sur le verre posé sur la table basse. Le verre vide. Celui qu'il lui avait rempli à deux reprises.

— Putain. L'eau. C'est son rituel. Elle boit un verre entier chaque soir. *Chaque. Soir.* C'est une habitude.

— Et pas toi ? demanda Blake en fixant la fontaine.

— Non.

— Comment l'a-t-il découvert ?

Ryder secoua la tête, tout en étudiant la pièce encore une fois. Il ignorait ce qu'il cherchait.

— Aucune idée. Grâce à des caméras ? En regardant par la fenêtre ? J'en sais rien, putain.

Les deux frères se dévisagèrent de longues secondes avant que Blake ne reprenne la parole.

— Il faut appeler Logan et lui dire pour son fils.

Ryder inspira profondément et observa la jeune femme. Il avait non seulement laissé tomber Felicity, mais aussi son frère et sa belle-sœur. La haine enfla en lui. Il l'avait déjà ressentie, auparavant. Mais pas comme ça. Jamais.

Sauver une femme retenue prisonnière pour servir d'esclave sexuelle et découvrir qu'elle n'était plus que l'ombre d'elle-même était une chose. Entrer de force dans une pièce et y trouver une femme détenue par son ex, un couteau sous la gorge était une chose. Porter un enfant si effrayé que tous ses muscles se raidissaient à son contact était une chose.

Mais c'était une tout autre chose de droguer sa femme et kidnapper son neveu. Il ne prendrait pas cette situation à la légère. Quelque chose venait de basculer en lui, et il n'était pas certain de redevenir le même qu'avant un jour. La haine enfla en lui, comme une marée noire si épaisse et vicieuse qu'elle lui coupa le souffle. Joseph Waters était un homme mort. Ryder veillerait à ce qu'il succombe à une mort lente et douloureuse. Il l'emmènerait dans la montagne, dans un endroit appartenant aux Mercenaires, et il prendrait sa vengeance, morceau de chair par morceau de chair. Ce type regretterait très vite d'avoir posé les yeux sur Felicity un jour.

Felicity.

Ryder regarda la femme qu'il aimait. Elle avait les paupières closes, mais elle était vivante. Il s'installa sur le canapé et l'enlaça. Il avait des choses à faire. Il devait parler à Logan. Essayer de joindre Rex. Discuter avec les policiers. Beaucoup de choses.

Mais il ne put que serrer Felicity contre lui et enfouir son visage dans ses cheveux en remerciant le ciel qu'elle soit toujours en vie et en bonne santé. Tandis que sa haine se disputait à son soulagement de savoir sa femme en vie, il se mit à planifier.

Joseph allait la contacter, c'était certain. Ryder serait prêt quand ce moment arriverait.

CHAPITRE 17

Felicity entendait des voix basses autour d'elle. Elle se sentait extrêmement groggy et dut se forcer à soulever les paupières. Elle ne reconnut pas son environnement. La chambre était éclairée par une lumière filtrant par la porte entrouverte, grâce à laquelle elle distingua Ryder qui se tenait au pied du lit sur lequel elle était allongée. Il discutait avec Blake.

— Ryder ?

Ce fut plus un croassement qu'un véritable mot cependant.

Il fut à ses côtés en un instant.

— Salut.

— Où sommes-nous ?

Il marqua une hésitation.

— À l'hôpital.

Elle fronça les sourcils. *L'hôpital* ? Elle ne s'en souvenait pas.

— Tu vas bien ?

Il eut un léger sourire, qui s'effaça vite.

— Oui, je vais bien. Nous y sommes à cause de toi. Te souviens-tu d'hier soir ?

Elle secoua la tête.

— Joseph ?

La colère et la frustration se distinguaient sans peine dans les yeux de Ryder, qui acquiesça.

— Est-ce que tu te rappelles le texto que j'ai reçu de Blake ?

Felicity fronça les sourcils, mais hocha la tête.

— Oui. Tu étais inquiet pour lui.

Du coin de l'œil, elle vit Blake s'approcher d'elle. Toutefois, elle ne quitta pas Ryder du regard.

— Eh bien, c'était un piège, comme je le pensais. Je n'aurais pas dû te laisser seule.

— Est-ce qu'il m'a violée ?

Elle n'avait pas vraiment envie d'entendre la réponse.

— Non, répliqua-t-il succinctement.

— Alors, que s'est-il passé ?

— Il t'a droguée. Un mélange de kétamine et de Rohypnol. Dans ton eau.

Elle assimila l'information. Pas étonnant qu'elle ne se souvienne de rien.

— Pourquoi ? Juste pour prouver qu'il en est capable ?

Ryder glissa les doigts dans ses cheveux et détourna les yeux.

Felicity se sentait nerveuse et confuse à son réveil, mais ce n'était rien comparé à ce qu'elle ressentait à présent. Un nœud se forma dans son ventre et ses mains se mirent à trembler.

— Que s'est-il passé ? murmura-t-elle.

Ryder se tourna à nouveau vers elle, et Blake lui serra le mollet en un geste rassurant. Elle se prépara au pire.

— Nate a disparu.

Felicity cilla.

— Quoi ?

— Nate. Joseph t'a droguée puis est entré dans ton appartement pour enlever Nate. Nous le savons grâce aux caméras extérieures qui l'ont très clairement montré. Ce connard a même fait exprès de lever la tête et de fixer l'objectif. Il souriait, putain.

— Mais tu l'as trouvé, non ?

Ryder secoua la tête.

Elle le dévisagea un long moment puis reporta son attention sur Blake.

— Joseph a appelé, n'est-ce pas ? Pour dire combien d'argent il veut ?

Ryder posa la main sur son menton pour l'obliger gentiment à le regarder.

— Joseph ne nous a pas contactés, mon cœur. Nate a disparu depuis vingt heures. Nous ne savons pas où il est et n'avons aucune piste.

Felicity tressaillit. Puis elle se mit à hyperventiler. Sa pire crainte s'était réalisée. Un autre de ses proches souffrait à cause d'elle. Grace et Logan devaient être dévastés. Bon sang, ils lui avaient confié les jumeaux et elle avait failli. Totalement. Les larmes lui montèrent aux yeux, et elle fut incapable de les retenir, de les cacher ou même de les essuyer. Impuissante, elle observa Ryder.

— Respire, dit-il d'un ton ferme. Calme ta respiration, sinon, tu vas te faire du mal.

Elle essaya, mais c'était impossible. Il n'y avait pas assez d'air dans la pièce. Elle suffoquait.

Ryder prit son visage en coupe et l'attira près du sien.

— Respire avec moi. Regarde-moi. Voilà. Inspire... Retiens... Expire. Bien. Encore.

Elle respecta ses consignes et imita sa respiration. Peu à

peu, son souffle se calma suffisamment pour qu'elle puisse faire entrer de l'oxygène dans ses poumons. Ryder essuya ses larmes, mais elle s'en rendit à peine compte ; elle était trop dévastée par le chagrin.

— Grace doit me haïr.

— Elle ne te haït pas, rétorqua Blake. Pas du tout.

— Je dois la voir.

Elle ne savait pas si sa meilleure amie souhaiterait la voir, cependant, elle voulait être là pour elle.

— Nous nous rendrons chez eux dès que le médecin sera venu confirmer que tu peux sortir.

Felicity hocha la tête, puis se laissa retomber sur les oreillers et ferma les paupières. Ryder lui prit la main, et elle se sentit plus forte du seul fait de l'avoir à ses côtés. Il n'essaya pas de lui assurer que tout irait bien. Il lui tint simplement la main.

Peu à peu, le chagrin de Felicity se mua en rage. Joseph n'avait aucun droit de la droguer et de s'introduire chez elle. Et encore moins d'enlever un bébé innocent. C'en était trop. Il l'avait terrorisée pendant des années. Avait tué Colleen. Assassiné sa mère. Et avait fait souffrir tellement de personnes proches d'elle. Elle en avait assez.

— C'est fini, annonça-t-elle en essuyant ses larmes.

— Quoi ? voulut savoir Ryder.

— Fini de me cacher de lui. J'en ai assez de lui donner l'impression qu'il a le dessus.

Elle saisit Ryder à pleine main, là où il était appuyé sur le lit.

— Je ferai tout ce qu'il faut pour le faire tomber. Servir d'appât. Aller à Chicago et entrer directement chez son père. Je m'en fiche.

— Nous allons le trouver et ramener Nate, lui assura Ryder.

— Carrément, oui, dit-elle fermement.

Les lèvres de Ryder remuèrent.

— Ce n'est pas drôle, s'agaça-t-elle.

— Non, je sais. Crois-moi. Mais je suis très content que tu ne pleures plus. Je te préfère en colère que bouleversée.

— Je suis furieuse, précisa-t-elle.

— Moi aussi, Felicity. Moi aussi.

Elle s'apprêtait à répondre quand le médecin entra dans la pièce.

Une heure plus tard, elle sortait de l'hôpital et Blake retournait chez Logan, où se trouvaient déjà Nathan, Alexis, Bailey et Joel, son petit frère.

Ryder et elle se rendirent au commissariat. Logan avait refusé de quitter le chevet de Grace, si bien qu'il avait prié Ryder de s'y rendre à sa place. Comme Felicity n'avait aucune intention de lâcher ce dernier, et qu'elle avait la trouille de parler à Grace tout de suite, elle l'accompagna au poste de police.

— Comment te sens-tu ? lui demanda Ryder.

Elle l'étudia. Ils étaient dans la salle d'attente du commissariat. Un inspecteur devait les recevoir.

— Bien.

En réponse, il serra si fort les dents qu'elle posa une main sur son bras.

— Je vais bien, répéta-t-elle.

— Il a mis assez de kétamine et de Rohypnol dans ton eau pour te tuer.

— Mais il n'y est pas parvenu, répliqua-t-elle. Regarde-moi.

Il tourna la tête vers elle, et elle faillit tressaillir en voyant la douleur et la rage qui s'agitaient dans les profondeurs de ses prunelles. Elle avait déjà eu un aperçu du mercenaire jusqu'à présent, mais, en cet instant, il ressemblait vraiment à un homme prêt à tuer rien que pour un regard de travers.

— Il n'y est pas parvenu, souffla-t-elle.

— C'est moi qui t'ai servi ce verre, commenta-t-il, sa colère à peine apaisée. Je t'ai donné ce poison sur un plateau d'argent.

— Ne fais pas ça. Ne le laisse pas t'atteindre, lui ordonna-t-elle.

— Trop tard, rétorqua-t-il avec un rire.

Un rire sans joie, si plein de dérision que la boule se resserra dans la gorge de Felicity.

Elle sortit de sa chaise et s'agenouilla devant lui pour prendre ses joues en coupe, comme il l'avait fait si souvent avec elle.

— Tu vas le tuer, affirma-t-elle, tout bas pour que personne ne puisse surprendre leur conversation. Nous allons retrouver Nate et le ramener à Grace et Logan. Ne laisse pas ta colère t'empêcher de le faire.

Pour la première fois depuis qu'elle s'était réveillée, elle vit sur le visage de son homme autre chose que de la rage.

— Il aurait pu te tuer.

— Mais il n'a pas réussi, et il a commis une erreur.

Elle y pensait depuis qu'elle avait appris ce qui s'était passé.

— Il aurait pu me tuer et en terminer avec cette histoire, puis enlever Nate juste pour jouer au con. Mais il veut me narguer, et c'est pour ça qu'il a pris le bébé. Il va me contacter, très bientôt. Je le sais, et toi aussi. J'ai besoin que tu gardes la tête assez froide pour pouvoir m'aider. Si tu es trop aveuglé par la rage, tu n'y parviendras pas. Tu m'entends ?

Au milieu de son discours, il avait fermé les paupières, mais il les rouvrit à ces mots et posa la joue sur l'une de ses mains.

— Je t'entends, mon cœur. Tu peux me faire confiance.

Ses épaules s'affaissèrent sous l'effet du soulagement. C'était la première fois qu'il utilisait ce surnom affectueux depuis son réveil. Elle avait eu peur de le perdre. Mais son Ryder était de retour.

— Bien. Et tu sais quoi d'autre ?

— Non, quoi ?

— Je te dois toujours une fellation.

C'était une tentative pour alléger l'atmosphère. Elle n'était pas vraiment d'humeur à avoir des relations sexuelles, et lui non plus, mais ses efforts payèrent. Il esquissa presque un sourire.

— C'est vrai.

Ils se fixèrent du regard jusqu'à ce que quelqu'un les appelle.

— Felicity Jones et Ryder Sinclair ?

Pivotant sur elle-même, elle remarqua le policier qui se tenait à l'entrée de la salle d'attente. Ryder l'aida à se relever, puis ils se dirigèrent main dans la main vers le fond du commissariat de Castle Rock.

Une fois qu'ils furent installés devant l'inspecteur Chris Backer, il leur indiqua pourquoi il avait sollicité cet entretien.

— Pour être certains qu'il n'y ait aucun lien entre l'enlèvement de votre filleul et les événements de l'année dernière, nous avons contacté le centre pénitentiaire où sont détenus les parents de Grace. Ils ont été interrogés et n'ont pas admis savoir quoi que ce soit à propos du kidnapping de leur petit-fils.

Felicity poussa un cri de surprise. Elle n'avait même pas envisagé que les Mason puissent être impliqués. Cela ne l'aurait pas étonnée, puisque ce n'étaient pas des enfants de chœur, loin de là, et qu'ils adoreraient sûrement découvrir que l'enfant de leur fille était en danger.

— Est-ce qu'ils connaissent Joseph ?

L'inspecteur Baker eut l'air mal à l'aise tout à coup. Il joua avec son stylo et répondit sans la regarder dans les yeux.

— Après avoir discuté avec les deux parents, nous ne pensons pas qu'ils sont impliqués. Margaret n'a pas sourcillé quand elle a entendu le nom de Joseph et a paru sincèrement surprise d'apprendre la disparition de son petit-fils. Puis elle a ri et dit que sa fille l'avait bien mérité. Walter n'a eu aucune réaction pour sa part. Il n'est pas à la fête en prison. Ses codétenus ne l'apprécient pas franchement.

— Elle a ri ? répéta Felicity, incrédule.

— Oui, madame.

— Quelle sale garce ! Je la savais sans cœur, mais putain, il s'agit de son sang et de sa chair.

Ryder posa une main sur sa cuisse et la pressa pour l'apaiser.

— Elle se fiche totalement de sa fille, alors pourquoi se soucierait-elle de son petit-fils ?

— Aucune idée. Mais quand même, c'est... Je ne sais pas trop, en fait.

Ryder lui serra une nouvelle fois la jambe puis reporta son attention sur l'inspecteur.

— En avez-vous parlé à Grace et mon frère ?

Le policier secoua la tête.

— Je comptais le leur dire aujourd'hui, quand je les aurais vus.

Felicity se tourna vers Ryder, inquiète. Si Logan avait entendu les propos de Margaret Mason concernant son fils, il aurait perdu les pédales. Grace et lui n'avaient pas besoin du venin de cette garce à l'heure actuelle. C'était finalement une bonne chose que ce soit Ryder et elle qui soient venus au commissariat et non Grace et Logan.

L'inspecteur reprit la parole.

— Donc, puisque les Mason sont hors de cause, nous continuons à vérifier les caméras de vidéosurveillance au centre-ville pour voir si nous pouvons trouver d'autres preuves. Nous devons faire quelques interrogatoires et...

Felicity n'écouta pas la suite et observa Ryder. Tous deux savaient ce que la police découvrirait. Rien. Ils avaient appris la veille que Mme Hanley, chargée du ménage de *Rock Hard Gym*, avait été retrouvée morte chez elle. Cole et elle n'avaient pas remarqué son absence, car les locaux étaient toujours nettoyés régulièrement. Ils n'avaient aucune preuve concernant la personne qui lui avait réglé son compte, mais une idée assez précise. Ils supposaient également que c'était en tuant la femme de ménage que Joseph avait pu avoir accès à la salle de sport.

Non, la police n'apprendrait rien en visionnant les images de Joseph enlevant le petit Nate. Ils savaient déjà qui l'avait fait. Ils ne pouvaient qu'attendre que ce connard les contacte et en finisse avec sa traque de dix ans une bonne fois pour toutes.

Ryder se leva brusquement, comme s'il en était arrivé à la même conclusion qu'elle.

— Merci, inspecteur, de nous avoir informés de la situation, lança-t-il sèchement.

— Euh... je vous en prie, répliqua l'intéressé.

Ryder lui serra la main et, très vite, entraîna Felicity vers la sortie.

Ils se rendirent chez Logan et Grace en silence. Ryder tenait ses doigts entre les siens à leur arrivée. Felicity avait besoin de cette connexion. Elle tentait d'être forte et courageuse, mais c'était difficile.

— Est-ce que Rex t'a dit quelque chose ? lui demanda-t-elle avant qu'ils n'atteignent la porte d'entrée.

Il secoua la tête.

— Non.

— Mais il essaie, n'est-ce pas ?

Ryder se tourna vers elle et posa ses mains sur ses épaules pour la fixer droit dans les yeux. Elle fut surprise par l'intensité de son regard. S'il était calme et composé à l'extérieur, un seul aperçu de ses prunelles révélait le tueur létal en lui.

— Ils font tout ce qu'ils peuvent pour retrouver Nate, mon cœur. Rex demande des faveurs et les gars contactent tous leurs informateurs. Nous le retrouverons.

Elle se mordit la lèvre.

— Joseph va chercher à me rencontrer. Il voudra me cracher au visage le fait qu'il sait où se trouve le bébé et moi non.

— Hors de question que tu suives ce connard, Felicity. Je refuse de te perdre.

Elle le dévisagea à travers ses larmes.

— Même si ça signifie que ton neveu va mourir ?

Ryder ferma les paupières, l'air frustré et impuissant. Puis il effaça toute trace d'émotion de son visage. Lorsqu'il rouvrit les yeux, elle fut sidérée par ce qu'elle y lut.

— Nous n'en arriverons jamais à ça. Je ne le permettrai pas. Felicity, tu dois savoir que la personne à laquelle je pense en premier, c'est toi. Ce sera toujours toi, à partir de maintenant. Tu passes avant n'importe qui. Je t'aime, Felicity. Je n'aurais jamais cru autant aimer un jour quelqu'un. Je remuerais ciel et terre afin que tu aies à manger dans ton assiette, un toit au-dessus de ta tête, toutes les choses matérielles que tu désires, et surtout pour que tu sois en sécurité.

— Ryder...

— Maintenant que c'est clair, la coupa-t-il, j'essaie de rester confiant. Rex va trouver Nate. Si ce n'est pas lui, ce sera l'un de mes gars. Sinon, ce sera Alexis, qui dénichera quelque chose dans ses recherches. Elle a demandé l'aide à son gourou en informatique. Joseph est malin, mais pas autant quand même. Il a fait une erreur à un moment ou à un autre. Je le sens dans mes tripes.

— Tu ne penses pas qu'il a tué Nate, alors ?

C'était sa plus grande crainte.

Ryder secoua immédiatement la tête.

— Non. Comme tu l'as dit, il veut nous narguer avec le fait qu'il sait où se trouve le bébé, contrairement à nous.

— Pourquoi met-il autant de temps à me contacter ?

— Aucune idée. Mais il le fera. Très bientôt.

— J'espère.

— Tu peux en être sûre. Nous allons mettre un terme à tout ça.

Se dressant sur la pointe des pieds, elle posa le front contre le torse de Ryder. Il l'entoura de ses bras, et ils restèrent ainsi plusieurs minutes, à s'abreuver de l'amour de l'autre.

Ils furent interrompus par Nathan, qui ouvrait la porte d'entrée. Bailey, Joel et lui avaient aussi été rameutés chez Logan, qui avait également demandé à Blake et Alexis d'être présents, parce qu'il trouvait plus sûr que toute la famille soit réunie. Ces derniers avaient cependant refusé, car Alexis serait plus efficace pour ses recherches informatiques chez elle ou chez *Ace Sécurité*.

— Logan vient de recevoir un appel. C'est ton numéro qui apparaissait, Ryder. C'est lui. Il veut parler à Felicity.

Elle se raidit et sentit Ryder faire de même.

— Mon numéro ? répéta-t-il en se tournant vers son frère.

Bien que totalement concentré sur ce que lui disait Nathan, Ryder entrelaça ses doigts à ceux de Felicity, dont le ventre se noua. Malgré les événements dramatiques qui se jouaient, il pensait toujours à elle.

Accrochée à sa main, elle pénétra dans la maison.

— Oui. Nous avons découvert qu'il se sert d'un outil pour masquer l'origine de l'appel.

Ryder hocha la tête et alla rejoindre son frère, près de la table de la salle à manger. C'était leur quartier général pour l'instant. Sur le plateau étaient empilés des tas de papier, des tasses de café vides et trois ordinateurs.

Grace se tenait près de la table aussi, avec Ace dans les bras. Il regardait sans cesse autour de lui, comme s'il avait senti la tension dans l'air. Felicity n'y connaissait pas grand-chose en bébés, et encore moins en jumeaux, mais elle avait l'impression qu'il cherchait son frère. Ils avaient été ensemble dans le ventre de leur mère et chaque jour de leur vie. Cela devait lui paraître étrange de ne pas avoir Nate à ses côtés.

Grace avait l'air fatiguée. Elle avait des cernes sombres sous les yeux et ne semblait pas s'être douchée ce matin-là. Elle était également décoiffée et avait perdu cette joie qui l'habitait depuis que ses parents avaient été incarcérés.

Logan n'avait pas meilleure allure. Il avait des rides d'inquiétude autour des yeux, qui ne s'y trouvaient pas deux jours plus tôt. Raide, il sursautait au moindre bruit. Il semblait aussi incapable de s'éloigner de sa femme et de son fils, comme si les avoir dans son champ de vision les empêcherait de disparaître comme par magie, comme son autre fils.

Nathan alla retrouver Bailey. Felicity se demanda où était Joel. Sans doute à l'étage, en train de jouer à des jeux vidéo.

Logan tendit le portable à Ryder sans un mot.

Ryder se tourna vers Felicity et posa l'appareil contre son torse afin que Joseph n'entende pas ses paroles.

— Est-ce que tu te souviens de notre conversation ? dit-il tout bas.

Elle acquiesça et répéta scrupuleusement le plan.

— Ne pas le contredire. Écouter et accepter ses exigences. Essayer d'obtenir la preuve qu'il a bien Nate.

— C'est ça, approuva Ryder, avant de l'embrasser sur le front.

Puis il la fit pivoter et l'enlaça par la taille, avant de brandir le portable devant eux.

Dans cette position intime, elle se sentit enveloppée par lui. Cela lui donna le courage qui lui faisait défaut en cet instant. Elle perçut la grande inspiration de Ryder dans son dos, et elle fit de même. Elle ne devait pas foirer. La vie de Nate était en jeu.

Il mit le haut-parleur.

— Allô ? dit-elle immédiatement.

— Megan. Quel plaisir d'entendre ta voix après tout ce temps, répondit Joseph sur un ton aguicheur.

Felicity ferma les yeux, incapable de retenir ses tremblements. Cela faisait dix ans qu'elle n'avait pas entendu ce timbre, mais elle ne l'oublierait jamais.

— Où est Nate ?

— Tss tss tss, la réprimanda-t-il. Comptes-tu te passer des politesses ?

— Où est-il ? Dis-le-moi.

— Ce n'est pas toi qui décides, rétorqua-t-il, plus du tout amusé. C'est moi. Et si tu espères revoir ce sale gosse un jour, tu vas changer de ton, te montrer plus polie et faire exactement ce que je t'ordonne. C'est le moins que tu puisses faire, puisque je détiens quelque chose que tu veux.

Tu vas me rejoindre à Clear Creek Canyon Park. Seule. Je ne veux voir personne d'autre.

Il partit dans un rire démoniaque qui fit frémir Felicity.

— Les Anderson savent précisément de quoi je parle, puisque c'est là que cette petite Alexis s'est retrouvée enterrée quelque temps jusqu'au cou. Mais je suis sérieux, Megan. Viens seule. Rejoins-moi là-bas et je te donnerai le sale gosse.

— Comment puis-je avoir la certitude que tu dis la vérité ? Et que Nate est en vie ?

— Tu vas devoir me faire confiance.

— Te faire confiance ? répliqua-t-elle, incrédule.

Elle s'obligea à ravaler la suite, se souvenant qu'elle n'était pas censée le contredire. Pourtant, elle fut incapable de se retenir.

— Tu as passé les dix dernières années à faire de ma vie un enfer. Pourquoi te ferais-je confiance ?

— Parce que ! hurla-t-il. Je suis un homme ! Ce sont les garces qui mentent, pas les vrais hommes. Toutes les femmes savent mentir. Dès que vous ouvrez vos gueules, c'est pour dire des mensonges. Vous n'avez aucune intégrité. Vous êtes faibles. Tu as intérêt à venir dans trois heures, sinon, ce précieux bébé ne reverra plus jamais ses parents. Il grandira sans jamais connaître son véritable nom et en ignorant qu'il a un jumeau.

Il dut percevoir le petit cri de surprise de Felicity.

— C'est ça, Megan. Je l'ai caché quelque part, en sécurité, et si tu ne suis pas mes instructions à la lettre, tu ne le retrouveras plus jamais. Viens seule, salope, sinon la pauvre petite Grace ne reverra plus jamais son fils.

Sur ces mots, Joseph raccrocha.

Le silence s'étira quelques secondes dans la pièce avant que Grace ne s'effondre en sanglots.

Logan prit sa femme dans ses bras, faisant de son mieux pour la consoler sans quitter Ryder et Felicity du regard.

Ryder mit le portable en veille et lâcha Felicity, qui trembla de ne plus sentir sa chaleur corporelle. Cependant, il la fit immédiatement pivoter vers lui.

— Tu n'iras pas là-bas toute seule.

— Oh que non !

Il cilla, surpris.

— Je ne veux pas voir Joseph Waters. C'est un grand malade qui a tué ma mère, ne s'intéresse à aucune femme et n'hésitera pas à me faire du mal. Je n'ai pas confiance en lui. Alors non, je n'ai aucune intention de me pointer au beau milieu des montagnes du Colorado pour rencontrer seule l'homme que je fuis depuis dix ans. Je sais qu'il a dit que je devrais venir seule, mais il ne peut sérieusement pas croire que je vais obéir.

— Mais si tu n'es pas seule, il ne te dira pas où est Nate, s'écria Grace, stupéfaite.

Ryder répondit avant Felicity.

— Même si elle vient seule, il ne dira rien. Il faudra d'abord le convaincre.

— Et comment comptes-tu faire ça ? intervint Bailey.

Elle était restée silencieuse jusque-là, mais c'était une bonne question.

Felicity observa l'homme qu'elle aimait de tout son cœur. Elle détestait le fait d'avoir fait entrer Joseph Waters dans la vie de sa meilleure amie, mais si quelqu'un pouvait l'aider à mettre fin au règne de terreur auquel il la soumettait depuis des années, et ramener son filleul dans le processus, c'était Ryder.

— Mon copain Black est très doué pour obtenir des réponses. Il n'aura aucun problème à soutirer des infos d'un lâche tel que Joseph Waters. Ce connard avait tout sur un plateau d'argent. Voilà pourquoi il se comporte comme un enfant gâté à propos de Felicity. Ces combines des derniers jours étaient plus agaçantes que vraiment menaçantes. Mais il a franchi une ligne en enlevant Nate. Rex est énervé. Et le leader des Mercenaires Rebelles n'est pas un homme que l'on veut prendre à rebrousse-poil.

Ryder se tourna vers Grace.

— Nous allons retrouver Nate, affirma-t-il avec une absolue conviction.

— Je viens avec vous, lança Logan.

— Moi aussi, ajouta Nathan.

Ryder hocha la tête.

— Nous récupérerons également Blake au passage.

Felicity regarda Ryder, puis les frères Anderson. L'intensité régnait dans la pièce, pourtant, elle était persuadée qu'avec les quatre hommes pour la soutenir, Joseph Waters ne serait bientôt plus qu'un mauvais souvenir.

— Nous discuterons stratégie en route. Nous n'avons que trois heures. Nous devons partir.

Ryder acquiesça. Puis il s'approcha de Grace et posa une main sur la joue d'Ace, avant de se pencher à son oreille.

— Je vais retrouver ton frère, Ace. Je te le promets.

L'enfant gazouilla et agita les bras, comme s'il avait compris la déclaration de son oncle.

Felicity ne chercha plus à retenir ses larmes. Il y avait tant de facettes à la personnalité de Ryder, et elle les aimait toutes. L'homme attentionné qui la traitait avec respect. L'homme romantique qui lui faisait l'amour pendant des heures sans se soucier de sa propre satisfaction. L'homme débauché qui la prenait comme il le voulait, dans n'importe quelle position. L'homme dur qui n'hésiterait pas à tuer si c'était nécessaire pour la garder en vie. Et enfin, l'homme tendre qui prenait le temps d'assurer à un bébé qu'il ramènerait son jumeau vivant. Il ferait un père formidable. Un mari extraordinaire. Elle le voulait. Entièrement.

Sa résolution se raffermit et ses larmes se tarirent. Joseph ne lui enlèverait pas Ryder. Hors de question.

— Viens, dit-elle d'une voix rauque. Mettons un terme à tout ça une bonne fois pour toutes.

CHAPITRE 18

La 370Z de Ryder rebondissait sur la voie cahoteuse qu'ils avaient empruntée en quittant la Route 6. Ryder sentait les cailloux érafler les flancs de sa voiture de sport, mais il ne tressaillit même pas. Il pouvait toujours remplacer son véhicule. Toute son attention était focalisée sur la confrontation à venir.

Ses frères le suivaient de près dans le pick-up de Logan. Il ignorait ce que ressentait Blake à l'idée de retourner à l'endroit où Alexis avait failli mourir, cependant, il ne pouvait pas y songer à l'heure actuelle.

Joseph avait manifestement fait des recherches sur les Anderson et choisi sa destination avec soin, pour essayer de les bouleverser. Mais cela ne fonctionnerait pas. Ryder connaissait assez bien ses frères à présent pour savoir que toutes leurs pensées étaient focalisées sur les événements à venir et non passés.

La vie de Nate dépendait de leurs actions.

Ryder s'arrêta au bout de la route et fit signe à Felicity d'enjamber la console centrale pour descendre de son côté. Il refusait de courir le risque que Joseph change d'avis et décide de tirer sur sa femme tout de suite. Il ne pensait pas que c'était le plan de ce psychopathe, mais il n'allait pas prendre le risque pour autant.

Felicity et lui supposaient que Joseph comptait l'emmener dans un lieu discret pour la torturer à loisir. Hors de question que cela arrive.

Ryder savait que ses frères étaient aussi bien équipés que lui. Il avait un pistolet dans un étui à son dos, un autre sur le flanc et trois couteaux cachés quelque part. Felicity voulait porter une arme également, mais il l'en avait dissuadée. Il avait une grande confiance en ses capacités et en celles de ses frères : ils seraient en mesure de la protéger. Il refusait de courir le risque que Joseph arrive à mettre la main sur l'arme que Felicity pourrait avoir. En outre, c'était Ryder le tueur, pas elle. Il ferait tout son possible pour qu'elle n'ait aucun meurtre sur la conscience, malgré la confiance qu'elle affichait quant à sa capacité à éliminer Joseph elle-même si nécessaire.

Ryder serra fort sa main en descendant de voiture. Il chercha Joseph, mais ne le vit pas. Sa nuque le picotait de nouveau, indiquant que l'autre homme était caché non loin.

Il attira Felicity contre lui afin qu'elle forme une cible moins facile et attendit ses frères.

— Il est là ? demanda Logan tout bas.

Ryder acquiesça.

— Oui, je le sens rôder.

— Moi aussi, approuva Blake.

Au même instant, Joseph sortit à découvert, à une vingtaine de mètres d'eux.

— Les femmes sont incapables de respecter les consignes, commenta-t-il sur un ton serein, comme si ce n'était pas uniquement par chantage qu'ils s'étaient tous réunis ici.

— Où est Nate ? lança Felicity.

— Écarte-toi d'eux, ordonna Joseph en s'approchant.

Felicity voulut s'exécuter, mais Ryder agrippa sa main un long moment.

— Ne joue pas les héroïnes, la prévint-il. Tu ne dois pas croire ses paroles.

Elle lui jeta un regard agacé.

— Je ne croirai rien. Fais-moi confiance, répliqua-t-elle. Je ne suis pas stupide.

Ryder fit la chose la plus dure au monde : il la lâcha.

* * *

Felicity sentait son cœur battre à tout rompre dans sa poitrine. Lâcher la main de Ryder, c'était comme marcher sur une corde raide et ne plus se retenir à la seule chose qui l'empêchait de tomber en chute libre.

Elle s'éloigna de quelques pas de Ryder et ses frères. Un bref coup d'œil en arrière lui apprit qu'ils s'étaient répartis derrière elle, pour protéger ses arrières. Les larmes faillirent lui monter aux yeux face à ce soutien, mais elle les ravala. Elle devait garder la tête froide – et les yeux secs – pour ce que Joseph avait prévu. Car il avait un plan, cela ne faisait aucun doute. Joseph était un mauvais perdant, qui ne les aurait pas fait venir au milieu de nulle part sans un projet précis.

Felicity observa l'homme qui la terrorisait et la harcelait depuis ses vingt ans. De bien des façons, il n'avait pas changé depuis l'université, arborant ce même air supérieur qu'autrefois, les mêmes cheveux brun foncé, presque noirs, coupés courts. Il avait un peu plus de ventre que dix ans plus tôt et de nouvelles rides.

Ses yeux bleus étaient toujours aussi perçants que par le

passé, toutefois ils trahissaient une légère incertitude. Il s'attendait sans doute à la présence de Ryder, peut-être à celle de Logan également, mais voir arriver les quatre frères Anderson, énervés, l'avait perturbé.

— Alors ? demanda-t-elle. Me voilà. Qu'est-ce qu'on fait maintenant ?

— Tu étais censée venir seule.

— Peut-être, mais je ne suis pas aussi stupide. Tu ne croyais quand même pas que j'allais t'obéir. Je n'ai pas confiance en toi, et toi non plus.

Joseph croisa les bras, comme s'il se préparait à entretenir une longue conversation.

— Alors, Megan, qu'est-ce que ça fait d'avoir quelqu'un qui se mêle de tes affaires ? Ça saoule, hein ?

Elle serra les dents, agacée de l'entendre prononcer ce prénom.

— Je m'appelle Felicity maintenant.

Il l'ignora.

— J'ai mis du temps à te trouver, mais ces six derniers mois ont été très amusants. Si j'avais su que tu ferais tout ton possible pour rester aussi discrète, j'aurais pu faire durer ce petit jeu un peu plus longtemps.

— Comment ça ?

Elle s'en voulait de poser la question – c'était clairement ce qu'il attendait qu'elle fasse –, mais elle avait le droit de savoir, bon sang.

— Eh bien, si j'avais su à quel point tu étais désespérée, si j'avais su que tu déménageais souvent, que tu n'avais aucun ami, que tu ne te servais d'aucune carte de crédit et que tu n'avais même pas de véritable permis... je serais peut-être resté à l'écart et je t'aurais sans doute laissée vivre ta vie de fugitif. D'un autre côté, c'était hyper gratifiant de faire la seule chose qui pourrait te pousser à revenir à Chicago.

Elle serra les poings, refusant de lui demander ce qu'il entendait par là, cette fois-ci.

— Oui, douce petite Megan. Je parle de ta mère. J'aurais dû la tuer il y a des années. Toute cette histoire aurait pu se terminer bien plus tôt, mais j'étais occupé. Ce n'est pas facile d'être le fils de Garrick Watson. Mon père me filait du travail, pourtant, j'ai quand même réussi à bâtir mon propre empire sous son nez.

Le rire de Joseph lui donna la chair de poule.

— Tu seras peut-être contente de savoir que j'ai fait de mon mieux pour que ta mère m'avoue où tu vis. Elle a bien tenu, d'ailleurs. Ce n'est qu'à la fin qu'elle m'a supplié de la laisser en vie.

Il haussa les épaules.

— J'aurais bien joué plus longtemps, mais elle a fait un faux mouvement au mauvais moment et mon couteau a glissé. Je lui ai coupé la gorge alors que je n'étais pas encore prêt.

— Sale enfoiré, grommela Felicity qui avança même d'un pas vers lui avant de réaliser son geste et de s'interrompre. Elle ne t'a jamais rien fait.

— Au contraire, cracha-t-il. C'est une putain de femme. Vous, les femmes, êtes toutes inutiles. Si j'avais mon mot à dire, vous resteriez toutes à la maison les jambes écartées. Vous ne travailleriez pas. Vous ne prétendriez pas que vous êtes aussi douées que les hommes. Parce que, pour info, vous ne l'êtes pas. Aucune femme ne sera aussi douée qu'un homme.

— Arrête tes conneries, aboya Ryder, qui avait manifestement atteint ses limites. Où est Nate ?

À ces mots, Joseph bougea tout à coup pour pointer une arme sur la tête de Ryder.

— Ferme ta gueule. C'est moi qui parle, ici. Je détiens

toutes les cartes.

Comme s'il s'agissait d'une chorégraphie répétée, les quatre frères dégainèrent leurs pistolets et les braquèrent sur Joseph en même temps.

— Recule, Felicity, ordonna Ryder.

— Non, *Megan*, non, rétorqua Joseph. Reste où tu es si tu ne veux pas finir avec une balle dans le genou... pour commencer.

Son harceleur sortit une nouvelle arme pour la brandir vers elle, cette fois-ci.

Figée, Felicity leva les mains en l'air. Son esprit tournait à plein régime. Ils étaient au beau milieu du grand Ouest américain. Avoir quatre flingues pointés sur elle par-derrière n'était pas vraiment agréable... D'accord, ils n'étaient pas braqués sur elle, mais elle n'était pas certaine d'être totalement hors de leur ligne de mire non plus.

De la sueur coula sur sa joue, mais elle ne chercha pas à l'essuyer.

— Je ne bougerai pas, dit-elle tout bas. Tout ce que je veux, c'est être sûre que Nate est en sécurité.

— Approche-toi de moi, ordonna Joseph en l'ignorant. Si tu viens vers moi, je te conduirai au bébé.

Elle ne le crut pas une seconde.

— Ne fais rien, Felicity, grogna Ryder.

Elle ne quitta pas Joseph des yeux pour vérifier, mais elle avait l'impression que Ryder s'était avancé sur sa gauche.

— Arrête de bouger ! aboya Joseph, qui avait semblait-il remarqué le mouvement de Ryder également.

Puis il agita son arme, la passant de la droite de Felicity à sa gauche.

— Toi aussi, connard. Si tu crois que je ne t'ai pas vu approcher, tu es aussi stupide que notre Megan.

Il dirigea alors ses deux pistolets vers elle. Felicity observa les canons des armes, puis Joseph. Il était furieux.

— Pas la peine de rendre les choses aussi difficiles, grommela-t-il. Tu n'avais qu'une seule consigne à respecter. Venir seule. Mais non, évidemment. Les garces ne font jamais ce qu'on leur dit. Comme ta putain de colocataire autrefois. Tout ce que je voulais, c'est qu'elle fasse ce que je lui demandais, mais elle en était incapable. Elle se plaignait, nuit et jour. Je n'en pouvais plus. C'est mon droit, en tant qu'homme, de maintenir la discipline dans ma maison. Je l'ai juste frappée un peu, mais elle n'arrêtait pas de chialer. Toute la nuit. Elle me suppliait de pouvoir aller voir un docteur, parce que son bras était cassé. Sale pleurnicharde. Je lui ai dit de la boucler, je ne sais combien de fois, et je l'ai prévenue qu'elle le regretterait, sinon. En fin de compte, je n'ai pas eu le choix, j'ai dû lui faire fermer sa gueule moi-même. Putain, le silence agréable qui a suivi son dernier souffle était presque orgasmique.

Horrifiée, Felicity l'écoutait raconter les derniers instants de la vie de Colleen.

— Joseph, est-ce que je peux...

— Non ! Tu. Ne. Peux. Pas. Bordel ! rugit-il avant de tirer sur le sol.

La poussière explosa autour de Felicity, qui sentit des débris sur ses tibias. Heureusement, son jean limita les dégâts, mais certains cailloux s'enfoncèrent dans sa peau. Elle rassembla toute sa volonté pour rester debout, sachant d'instinct que, si elle se baissait, Ryder tuerait Joseph. Et ils perdraient leur seule chance de retrouver Nate.

En serrant les dents, elle garda sa position, plaçant son poids sur sa jambe droite. Elle perçut derrière elle les grognements des quatre hommes sur les nerfs.

— Ramène ton cul par ici ! hurla Joseph.

— Je ne crois pas, non, s'immisça une nouvelle voix, qui résonna dans la clairière.

Choquée, n'ayant entendu personne d'autre arriver, Felicity pivota légèrement la tête – sans quitter Joseph du regard, de crainte qu'il en profite pour la frapper quand elle avait le dos tourné – et vit un homme qu'elle ne connaissait pas rejoindre la mêlée comme s'il avait tout le temps du monde.

Ryder n'avait jamais eu autant envie de tuer quelqu'un que Joseph Waters. Il avait déjà cru le vouloir mort autrefois. Désormais, c'était une certitude. Ce type avait tiré sur sa femme. Il lui avait tiré dessus. La seule chose qui le retenait de vider son chargeur sur ce connard, c'était Nate. Jamais ils ne retrouveraient le bébé si Joseph était tué. Il devait rester en vie le temps que Black s'en occupe. Son ami lui soutirerait l'information par tous les moyens nécessaires. Une fois qu'ils sauraient où se trouvait Nate, Black lui rendrait Joseph, et Ryder pourrait obtenir vengeance. Pour lui, pour Felicity *et* pour Nate.

Alors que son doigt tremblait sur la gâchette, poussé par son désir de tirer une balle dans le genou de Joseph, il regarda, incrédule, un homme s'avancer comme s'il n'y avait pas six armes brandies sur les différentes personnes présentes.

— Garrick Watson, souffla-t-il tout bas, afin d'informer ses frères de l'identité du nouveau venu.

Rex lui avait envoyé une photo de cet homme, après avoir été tenu au courant de toute la situation. Garrick Watson ne ressemblait en rien à un patron de mafia classique. Il n'était pas très grand – à peine moins d'un mètre quatre-vingt ; ses cheveux sombres étaient un peu longs, balayant son front comme celui de Justin Bieber – cependant, sur cet homme d'âge mûr, c'était plutôt ridicule ; il portait un jean moulant et un polo blanc boutonné jusqu'au cou. Une veste de costume noir complétait l'ensemble.

Ryder aurait pu le qualifier d'efféminé s'il n'avait pas remarqué l'absence totale d'émotions sur son visage. Il arborait le regard sans pitié que Ryder avait vu chez de nombreux assassins. Garrick Watson ne connaissait ni les scrupules ni la tendresse. Ryder avait lu son dossier et su d'instinct que ce n'était pas mère Teresa, mais même s'il n'avait eu aucune information sur l'autre homme, un seul coup d'œil lui aurait permis de comprendre qu'il valait mieux être de son côté.

C'était sans doute cette aura qui avait fait de lui l'homme le plus puissant de Chicago. Son absence de remords, de compassion et sa capacité à se débarrasser sans sourciller des problèmes devaient aider aussi, faisant de lui un enfoiré effrayant.

Conscient que Garrick ne s'était pas téléporté dans la clairière, Ryder regarda par-dessus son épaule et remarqua une Lincoln Town Car racée garée derrière sa voiture et celle de Logan. Deux hommes costauds se tenaient devant les véhicules, les bras croisés. Ryder se concentra à nouveau sur la scène qui se déroulait sous ses yeux et comprit que la situation pouvait déraper s'il arrivait quoi que ce soit à Garrick ; ses gardes du corps n'hésiteraient pas à tuer. Cependant, pour l'instant, c'était Joseph et son père qui l'intéressaient.

Son doigt tressaillit sur la gâchette. Il avait tellement envie de les éliminer tous les deux, mais il se retint, attendant de voir comme la situation allait évoluer.

Felicity commença à reculer vers lui, comme si elle avait

vu chez le vieil homme la même chose que lui. Ryder ne lâcha pas le père et le fils du regard, mais il fut soulagé en la sentant près de lui. Sans finesse, il la fit passer derrière lui et patienta.

— Joseph, que t'ai-je dit ? lui demanda Garrick, se plaçant à l'endroit que venait de quitter Felicity.

Il était à présent entre Ryder, ses frères et son fils. Il ne semblait pas du tout inquiet des quatre armes pointées sur son dos.

— Papa, qu'est-ce que tu fais là ? gémit Joseph.

— Je nettoie ton merdier... encore, rétorqua Garrick, les dents serrées, sur un ton beaucoup moins sympathique.

Ryder jeta un bref coup d'œil vers Logan et haussa les épaules lorsqu'il croisa son regard, indiquant qu'il ignorait comment la situation allait évoluer et qu'ils feraient donc mieux de rester sur leurs gardes.

— Il n'y a rien à nettoyer, papa.

Ce n'était qu'une bravade, ce que tout le monde perçut.

— Tu parles. As-tu la moindre idée dans quoi tu t'es fourré ?

— Elle doit apprendre la leçon, expliqua Joseph.

— Rien à foutre d'elle, elle ne compte pas, répliqua son père.

Ryder n'apprécia pas franchement d'entendre que la femme qu'il aimait n'était pas importante, mais il tint sa langue.

— Les Mercenaires Rebelles. Ça t'évoque quelque chose ? hurla Garrick à son fils. N'as-tu donc rien retenu toutes ces années quand je te parlais de discrétion ?

— Je ne comprends pas, papa. Elle s'est mêlée de mes affaires autrefois, alors elle doit apprendre où est sa place. Les femmes ne comptent pas, tu l'as dit toi-même. C'est pour ça que mes oncles et toi n'êtes pas mariés. Parce que les femmes sont des citoyens de seconde classe et ne méritent pas notre attention.

— Dans ce cas, pourquoi lui en consacres-tu autant, justement ? demanda Garrick.

Ryder gardait son pistolet pointé sur Joseph, qui constituait une menace plus grande que son père à l'heure actuelle.

— Il faut qu'elle paie, gémit Joseph, entêté.

— Si tu ne poses pas tes armes et si tu ne me suis pas tout de suite, tu vas ruiner à toi tout seul tout ce que j'ai bâti ces trente dernières années, dit Garrick d'une voix de fer. Dis à M. Anderson où tu as caché son fils et toute cette histoire sera terminée. Tu vas revenir à Chicago avec moi, nous lui verserons une compensation pour l'angoisse causée à sa famille et lui, et ce sera fini.

— Non ! s'exclama Joseph. Je ne veux pas.

Garrick s'approcha de son fils.

— Où est l'enfant ? demanda-t-il d'une voix basse.

Joseph observa tour à tour son père et Felicity.

Ryder tendit le bras pour être certain qu'elle était toujours derrière lui. C'était le cas. Figée par le choc, elle le laissait la protéger. Elle lui faisait confiance. Il ressentit une bouffée d'amour malgré la situation explosive à laquelle ils étaient confrontés.

— Regarde-moi, fiston.

Garrick attendit qu'il s'exécute pour poursuivre.

— Je refuse d'avoir les Mercenaires Rebelles à mes trousses. Tu comprends ? Dis-moi où est le bébé.

— Non, répliqua Joseph, comme un enfant bougon, mais entêté.

— Je ne sais pas à quel moment j'ai raté ton éducation, commenta Garrick en secouant la tête. J'ai fondé de grands espoirs sur toi quand tu es né. Tu étais curieux et intelligent.

Mais avant même la fin de l'école primaire, tu m'as démontré que tu étais une brute. Tu n'as jamais voulu comprendre que diriger les gens avec respect et un peu de crainte était bien plus efficace que de les tancer sans cesse et de leur faire du chantage.

» J'ai essayé de t'enseigner qu'il y a un lieu et un temps pour la violence, mais on dirait qu'elle te galvanise. Au lycée, j'ai dû payer un juge pour qu'il abandonne les accusations d'agression. J'ai cru que tu avais retenu la leçon. Mais non, tu as recommencé à l'université, avec cette garce, et j'ai dû nettoyer ton merdier.

Garrick secoua la tête.

— Tu es une honte pour la famille. Une gêne. Tu n'imagines pas combien de mes hommes sont venus se plaindre de toi au fil des ans, me raconter toutes les occasions que tu as gâchées. Je pense que je serais bien mieux sans fils, pour être honnête.

— J'ai toujours fait ce que tu m'as demandé, protesta Joseph, qui serrait si fort son arme que ses articulations blanchirent. Mais tu n'étais jamais content. Jamais. C'est toi qui m'as dit que les femmes ne valaient rien. Qu'elles n'étaient bonnes qu'à baiser ! Dès l'école primaire, je t'ai observé avec ces putains que tu engageais. Tu refusais toute démonstration d'irrespect envers toi. Je n'ai fait que ce que tu m'as appris, père. Cette garce a été irrespectueuse. Je ne la laisserai pas s'en tirer comme ça.

Garrick se rapprocha de son fils.

— Je t'ai aussi enseigné la discrétion. Mais cette fichue leçon, tu ne l'as jamais retenue. Tu as tué une garce et as enterré son corps dans ton propre quartier. Il ne faut pas frapper les femmes là où d'autres peuvent entendre leurs cris. Tu t'es fourré tout seul dans les ennuis. Je t'ai répété je ne sais combien de fois de laisser tomber. Que tout ce qu'elle pouvait affirmer à ton propos était sans importance, car ce ne serait jamais vrai. Mais tu ne voulais pas m'écouter. Tu ne m'écoutes jamais.

Garrick secoua la tête et soupira d'exaspération.

— Pour une fois dans ta vie pathétique, écoute-moi. Dis-moi où est l'enfant.

— Va te faire voir, rétorqua Joseph, dont la haine envers son père était évidente. Va au diable !

— Tu es le seul qui va le rencontrer aujourd'hui, répliqua Garrick.

Puis, sans un mot, il sortit un pistolet de sous son costume et tira une balle entre les deux yeux de Joseph.

Ce dernier retomba en arrière, atterrissant sur le sol poussiéreux avec un bruit sourd, ses prunelles bleues sans vie rivées sur le ciel sans nuages du Colorado.

— Non ! hurla Logan.

Ryder sentit le sursaut de Felicity, mais il ne quitta pas Garrick du regard. Il avait froidement exécuté son fils sans hésiter. Il était impossible de prévoir ce qu'il comptait faire à présent.

L'homme d'âge mûr se tourna vers eux, et les quatre frères braquèrent leurs armes sur lui.

Garrick garda les bras détendus sur les côtés, pour montrer sa bonne foi. Il tenait encore le pistolet avec lequel il avait tué son fils, mais son doigt n'était pas sur la gâchette. Il regarda Felicity en premier.

— Je m'excuse pour les problèmes que mon fils vous a causés ces dix dernières années, dit-il sur un ton formel. Je lui ai dit d'arrêter et de vous laisser tranquille. Je pensais qu'il l'avait fait, mais je me suis trompé. Je vous dédommagerai pour tout ce que vous avez enduré et, désormais, vous n'aurez plus à craindre les moindres représailles ou attentions de ma part ou du reste de ma famille.

Felicity inspira vivement, mais Ryder n'aurait su dire si elle était surprise ou indignée. Il était trop concentré sur les gestes de l'autre homme. Si son index se rapprochait même un peu de la gâchette, Ryder lui exploserait la tête.

Garrick se tourna ensuite vers Logan qui agrippait son arme à deux mains et la pointait entre les deux yeux du mafieux. Ce dernier ne tressaillit pas.

— Je ferai tout ce qui est en mon pouvoir pour retrouver votre fils et vous le ramener. Ma famille et moi n'avons aucune dent contre vous ou vos frères.

— Vous, peut-être pas, mais moi oui, maintenant, cracha Logan. Votre putain de fils a kidnappé le mien.

Garrick haussa légèrement les épaules.

— Ce ne sera pas la première fois que l'on me détestera ni la dernière. Mais, pour être honnête, ce n'est pas *votre* colère qui m'inquiète, ajouta-t-il en se tournant vers Ryder.

Puis il rengaina son pistolet comme si la situation n'était pas dangereuse.

Jusqu'à présent, il n'avait pas exprimé la moindre émotion. Pourtant, il se montra presque suppliant quand il reprit la parole, plus bouleversé que lorsqu'il avait demandé à son fils de poser ses armes.

— Ryder, s'il vous plaît, dites à Rex que je m'excuse pour le comportement de Joseph. Il a agi seul. Rex sait que je n'approuve pas les activités de mon fils. Je vous en prie, dites-lui que mes frères et moi n'avons jamais cautionné ses actes.

— Comment avez-vous découvert où nous étions ? répliqua Ryder.

Garrick haussa les épaules.

— Rex m'a appelé pour me le dire. J'étais déjà en route pour Castle Rock afin de reprendre mon fils en main. J'étais un peu en retard, manifestement.

Ryder en avait la tête qui tournait. Il avait téléphoné à son responsable alors qu'ils se rendaient dans la montagne, afin de le tenir informé, mais jamais Rex n'avait évoqué le fait de contacter le père de Joseph. *C'est quoi ce bordel ?*

— Le lui direz-vous ? insista Garrick.

— Je ne lui dirai rien du tout tant que nous n'aurons pas retrouvé mon neveu, rétorqua calmement Ryder. Si vous n'avez pas envie d'avoir les Mercenaires Rebelles sur le dos et qu'ils se mêlent de vos affaires, dépêchez-vous de retrouver Nate Anderson et de le ramener chez lui en vie. *Ensuite*, je pourrai y réfléchir.

Ryder savait qu'il forçait un peu sa chance, mais l'homme qu'il affrontait n'était pas stupide. Il était impitoyable et venait de tuer son propre fils, et il voulait plus que tout que Rex ne mette pas son nez dans son entreprise.

— Marché conclu, dit Garrick avant de lui adresser un signe de la tête.

Sans un regard aux frères de Ryder, il les contourna pour rejoindre son véhicule. Les deux hommes imposants qui se tenaient devant les voitures avaient sorti leurs armes.

— On ne peut pas le laisser s'en tirer comme ça, dit Logan, bouleversé. Nous ignorons où est Nate.

Blake posa la main sur le bras de son frère.

— Il n'est pas au courant non plus.

— Qu'est-ce que tu en sais ? répliqua Logan en le repoussant. Peut-être qu'il était dans le coup depuis le début et qu'il va prendre mon fils à la place du sien.

— Je pense qu'il était sincère, intervint Nathan.

— Putain, jura Logan. Putain, putain, putain. Je ne peux pas rentrer à la maison et dire à Grace que Nate est toujours dehors, quelque part, et que la seule personne qui savait où il se trouvait est désormais morte. Je ne peux pas.

Il regarda Ryder, le suppliant de faire quelque chose,

n'importe quoi. Ryder se sentit malade. Leur unique moyen de pression, c'était la crainte que Garrick ressentait envers Rex. Ryder ignorait si le mafieux allait vraiment chercher le petit Nate, mais ils devaient le croire. Il veillerait à ce que Rex fasse pression sur lui.

— Je suis désolé, Logan. Sincèrement désolé.

Tous regardèrent la Lincoln faire demi-tour et s'éloigner sur le chemin de terre. Dès que la voiture eut disparu, ils entendirent des sirènes au loin. Ryder savait que Logan avait appelé l'inspecteur Baker, qui avait pour sa part contacté le SWAT de Denver. Les frères se tournèrent vers Joseph, qui gisait au sol.

Felicity vint se placer aux côtés de Ryder, qui leva d'instinct le bras pour l'attirer contre lui. Il était heureux qu'elle soit désormais libre de mener la vie qu'elle voulait sans s'inquiéter que Joseph fasse de son existence un enfer. Mais à quel prix ? Il devina, sans qu'elle ait à le dire, qu'elle aurait grandement préféré que Joseph continue à la harceler si cela signifiait que Nate était en sécurité chez lui avec son jumeau.

Les cinq adultes restèrent immobiles et silencieux en attendant la police.

Les larmes tombaient sans bruit sur les joues de Logan. Personne ne prononça un mot. À quoi bon ? Ils ne savaient pas quoi dire.

CHAPITRE 19

Ils ne furent pas autorisés à quitter la scène avant un petit moment. L'inspecteur Baker souhaitait avoir des informations concernant le kidnapping, et la police de Denver avait une tonne de questions au sujet de Joseph et de ce qui s'était passé. Felicity ne leur en voulait pas. Trouver un cadavre n'était pas un fait inédit, mais pas non plus une occurrence journalière.

Leur plan d'origine prévoyait que Ryder ferait quitter la zone à Joseph avant l'arrivée de la police et le ramène avec lui à Colorado Springs, où il aurait été interrogé par les Mercenaires Rebelles, par Black en particulier. Ses frères et Felicity devaient dire aux forces de l'ordre que Joseph avait pris la fuite et que Ryder s'était lancé à sa poursuite.

Mais tout avait volé en éclats, et maintenant, ils avaient un cadavre à expliquer.

Logan, Blake et Nathan laissèrent Ryder s'exprimer. Ils se contentèrent d'acquiescer quand il le fallait. L'inspecteur de Denver finit par les autoriser à rentrer chez eux. Bien conscient que le petit Nate manquait toujours à l'appel, il leur avait assuré que la police de Castle Rock faisait tout ce qui était en son pouvoir pour le retrouver, puisque l'enfant avait été enlevé dans leur juridiction.

Logan fit le trajet de retour avec Ryder et Felicity, dans un silence quasi total.

Tant d'émotions se bousculaient en Felicity, mêlées à de l'adrénaline, qu'elle s'en sentit presque malade. Soulagement. Terreur. Dégoût. Choc. Et inquiétude. Beaucoup d'inquiétude.

Lorsqu'ils se garèrent devant chez Logan, ce dernier prit la parole pour la première fois.

— Laissez-moi seul quelques instants avec Grace, s'il vous plaît, le temps que je le lui annonce.

— Veux-tu qu'on reparte ? demanda Ryder.

— Non, lui assura Logan.

Felicity soupira de soulagement. Elle ne comptait aller nulle part. Elle souhaitait rester aux côtés de sa meilleure amie tant que son bébé ne lui serait pas rendu.

— On attendra là, si tu as besoin de nous, dit Ryder à son frère.

Logan descendit de voiture, les épaules basses, et s'approcha de la porte d'entrée. Felicity se redressa sur son siège.

— Je ne l'ai jamais vu aussi abattu, dit-elle. Même quand Grace a disparu quelques heures, il était plus déterminé qu'effrayé. Et il a été d'un grand soutien pour Blake quand ils cherchaient Alexis. Mais là... D'après moi, il est persuadé qu'il ne reverra plus jamais son fils.

Elle se tourna maladroitement pour pouvoir faire face à Ryder.

— Est-ce que Joseph l'a tué, d'après toi ?

Il secoua la tête.

— Non. Je pense qu'il a fait ce qu'il t'a dit : il l'a laissé chez quelqu'un le temps de revenir le chercher. Je crois qu'il voulait vraiment torturer Logan avec l'idée que son fils soit élevé par quelqu'un d'autre et devienne comme Joseph.

Ryder posa une main sur le visage de Felicity et lui caressa la joue.

— C'est terminé, mon cœur. Tu n'as plus à avoir peur.

Un sanglot remonta de sa poitrine, mais elle se couvrit les yeux et essaya de se contrôler. Si elle commençait à pleurer maintenant, elle ne pourrait pas s'arrêter. Elle se sentait tellement mal d'être soulagée alors que Logan et Grace souffraient autant.

— Bon sang, je déteste ça, commenta Ryder tout bas.

Felicity hocha la tête sans retirer sa main de ses yeux.

Un petit coup sur la vitre de Ryder la poussa toutefois à regarder. C'était Blake. Ryder ouvrit sa portière.

— Nous pouvons entrer maintenant, leur dit son frère d'un air abattu.

Felicity descendit et retrouva Ryder devant la voiture. Il entrelaça leurs doigts, et elle dut ravaler ses larmes une nouvelle fois. Même tenir sa main lui paraissait différent maintenant qu'elle n'avait plus à craindre de se faire harceler par Joseph.

Ils suivirent Blake dans la maison, et furent instantanément accueillis par les sanglots déchirants de son amie, qui pleurait comme si son monde s'était écroulé... ce qui était vrai, en fait.

Ils entrèrent en silence dans le salon, où Grace et Logan étaient assis par terre au milieu de la pièce. Grace s'était visiblement effondrée quand son mari lui avait appris la mauvaise nouvelle.

Bailey se tenait à l'écart, avec Ace dans les bras, et Joel enlaçait sa sœur de toutes ses forces.

Dès qu'elle les aperçut, Grace se tourna vers Felicity.

— C'est *ta* faute. Si tu n'avais pas été là, j'aurais toujours mon bébé !

Felicity poussa un petit cri de surprise et porta une main à sa poitrine. Elle eut l'impression de s'être fait poignarder par sa meilleure amie. Les larmes qu'elle peinait à retenir se déversèrent. Elle recula d'un pas, pour s'en aller, très loin d'ici.

Mais Ryder refusa de la lâcher. Elle essaya de le forcer à le faire, sauf qu'il resserra son étreinte.

— S'il te plaît, laisse-moi partir, le supplia-t-elle.

Elle ne pouvait pas gérer cette situation. C'était sa faute. Si elle avait fui quand elle l'avait envisagé, Nate serait encore là, avec sa famille.

— Je suis désolée ! Je ne le pensais pas !

À travers ses larmes, elle vit son amie essayer de se relever, les yeux rivés sur elle. Elle secouait la tête.

— Leese. S'il te plaît. Je ne le pensais pas. Ce n'est pas ta faute. Pas du tout.

Cette fois-ci, quand Felicity tira sur sa main, Ryder la laissa partir.

Elle s'avança vers Grace et lui tomba dans les bras. Elles pleurèrent avec hystérie.

— Je suis désolée, sanglota Felicity. Sincèrement désolée.

— Non, c'est moi qui suis désolée, répliqua Grace, dont les mots étaient difficiles à saisir entre ses larmes et ses halètements. Je sais que ce n'est pas ta faute. C'était la sienne et celle de personne d'autre. Tu m'as toujours dit de ne pas m'excuser de ce que mes parents ont fait, alors je te répète la même chose. Logan va retrouver notre fils. Je le sais.

Felicity sentit une main sur son coude les entraînant Grace et elle, mais elle ne releva pas la tête, posée sur l'épaule de sa meilleure amie. Elle s'accrocha à elle de toutes ses forces et c'est enlacées et en larmes qu'elles s'affalèrent sur le canapé.

Peu après, elle sentit quelqu'un dans son dos ; c'était Bailey qui les étreignait. Alexis fit de même du côté de Grace. Toutes quatre restèrent ainsi près d'une heure, parlant tout bas entre deux crises de pleurs.

Nathan prépara un dîner léger, mais personne ne fut d'humeur à manger à part Joel.

Ryder vint la rejoindre bien plus tard.

— Il est temps d'aller te coucher, mon cœur.

Felicity hocha la tête. Elle étreignit une dernière fois Grace et Bailey, souhaita bonne nuit à tout le monde, puis suivit Ryder, qui la tenait fermement par la main. Il la conduisit à l'étage, dans la chambre dans laquelle elle dormait depuis qu'elle avait quitté l'hôpital, et il referma derrière eux.

— Prépare-toi. Je vais me changer, et je ferai le reste quand tu auras terminé.

Hochant la tête, elle se rendit dans la salle de bains attenante.

Lorsqu'elle sortit de la pièce, Ryder portait un boxer et faisait les cent pas. Il vint l'embrasser sur le front avant d'utiliser la salle de bains à son tour.

Felicity enfila un débardeur noir et retira son jean, puis elle se mit sous la couverture et patienta.

Elle n'eut pas à attendre longtemps. Ryder ouvrit la porte une minute plus tard et éteignit la lumière, plongeant la chambre dans l'obscurité. Elle l'entendit se diriger vers le lit, puis sentit le matelas se creuser lorsqu'il la rejoignit.

Il l'enlaça alors, et elle put enfin se détendre.

Elle avait été tendue toute la journée. Elle avait pleinement confiance en Ryder pour empêcher Joseph de l'enlever, néanmoins la situation avait été stressante. Puis l'accusation de Grace lui avait coupé le souffle. Les remords sincères de sa meilleure amie qui avait immédiatement regretté ses propos étaient ce qui faisait d'elle la femme si sensible qu'elle était.

Felicity se blottit contre Ryder, le nez contre la peau chaude de son cou. Elle sentait son chaume contre sa joue. Submergée par un ensemble de sensations, elle se remit à pleurer.

Ryder ne lui demanda pas une seule fois de se calmer. Il resserra simplement son étreinte et la laissa sangloter.

Lorsqu'elle eut versé toutes les larmes de son corps, elle renifla. Fort.

En riant, Ryder attrapa un mouchoir sur la table de chevet et le lui tendit sans un mot.

Pas le moins du monde embarrassée, même si elle aurait sans doute dû l'être, Felicity s'essuya les yeux et se moucha. Elle jeta le mouchoir usagé de son côté et retourna se blottir contre Ryder sans se soucier d'où il atterrissait.

— Je suis sacrément content de t'avoir avec moi, dit Ryder.

— Moi aussi, approuva-t-elle.

— Je suis déchiré, poursuivit-il. Je suis dévasté pour Logan et Grace. Très énervé contre Garrick, et également contre Rex qui l'a convié à cette réunion. Mais carrément soulagé que tu sois libre.

Felicity ne put qu'acquiescer. *Oui*, elle éprouvait la même chose.

— Je t'aime, murmura-t-elle en levant la tête.

— Je t'aime aussi. Tellement. J'aimerais te faire l'amour pour célébrer ta nouvelle liberté, mais ce n'est malheureusement ni le lieu ni le moment.

Elle frémit de désir, bien qu'elle ne se sente pas du tout d'humeur à avoir la moindre étreinte sexuelle.

— Crois-tu que Garrick va le retrouver ?

Ryder soupira.

— Je n'en ai aucune idée. Vraiment aucune. Étant donné qu'il était incapable de contrôler son fils de son vivant, je ne suis pas sûr qu'il puisse découvrir ce que Joseph avait prévu maintenant qu'il est mort. J'aurais aimé que Black puisse s'occuper de lui. Nous saurions alors avec certitude si Nate est en vie.

Ryder s'interrompit quelques instants.

— Ne prends pas trop à cœur ce que Grace t'a dit.

— J'essaie, répliqua-t-elle, ayant tout de suite compris de quoi il parlait. Mais sincèrement, c'est ma faute si Nate s'est fait kidnapper. C'était moi qui le gardais. Joseph était en ville à cause de moi. Et il voulait faire du mal à ceux que j'aime pour pouvoir m'atteindre.

— Felicity, grogna-t-il, ne fais pas ça.

— Quoiqu'il en soit, poursuivit-elle très vite, je sais que j'ai fait ce qu'il fallait il y a dix ans en appelant la police pour dénoncer Joseph. Il a tué Colleen. C'était un connard agressif qui frappait les femmes. Tu l'as entendu. Il ne pense pas du tout que nous sommes les égales des hommes. Si ça n'avait pas été Nate, il s'en serait pris à quelqu'un d'autre. Joel, peut-être. Ou Bailey, ou Alexis. Impossible de dire ce qu'il aurait fait. Je ne suis pas triste qu'il soit mort. Mais j'aurais aimé qu'il meure plus lentement et en souffrant davantage.

— Je pense que c'est pour ça que Garrick l'a tué. Il était conscient que si les Mercenaires Rebelles posaient la main sur lui, nous aurions tout découvert sur ses activités à Chicago. En plus, Joseph était tout de même son fils, même s'il était une vraie épine dans son pied. Donc, il l'a tué avec le plus de clémence possible.

— Ryder ?

— Oui, mon cœur ?

— J'aimerais rester ici jusqu'à ce que Nate revienne. Je sais que tu n'as sans doute pas...

— Ne finis pas cette phrase, la coupa-t-il sèchement. J'irai où tu iras. Si tu restes ici, moi aussi. Ça fait à peu près un mois que je dors avec toi. Je ne veux pas arrêter maintenant, surtout pas alors que tu es enfin libre d'être à moi sans obstacle.

— D'accord. Ryder ?

Il pouffa, plus détendu à présent qu'il n'avait pas à la quitter.

— Quoi ?

— Tu vas m'épouser, n'est-ce pas ?

— Oui, mais tu n'as pas le droit de me demander en mariage, tu t'en souviens ?

Elle acquiesça.

— Oui. Si j'ai choisi le nom de Jones, c'est parce qu'il est très banal. Beaucoup de gens le portent. Je me disais que ce serait plus difficile de me trouver. Mais je ne suis pas vraiment attachée à ce nom. En fait, je le déteste.

— Que penses-tu de Sinclair ? proposa-t-il en resserrant son étreinte.

— J'adore. Felicity Megan Sinclair.

— Magnifique, murmura-t-il.

— Et donc ?

— Et donc quoi, mon cœur ?

— Est-ce que tu vas me faire ta demande ?

— Oui. Dès que nous aurons retrouvé Nate et que les choses se seront calmées, tu auras ta demande en mariage. Puis nous nous marierons au tribunal. Hors de question d'attendre. Ça te va ?

— Ça me paraît bien. J'ai perdu assez de temps comme ça quand j'étais en fuite.

— Parfait.

— Parfait.

— Dors, mon cœur. Je ne sais pas de quoi sera fait demain. Nous devons retracer tous les déplacements de Joseph depuis qu'il a enlevé Nate jusqu'à maintenant. Il n'a pas donné signe de vie pendant quelques jours après l'avoir kidnappé. Il devait se planquer au même endroit que Nate. Rex et mes coéquipiers vont dénicher tout ce qu'ils peuvent. Logan et Grace devraient faire des conférences de presse et des interviews, d'après moi. Plus nous attirons l'attention sur l'enlèvement de leur fils, plus nous aurons de chance de le retrouver. L'inspecteur Baker a également dit qu'il allait faire diffuser une Alerte Enlèvement. Grace va avoir besoin de toi, plus que jamais.

— Oui.

Elle enlaça Ryder encore plus fort.

— Je t'aime.

— Je t'aime aussi, mon cœur. Dors, maintenant.

Felicity pensait ne pas y parvenir, mais en moins de dix minutes, elle sombra, rattrapée par les événements de la journée.

Elle ignorait que Ryder resta éveillé deux heures, satisfait de l'avoir dans ses bras. Elle ne découvrit jamais les larmes qu'il versa ni le murmure qu'il prononça :

— Dieu merci, tu es en sécurité.

CHAPITRE 20

À des milliers de kilomètres de là, dans un quartier délabré et dangereux de San Antonio, Maria Gonzalez était assise dans la minuscule chambre d'un tout petit appartement. La porte était généralement fermée de l'extérieur, mais cette fois-ci, Maldad était parti sans remettre la chaîne.

L'homme qui avait fait de sa vie un enfer ne lui avait même pas donné son nom. Alors, Maria avait commencé à l'appeler Maldad dans sa tête dès la première semaine où il l'avait emprisonnée dans ce logement. *Maldad*. Le mal. Cela lui allait comme un gant.

Il lui avait laissé mille dollars en plus de son petit « cadeau » et lui avait dit de rentrer chez elle.

Chez elle.

Elle ignorait depuis combien de temps exactement elle avait quitté sa ville natale de Fresnillo dans l'État du Zacatecas, au Mexique, mais elle estimait cela à cinq ans.

Elle avait été tellement stupide. À dix-huit ans, elle pensait tout savoir. Elle était lasse de s'occuper de ses jeunes frères et sœurs, en plus de ses cousins, et pas tentée par un travail à la mine comme ses parents, ses oncles et ses tantes.

Quand elle avait vu l'annonce dans le journal, celle d'une nouvelle entreprise aux États-Unis cherchant des filles, elle avait ignoré les avertissements de sa *mamá* et s'était faufilée hors de la maison en pleine nuit.

Au début, tout lui avait paru correct. Quatre autres femmes – jeunes filles – et elles s'étaient retrouvées dans un bar, où on leur avait fourni des vêtements neufs et bien plus d'argent qu'elles n'en avaient possédé dans toute leur vie. Elles étaient montées dans un fourgon, qui s'était dirigé vers le nord.

Mais quelque part en cours de route, les choses avaient changé. L'homme qui s'était montré si avenant à Fresnillo était parti, remplacé par un vieil homme maussade qui n'avait pas prononcé plus de deux mots.

Lorsqu'ils s'étaient approchés de la frontière, on leur avait ordonné de se cacher dans des petites boîtes en bois. Maria y était restée enfermée pendant des heures. Elle avait cru mourir, mais elle avait survécu. Avec le recul, elle aurait préféré la mort.

Elle avait été conduite à cet appartement, où elle avait rencontré Maldad pour la première fois. Elle ignorait ce qui était arrivé aux autres filles qui avaient fait le voyage avec elle. Sans doute étaient-elles enfermées dans une pièce, comme elle, obligées de faire les mêmes choses qu'elle.

Au début, elle avait lutté, mais elle avait fini par céder. Maldad la possédait. Il était libre de lui faire ce qu'il voulait, et il avait le droit de laisser ceux qui le souhaitaient abuser d'elle.

Il l'avait fait.

Ils l'avaient fait.

Maria avait été battue et violentée si horriblement ces dernières années qu'elle n'était plus que l'ombre de la jeune femme idéaliste d'autrefois.

Cependant, une semaine plus tôt, Maldad était venu à l'improviste. Il avait déverrouillé sa porte et, au lieu de la violer, lui avait fourré un paquet dans les bras, puis avait jeté un passeport américain et une liasse d'argent par terre, à côté du matelas taché.

— Rentre chez toi, femelle.

Il l'appelait toujours ainsi, comme tous les hommes qui lui rendaient visite. Aucun d'eux ne lui avait demandé son nom, puisqu'ils s'en fichaient.

— Rentre chez toi, femelle. Prends le bébé et ne reviens jamais. Si tu dis à quelqu'un comment tu l'as eu ou ce qui s'est passé, je te retrouverai et je te tuerai. Lentement, pour bien que tu souffres.

Il était reparti aussi vite qu'il était arrivé sans plus se soucier de l'enfant qu'il lui avait tendu qu'il se souciait d'elle.

Maria avait regardé le bébé. Il était adorable. Il avait des cheveux longs, pour un bébé de son âge. Du moins, de l'âge qu'elle estimait. Il avait les joues rondes comme un bébé en bonne santé. Les frères et sœurs de Maria n'avaient jamais eu aussi bonne mine que cet enfant. Ils avaient toujours faim, n'avaient jamais assez à manger, comme le prouvaient leurs yeux creusés et leurs ventres protubérants.

Mais ils avaient été aimés.

Tout comme ce bébé.

Elle l'avait deviné à la grenouillère haut de gamme qu'il portait et à ses joues roses.

Le premier jour, il n'avait pas cessé de sourire et n'avait pas eu peur d'elle. Seul un enfant aimé pouvait dispenser une telle affection.

Au début, elle avait été trop inquiète pour quitter sa prison, craignant que ce ne soit un piège et que Maldad surgisse de nulle part dès qu'elle mettrait un pied hors de cette pièce, pour la punir d'avoir voulu prendre la fuite. Elle avait déjà essayé de s'enfuir, une fois, quelques jours après son arrivée dans cette prison, après les multiples viols de Maldad et ses amis. Ils riaient tandis qu'elle pleurait et les suppliait de la laisser tranquille, d'arrêter de lui faire du mal. La punition qu'elle avait récoltée pour avoir tenté de fuir avait été mille fois pire que ce qu'elle avait enduré au cours de sa première semaine de maltraitance. Elle n'avait plus jamais commis cette erreur. Elle avait retenu sa leçon à la manière forte.

Mais au bout d'un moment, le bébé avait eu faim. Et il avait mouillé sa couche. Maria n'avait rien pour le changer, à part un vieux tee-shirt abandonné par l'un de ses visiteurs. Alors, elle était sortie prudemment de la chambre déverrouillée pour se rendre dans la cuisine. Personne ne rôdait pour la tabasser d'avoir quitté sa prison. Elle n'avait pas de pots pour bébés, mais elle avait préparé une purée de petits pois d'après une conserve dénichée dans le placard. Elle avait également trouvé du lait en poudre, qu'elle avait tenté de diluer et de donner au bébé, mais il n'en avait pas voulu.

Désespérée, Maria avait enfin eu le courage de quitter l'appartement pour sortir dans la rue, le bébé dans les bras. Hors de question de le laisser seul au risque que l'un des amis de Maldad s'en prenne à lui.

Elle avait acheté du lait pour enfants, un petit paquet de couches et une boîte de céréales, à une station-service.

Son repas n'avait pas vraiment plu au bébé, mais il avait sans doute trop faim pour se plaindre bruyamment.

La manie qu'il avait de toujours regarder autour de lui, d'ouvrir et refermer sa minuscule main, comme s'il cherchait quelque chose, la troublait.

Désireuse de reprendre contact avec le monde réel, ce monde dont on l'avait privée depuis tant d'années, Maria était restée rivée à la chaîne espagnole de la modeste télévision pendant des heures. Elle avait ainsi découvert que cela faisait trois ans qu'elle était dans cet appartement. La jeune fille de dix-huit ans qu'elle était, innocente et impatiente de quitter la pauvreté de sa ville natale, s'était muée en jeune femme de vingt et un ans qui rêvait de mener la vie simple, mais sûre d'autrefois.

Elle observa pendant des heures les informations, fascinée, tandis que le bébé s'agitait dans ses bras. Tant de choses avaient changé en trois ans. Cependant, lorsqu'elle apprit la disparition d'un enfant dans le Colorado, elle se figea. Elle fixa l'image apparue à l'écran, ainsi que toutes les autres qui suivirent.

Des clichés des parents malheureux.

Des oncles du bébé.

Mais ce fut la photo de son jumeau qui la marqua.

L'enfant disparu que tout le monde cherchait se trouvait actuellement dans ses bras, et il pleurait. Il avait un frère jumeau. Voilà pourquoi il regardait sans arrêt autour de lui et ouvrait sans cesse la main. Il avait besoin de son frère.

Maria observa ce petit être. À la place de la mère de ce bébé, elle voudrait désespérément le retrouver. Elle savait que sa propre mère ressentait la même chose. Bien qu'elle ne soit plus une enfant, elle était persuadée au fond d'elle que sa *mamá* ne renoncerait pas tant qu'elle n'aurait pas découvert ce qui lui était arrivé.

L'argent que Maldad lui avait lancé était posé sur le comptoir de la cuisine. Maria n'avait reçu aucune visite depuis plusieurs jours. C'était inédit. Elle fut tout à coup submergée par le besoin pressant de quitter cet appartement. C'était peut-être un piège. Peut-être que les agents des douanes sauraient en un clin d'œil que le passeport était un faux. Cependant, se faire arrêter à la frontière ne serait-il pas préférable au sort qui l'attendait si elle restait ici ? Se retrouver en prison avant d'être renvoyée là où elle souhaitait justement se rendre serait le paradis comparé à une vie de viols quotidiens et de mépris.

Mais il y avait le bébé.

Maldad voulait qu'elle franchisse la frontière avec lui. Il n'avait rien fait de gentil pour elle en trois ans, il n'allait certainement pas commencer maintenant. Il avait dû faire quelque chose de mal pour avoir le bébé. Si elle ramenait cet enfant au Mexique, alors elle contribuerait à son horrible projet.

D'un autre côté, les sourires et les câlins du bébé étaient les premiers gestes amicaux qu'elle recevait depuis son enlèvement. Ce bébé sans défense avait besoin d'elle. Elle se tourna vers la télévision. Même si celle-ci diffusait une publicité pour un gadget inutile, elle ne voyait que l'inquiétude sur le visage des parents de l'enfant, tandis qu'ils suppliaient les téléspectateurs de leur donner des informations sur leur bébé.

Envahie par un sentiment d'urgence, et se fustigeant mentalement d'avoir mis tant de temps à suivre les ordres de Maldad, elle courut dans son ancienne prison et récupéra la couverture dont elle s'était servie si souvent afin d'emmailloter le bébé dedans. Puis elle poursuivit ses préparatifs. Elle ne possédait pour toutes chaussures que de vieilles tongs d'hommes, qui lui avaient fait mal aux pieds quand elle s'était rendue au magasin. Mais c'était sans importance. Elle devait partir. Tout de suite.

Maria Gonzalez quitta l'appartement de la même manière qu'elle y était entrée : en silence et sans se faire repérer par les trafiquants de drogue, les prostitués et les gangsters qui rôdaient.

Chez elle.

Elle rentrait chez elle.

Elle ne savait pas où elle était ni comment rejoindre le Mexique, mais elle avait de l'argent, un bébé qui comptait sur elle, et une impression d'urgence inédite. Elle trouverait la frontière, ou mourrait en essayant.

* * *

Le grand pompier amérindien arriva à la caserne pour prendre son service. Il ouvrait la porte quand il perçut un bruit sur sa droite. Certaines expériences récentes avec sa femme l'avaient rendu particulièrement conscient de son environnement. Il tourna la tête en espérant ne pas tomber sur un coyote ou tout autre animal sauvage, et regarda prudemment vers l'arbuste, une main toujours sur la poignée. Il cligna des paupières, pas sûr de ce qu'il voyait.

Ouvrant la porte, il appela ses amis. Sans les attendre, il se pencha pour ramasser ce qu'il avait pris au départ pour une vieille couverture. Cependant, en entendant les petits gazouillis qui émanaient du tissu, il comprit ce qu'il avait sous les yeux. Berçant le précieux paquet contre son torse, il lut la note glissée dans un pli de la couverture, au niveau de la poitrine du bébé.

« *Bébé disparu. À la télévision. Colorado. Nate. Ramenez maison.* »

Le message était bref et allait droit au but. Le pompier estima qu'il provenait d'une personne d'origine espagnole, étant donné l'accentuation du mot « *televisión* ».

— C'est un bébé, dit-il à ses collègues lorsqu'ils le rejoignirent devant la caserne. Peut-être celui qui a disparu au Colorado. Appelle les flics. Si c'est lui, il faut que la famille sache au plus vite qu'il va bien.

Le pompier jeta un dernier coup d'œil autour de lui,

comme pour découvrir qui avait laissé l'enfant. Il ne remarqua rien et eut le sentiment que continuer à chercher pourrait être non seulement futile, mais aussi dangereux pour la personne qui avait déposé le bébé. Alors, il referma doucement la porte.

Il n'avait pas vu la maigre jeune femme dissimulée derrière des arbustes, de l'autre côté de la rue, qui refusait de partir tant qu'elle ne serait pas certaine que Nate était en sécurité. Elle avait pris des décisions terribles, dans sa vie, mais celle-ci n'en était pas une. Elle quitta sa cachette et retourna au fast-food devant lequel le taxi l'avait déposée quand elle avait abandonné sa prison.

Elle comptait à présent monter dans un nouveau taxi et se diriger vers le sud.

Pour rentrer chez elle.

* * *

L'inspecteur Baker inspira profondément et sonna. Dès qu'il avait appris la nouvelle, il s'était précipité chez les Anderson. Ce n'était pas souvent qu'il pouvait délivrer une bonne nouvelle dans une affaire de ce genre.

Quand il avait découvert que les triplés Anderson comptaient revenir à Castle Rock, il n'avait pas vraiment été ravi. Il se souvenait d'eux à l'époque du lycée et, sans être des fauteurs de troubles, ils apparaissaient quand même un peu trop sur le radar de la police.

Cependant, depuis leur retour, ils avaient enchaîné les bonnes actions, avaient, à eux seuls, fait tomber l'un des plus célèbres gangs de Denver, et avaient aidé d'innombrables personnes.

Voilà pourquoi, lorsqu'il avait appris que Nate avait été retrouvé sain et sauf, il avait été plus qu'enthousiaste à l'idée de se rendre chez Grace et Logan pour leur transmettre la nouvelle lui-même.

Quand la porte s'ouvrit, il se trouva face au visage soucieux de Logan. Il réalisa alors que les parents pourraient mal interpréter sa venue en personne.

Derrière Logan était réunis tous les Anderson. Blake et Alexis. Nathan et Bailey. Même Felicity et Ryder, le demi-frère. Grace, la femme de Logan, se tenait aux côtés de celui-ci, avec Ace dans les bras.

L'inspecteur Baker mit fin avec un sourire à l'inquiétude de toute la famille.

— Nous l'avons trouvé, annonça-t-il.

ÉPILOGUE

— Tu es sûre que ça ne te dérange pas de te marier le même jour que Blake et Alexis ? demanda Ryder à Felicity.

Elle secoua la tête, un sourire aux lèvres. Il lui avait répété la même question à de nombreuses reprises au fil des mois, et elle lui avait donné chaque fois une réponse identique.

— Pas du tout, non. C'est ton frère et j'adore Alexis. Alors, évidemment que cela ne me dérange pas.

Felicity était surprise et ravie du lien très fort qui s'était noué entre Ryder et Blake. C'était d'ailleurs plutôt ironique, considérant leurs débuts difficiles.

Ryder et elle avaient même acheté une maison dans le quartier d'Alexis et Blake. Felicity n'avait plus jamais dormi au-dessus de la salle de sport. Elle en était incapable. L'appartement comportait trop de mauvais souvenirs, non seulement à cause des tracasseries causées par Joseph, mais aussi et surtout à cause de l'horreur qu'elle ressentait encore de savoir que Nate y avait été enlevé sous son nez. Elle était donc restée avec Ryder dans un logement qu'il avait loué en attendant l'achat de leur nouvelle maison.

Ryder lui avait fait sa demande en mariage environ un mois après le retour de Nate. Il l'avait amenée à Colorado Springs pour voir ses amis et jouer au billard au *Pit*.

Elle avait passé un excellent moment. Les amis de Ryder étaient hilarants, et elle avait même trop bu. Après qu'elle avait perdu sa dixième partie et qu'elle avait ri de son absence de talent dans ce domaine, Ryder lui avait remis une enveloppe pleine de documents.

Elle l'avait ouverte, perplexe.

À l'intérieur se trouvaient des papiers du tribunal annonçant son changement officiel de nom. Elle n'était plus Felicity Jones, mais Felicity Megan Sinclair désormais. Il y avait en outre un permis de conduire, un passeport et une carte de sécurité sociale à son nouveau patronyme. Ryder avait également ajouté un document de la banque montrant un compte à leurs deux noms, et un contrat pour la maison pour laquelle ils avaient décidé de faire une offre.

Perdue, elle avait relevé les yeux et découvert que Ryder avait posé un genou à terre.

Et là, devant tous ses amis et sans la moindre trace d'embarras, il avait demandé :

— Veux-tu m'épouser ?

Et elle, qu'avait-elle dit ? « Oui » ? Non, elle était trop bourrée pour cela.

— Mais tu as déjà changé mon nom pour mettre le tien.

Il avait éclaté de rire et expliqué patiemment.

— J'ai tiré quelques ficelles, oui. Dès que la police de Chicago t'a libérée de tout soupçon concernant la mort de Colleen, celle de ta mère et les fausses accusations de trafic de drogues, j'ai réfléchi au fait que ce serait pénible de faire tous les papiers officiels. Alors, j'ai demandé aux gars de s'en charger. Ils ont décidé de réduire la paperasserie inutile et de te mettre directement mon nom, puisque nous comptions nous marier, de toute façon, et changer ton nom ensuite.

Pliée de rire, littéralement, elle avait répliqué :

— Mais je n'ai pas dit oui !

— Tu le feras, avait-il rétorqué. Veux-tu m'épouser, mon cœur ? Vivre avec moi ? Faire de moi l'homme le plus heureux au monde ?

Il lui était impossible de résister à cela. Elle avait accepté, et voilà où ils se trouvaient à présent : à dix minutes de remonter l'allée.

Comme ni l'un ni l'autre n'avait de parents, ils avaient décidé de faire le chemin ensemble. Parce que c'était ainsi qu'ils voulaient passer le reste de leur vie.

— Nous aurions dû filer nous marier en douce, murmura Ryder en effleurant le tissu soyeux de la robe blanche.

Il ne s'agissait pas d'une robe de mariée classique, plus d'un long fourreau écru. Il n'y avait aucune dentelle, aucun jupon. Mais Felicity l'adorait. Les manches recouvraient ses bras et le col remontait haut. À l'avant, elle paraissait très sage. À l'arrière toutefois, le vêtement dévoilait beaucoup de peau. Vraiment beaucoup.

Felicity se sentait sexy et féminine. Ryder l'avait vue par inadvertance dans sa robe ce matin-là, alors qu'il était entré dans la pièce après qu'elle l'avait enfilée. Il avait immédiatement fait sortir Grace et Bailey et lui avait montré combien il aimait sa tenue.

Felicity balaya sa remarque d'un mouvement d'épaules.

— Peut-être. Mais d'un autre côté, j'adore le fait de partager cette fête avec ton frère et Alexis. Et tous tes amis.

— Oui, moi aussi. J'ai quelque chose pour toi. Ce n'est pas grand-chose, et je sais que tu m'as dit que c'était sans importance puisque tu étais adulte, mais je l'ai fait quand même.

Elle attrapa le petit sac cadeau qu'il lui tendit, d'où dépassait du papier de soie. Elle l'écarta, et ses yeux s'écarquillèrent quand elle vit ce qu'il y avait à l'intérieur. Sa girafe. Celle que Joseph avait décapitée. Avec tous les événements, elle n'y avait plus vraiment pensé. Et se sentir triste pour un animal en peluche, avec tout ce qui s'était passé, lui paraissait idiot.

Elle sortit la girafe et la serra contre elle.

— Merci, souffla-t-elle.

Ryder l'embrassa sur le front avec tendresse.

— Elle est importante pour toi, alors, elle est importante pour moi.

— J'ai un cadeau pour toi, moi aussi.

Elle remit soigneusement la girafe dans son sac.

— J'ai déjà eu mon cadeau aujourd'hui, répliqua-t-il, avec un regard plein de luxure. J'ai pu faire l'amour à ma fiancée et, tout à l'heure, je ferai l'amour à ma femme le même jour. Tu ne pouvais pas me faire un plus beau cadeau.

Elle sourit en se remémorant son empressement à remonter le bas de sa robe afin de lui faire perdre la tête. Son orgasme avait été un moyen efficace pour qu'elle se détende avant la cérémonie.

— Attends ici.

Il ne paraissait pas ravi qu'elle disparaisse de sa vue, mais il se contenta de croiser les bras et de sourire d'un air indulgent.

Felicity sortit de la petite pièce qui se trouvait à l'arrière de l'église afin de rejoindre l'endroit où elle avait caché la surprise de Ryder. Elle aurait sans doute dû attendre la fin de la cérémonie, mais elle en était incapable. C'était trop important.

* * *

Ryder fit les cent pas en attendant le retour de Felicity. Il était un peu agacé, parce qu'ils s'étaient mis d'accord pour ne pas échanger de présents avant la cérémonie. La girafe, qu'il avait fait réparer, ne comptait pas vraiment à ses yeux. Il aurait aimé lui offrir un pendentif en diamant ou un bracelet, n'importe quoi, mais il s'était retenu, car ils avaient accepté de ne pas se faire de cadeaux. Il se tracassait, se demandant s'il devait envoyer quelqu'un trouver quelque chose dans un magasin, qu'il pourrait lui offrir après la cérémonie, quand la porte se rouvrit.

Il pivota, pensant voir entrer sa future femme. Il se figea en avisant la femme qui passa la porte. Felicity lui avait dit qu'elle avait une surprise pour lui, cependant, il ne s'attendait pas du tout à cela.

Il fixa sa fiancée qui pénétrait derrière l'autre femme, puis le rejoignait.

— Comment...

Il ne trouvait pas ses mots. Par chance, Felicity comprit.

— Je savais que tu ne la chercherais jamais, alors j'ai demandé à Alexis si son ami hacker pouvait la retrouver, expliqua-t-elle en indiquant la femme à ses côtés. Il y est parvenu.

Agrippé à la main de Felicity comme à une bouée de sauvetage, il observa la magnifique étrangère. Il l'aurait reconnue n'importe où. Elle était une adulte, à présent. Des années s'étaient écoulées depuis leur dernière rencontre, pourtant, c'était comme si le temps s'était figé.

Ses cheveux noirs effleuraient ses épaules et ondulaient à chacun de ses mouvements. Elle était mince et en bonne santé. Les larmes lui montèrent aux yeux. Il n'était pas du genre à pleurer, mais découvrir Zariya en face de lui… qui lui *souriait*… était bien plus qu'il ne pouvait le supporter.

Leur dernière rencontre était gravée dans son esprit, comme dans le marbre. Effrayée. Blessée. En sang. Le fuyant.

— Zariya, hoqueta-t-il.

Elle lui tendit une main, qu'il prit immédiatement entre les deux siennes. Elle lui sourit, acceptant avec grâce quand il refusa de la lâcher.

— Je suis contente de te revoir, dit-elle avec un accent mélodieux.

Ryder la fixa sans un mot. Il voulait tout savoir, mais il avait trop peur de demander.

Felicity se serra contre lui.

— Merci d'être venue, Zariya. Je suis ravie de te parler en face.

Ryder tourna vivement la tête.

— Tu lui as déjà parlé ?

— Bien sûr, répliqua-t-elle en le regardant un instant avant de se concentrer à nouveau sur l'autre femme. Je ne pouvais pas vraiment la faire sortir de mon chapeau. Alors, je l'ai contactée dès que j'ai eu son numéro. Elle vit en Caroline du Sud. Je lui ai dit qui j'étais, nous avons beaucoup parlé, et elle a accepté de venir te voir.

Il ressentit soudain le besoin de prononcer des mots qu'il aurait dû dire tant d'années auparavant.

— Je suis tellement désolé, Zariya.

Elle serra ses mains avant de les lâcher enfin.

— Ne sois pas désolé. Tu m'as sauvé la vie, ce jour-là, Ryder.

— Je… Je ne comprends pas.

— Felicity m'a raconté ce qu'il m'était arrivé, d'après toi. Cela se serait sans doute produit, oui, sans ce soldat. Pas un de ceux de ton unité, mais un autre. Quand mes parents sont venus me récupérer, ils m'ont dit que j'étais bonne à rien et que mon devoir était de me marier. Ils avaient déjà un autre nom en tête, un homme encore plus vieux, désireux de m'épouser. Mais je devais d'abord être punie pour l'humiliation que je leur avais causée. Ils m'avaient attachée à un poteau, afin que je me fasse lapider, lorsqu'un soldat est intervenu et m'a détachée. Il n'a même pas sourcillé pendant que mes parents lui criaient dessus. Il m'a simplement ramenée à sa base et a refusé que quiconque m'approche. J'étais effrayée, vraiment, mais j'ai fini par réaliser qu'il m'avait sauvée d'un destin funeste.

— Mais je n'ai pas... Il... Je...

Il secoua la tête, frustrée.

— Cet homme... Il s'est arrangé pour me faire venir aux États-Unis. J'ai été adoptée. Je vis en Caroline du Sud depuis neuf ans. Je suis heureuse. Et c'est grâce à toi, Ryder. J'ai beaucoup pensé à toi ces dernières années. Les souvenirs du village se sont estompés dans ma tête, y compris ceux de ce qui m'est arrivé, mais je n'ai jamais oublié le soldat qui me souriait tout le temps. Qui m'apportait des bonbons. Qui m'a tressé les cheveux, ajouta-t-elle en versant une larme.

Ryder ne pouvait plus tenir. Felicity lui caressait le dos, pour lui montrer son soutien. Il écarta les bras.

— S'il te plaît, j'ai besoin de t'enlacer.

Zariya accepta son étreinte sans un mot. Il leva les yeux vers le plafond, comme pour empêcher ses larmes de couler. Bon sang. Il n'aurait jamais cru vivre ces retrouvailles un jour. Sans lâcher la petite fille devenue femme, Ryder se tourna vers Felicity.

— Je t'aime, articula-t-il.

En silence, elle lui sourit et lui répéta les mêmes mots.

* * *

C'était un petit mariage. Les frères n'avaient invité que leurs plus proches amis. Les inspecteurs Baker et Peterson, de la police de Denver, étaient dans l'assistance également, ainsi que quelques camarades de Joel. La famille d'Alexis était présente aussi, y compris son frère Bradford, qui travaillait sur un bateau de croisière et avait pris quelques jours de congé. Il était en compagnie de son partenaire, et tous deux, assis à l'avant de l'église, faisaient de grands sourires à Alexis.

Tous les collègues de Bailey à la *Carrosserie Clayson* étaient là. Duke, Henry, Ozzie, Bert et Clayson étaient venus vêtus de leurs bleus de travail, précisant très vite qu'il s'agissait de leurs *beaux* bleus de travail. Pas de ceux tachés de graisse.

Brian et Betty Grant, les parents d'Alexis, n'avaient pas cessé de sourire depuis leur arrivée trois jours plus tôt. Ils avaient tenu à payer le dîner de répétition et généreusement offert la lune de miel non seulement de Blake et d'Alexis, mais aussi celle de Ryder et Felicity.

Francesca Scarpetti se trouvait au fond de l'église et repartirait en vitesse dans son restaurant dès la fin de la cérémonie afin de s'assurer que tout serait prêt pour la réception. Elle avait insisté pour s'en charger quand elle avait appris pour le double mariage.

Bailey et Grace se tenaient à la place des demoiselles d'honneur à gauche, et Nathan et Logan à droite, en tant que témoins. Grace portait Nate et Logan Ace. Les deux bébés dormaient profondément, comme si l'excitation environnante ne les atteignait pas le moins du monde.

Le mariage se déroula sans accroc. Felicity avait toutefois pouffé quand le pasteur lui avait demandé à elle, Felicity

Sinclair, si elle voulait prendre Ryder Sinclair pour époux. Il avait clairement brûlé les étapes et embrouillé tout le monde en lui donnant officiellement son nom avant la cérémonie. Elle ne pouvait néanmoins nier que c'était plus simple ainsi. Elle était contente de ne pas avoir à se soucier de changer de nom... encore... maintenant qu'ils étaient mariés légalement.

Plus tard ce jour-là, Felicity dansait sur la piste improvisée chez *Scarpetti*, dans les bras de son époux.

— Je suis heureuse, dit-elle en le regardant.

Il descendit un peu les mains, pour la caresser juste au-dessus des fesses. Elle aurait aimé sentir ses doigts sur sa peau nue. Elle avait envie de lui... encore.

— Je suis heureux aussi, mon cœur. Tu es tout ce que je désirais dans ma vie. Tout ce que je veux à jamais.

C'était mignon. Très mignon. Mais ce n'était pas de la douceur qu'elle souhaitait. C'était de la passion. La brève étreinte partagée avant de se rendre à la réception ne lui avait pas suffi. Ryder l'avait ramenée chez eux, l'avait portée pour lui faire franchir le seuil puis l'avait prise directement dans l'entrée. Ensuite, il l'avait conduite au restaurant avant qu'elle n'ait eu le temps d'aligner deux pensées. Elle aurait pu en être gênée, si Blake et Alexis n'étaient pas arrivés trente minutes après eux, en ayant visiblement eu la même idée. Alexis arborait un air rêveur quand ils étaient entrés.

Essayant d'oublier son désir un instant, Felicity observa les lieux. Elle repéra Zariya dans un coin aux côtés de Ro. Ils semblaient en pleine conversation. Elle les indiqua du menton.

— Qu'en penses-tu ? demanda-t-elle à son mari.

Ryder leva la tête et regarda ce qu'elle lui montrait.

— Honnêtement, dit-il en la fixant à nouveau, un immense sourire aux lèvres, je serais très content que cela fonctionne. Voir Zariya heureuse et en couple avec un homme que j'aime et respecte serait un miracle. Mais ne te fais pas de faux espoirs. Ro est un homme qui s'ouvre peu, et je le vois mal se poser bientôt.

— Hummm, murmura Felicity, d'accord avec lui. J'aimerais juste qu'elle soit heureuse.

— Elle l'est, répliqua-t-il. Merci de l'avoir cherchée et fait venir ici. La voir en vie et en bonne santé est un miracle.

Felicity lui sourit, puis elle inclina la tête, comme Ryder se penchait à son oreille.

— Fini de papoter. Tu crois qu'on est restés assez longtemps pour que Francesca ne nous sonne pas les cloches si on s'en va ?

— Nous avons coupé le gâteau, fait notre première danse, et tout le monde a porté un toast. Même si elle doit nous bannir à vie, je m'en fiche. Je veux rentrer chez moi et baiser mon mari, murmura Felicity.

Elle sentit le souffle chaud de son mari contre son cou, et la chair de poule l'envahit.

Sans un mot, Ryder lui prit la main et lui fit quitter la piste de danse, ignorant les sifflets bon enfant de ses amis et de ses frères.

Plus tard dans la nuit, Ryder soupira, sa jeune épouse dans les bras. Sa vie était tellement plus belle avec Felicity à ses côtés. Il observa ses cheveux, qui partaient dans tous les sens après leur étreinte enthousiaste. Une semaine plus tôt, elle s'était rendue chez le coiffeur pour faire teindre ses cheveux au plus près de sa couleur naturelle. Il avait eu quelques difficultés à s'habituer à ses boucles blondes, mais il les adorait à présent. Elles lui allaient bien et symbolisaient sa nouvelle vie de femme plus légère, plus libre.

— Crois-tu que nous ayons assez de photos à accrocher, maintenant, mon cœur ?

Felicity pouffa.

— Oui, Ryder. Je pense que les trois mille quarante-trois clichés pris par le photographe devraient suffire.

Il sourit. Felicity avait rempli leur maison de cadres. N'ayant plus à craindre de devoir fuir en vitesse ou que quelqu'un découvre qui elle était réellement, elle n'avait pas fait les choses à moitié question décoration. Il y avait des photos dans toutes les pièces. Accrochées au mur. Posées sur les tables. Glissées dans n'importe quel coin. Ryder pouvait admirer partout l'amour de sa femme envers ses amis.

L'une de ses préférées était celle où elle brandissait sa lettre d'admission à l'université de Denver. Ryder l'avait encouragée à les contacter pour voir si elle pouvait faire transférer ses crédits et finir son diplôme. Bien qu'elle n'envisage pas de travailler comme ingénieur, il était fier de sa volonté de finir ses études. Le sourire qu'elle arborait montrait le bonheur que cette décision lui procurait également. Joseph Waters avait essayé de briser sa femme, mais c'était son intelligence et sa force à elle qui avaient gagné finalement.

Dans sa frénésie de photos, Felicity avait même mis des clichés de leurs mères. S'il aimait voir les images de sa mère adorée, il préférait encore celles de Felicity avec la sienne. Aucune des deux n'avait été présente au mariage, pourtant, il avait senti leur amour... et il était sûr que Felicity aussi.

Au mur se trouvait en outre le nouvel accord signé entre Cole et elle concernant *Rock Hard Gym*. Cole avait contacté son avocat dès qu'il avait appris que Ryder allait changer le nom de sa femme, avait fait encadrer le document et l'avait offert à

Felicity comme cadeau de mariage. Il lui avait dit également de l'accrocher quelque part afin qu'elle n'oublie jamais qu'il avait refusé de la laisser partir quelques mois plus tôt.

— Je t'aime, Felicity Sinclair, murmura Ryder.

— Je t'aime, Ryder Sinclair.

Son membre s'éveilla à ces mots, mais il n'esquissa pas un geste. Ils avaient le reste de leur vie ensemble. Il pouvait bien faire une pause d'une heure.

— Laisse-moi dormir un peu, marmonna Felicity, qui semblait avoir lu dans ses pensées, et on pourra s'y remettre.

Ryder pouffa, sachant pertinemment qu'il n'aurait pas le cœur de la réveiller plus tard. Les derniers jours avaient été fatigants. Elle méritait de dormir. Sans un mot, il l'embrassa sur le front et la serra plus fort contre lui.

Il s'endormit presque aussi vite que sa femme, heureux de la savoir en sécurité... et enfin à lui.

* * *

Nathan embrassa Joel sur le front et se leva. Sur la pointe des pieds, il sortit de la pièce, non sans avoir regardé le garçon qu'il considérait comme son fils. Après avoir refermé la porte, il se tourna et faillit percuter Bailey.

Il la prit dans ses bras et la fit reculer jusqu'à leur chambre.

— Un truc m'excite, dans ces mariages, lui dit-il en souriant.

Elle leva les yeux au ciel.

— Tout t'excite, fit-elle mine de se plaindre.

— C'est vrai, approuva-t-il en éclatant de rire.

Puis il la souleva et la porta sur son épaule.

Bailey fit semblant de lui marteler le dos et de crier, mais tout bas pour ne pas réveiller son frère. Nathan referma doucement la porte de leur chambre et s'approcha du lit, sur lequel il la fit tomber avant de lui grimper dessus sans attendre. Ils se décalèrent jusqu'à être installés au milieu du matelas.

Nathan reprit son sérieux.

— Tu es sûre que ça ne te gêne pas que nous ne soyons pas légalement mariés ?

Elle secoua immédiatement la tête.

— Nous en avons déjà parlé. Je ne crois pas vraiment au mariage, tu sais. En plus, nous vivons ensemble, tu as pris mon nom, nous avons un compte commun. Aux yeux de l'État, c'est comme si nous étions mariés, même sans avoir signé les papiers.

— Je voulais juste être certain que la cérémonie d'aujourd'hui ne t'avait pas rendue triste, d'une manière ou d'une autre.

— Triste ? Pas du tout. Elle était magnifique, et j'étais très contente de voir Felicity et Alexis heureuses et satisfaites. Et *toi*, ça ne te gêne pas ?

— Pas du tout. Je me fous de ce que pensent les autres. Tu es à moi. Je suis à toi. Joel est à nous. Je suis heureux.

— Que dirais-tu de donner un neveu ou une nièce à Joel ?

Le souffle de Nathan se bloqua dans sa gorge. Il posa la main sur le ventre de Bailey.

— Es-tu... Qu'essaies-tu de me dire ?

— Je ne suis pas enceinte, répondit-elle en mettant sa main sur la sienne. Mais ça me plairait bien. Tout le temps passé avec Ace et Nate m'a fait comprendre que j'adorerais porter ton enfant. Je voudrais que nous apprenions à un enfant ce qu'est le véritable amour.

— Oui, accepta-t-il immédiatement. Je suis prêt dès que tu l'es.

— Que dirais-tu de maintenant ? répliqua-t-elle en papillonnant des yeux.

— C'est parfait, approuva-t-il, retirant sa chemise sans attendre.

Bailey pouffa, et il sourit. À une époque, il se croyait le frère Anderson ringard. Mais être avec Bailey l'avait changé... pour le mieux. Il adorait toujours les nombres et les maths, cependant, il se sentait aussi heureux quand il voyait les regards envieux des hommes envers Bailey, lorsqu'ils sortaient ensemble. Elle était à lui.

Il souriait encore quand elle s'attaqua à son pantalon de costume. Sa femme savait exactement ce qu'elle voulait. Il avait de la chance d'être l'objet de son désir.

* * *

Blake Anderson défit lentement l'arrière de la robe de sa femme. Plus tôt dans la soirée, elle avait affirmé avec insistance qu'ils n'avaient pas le temps de la déshabiller, et tout à fait prêt à la faire sienne autrement que légalement, Blake avait accepté tout ce qu'elle voulait.

Désormais, il pouvait prendre son temps.

La ravager.

Lui montrer la chance qu'il avait d'être son mari.

— Bradford avait l'air heureux, ce soir, tu ne trouves pas ?

Il leva les yeux au ciel dans sa tête. Hors de question de parler de leur famille maintenant.

— Et Felicity et Ryder aussi.

Il grogna, concentré sur les mille boutons qui allaient des fesses à la nuque d'Alexis. Ils étaient bien trop minuscules pour ses gros doigts, mais il continua sa tâche en veillant à ne pas arracher le tissu.

— Mes parents ont prévu une fête pour célébrer notre mariage, à Denver, chez eux. Ils ont invité tous leurs amis. Ce sera somptueux, d'après eux.

Comme il ne disait toujours rien, elle s'interrompit.

— Tu m'écoutes ?

— Non, répondit-il honnêtement.

— Blake ! s'exclama-t-elle, énervée.

Une fois le dernier bouton enfin détaché, Blake tourna sa femme et posa ses lèvres sur les siennes. Il descendit sa magnifique robe avec rudesse. Puis il la souleva, laissant le vêtement en tas au sol, et la porta jusqu'à leur grand lit. Là, il la fit pivoter et la pencha sur le matelas qui se trouvait à une hauteur parfaite pour qu'il puisse la prendre par-derrière en s'appuyant au lit. Du pied, il approcha le petit tabouret dont sa femme plus petite avait cependant besoin et qu'ils gardaient à portée de main juste pour cette occasion, et défit en même temps le soutien-gorge de sa femme. Elle monta dessus, écarta les jambes, se redressa sur les coudes et le regarda.

— Prends-moi, mon mari.

— Avec plaisir, ma femme.

Plutôt que de lui retirer sa culotte ivoire, il l'écarta simplement sur le côté. Après s'être assuré qu'elle était prête, il plongea en elle en une seule poussée, qui les fit gémir tous les deux.

Leur étreinte ne dura pas longtemps ; ils atteignirent l'orgasme ensemble en quelques minutes.

Plus tard, après qu'il l'eut prise deux fois de plus et alors qu'ils étaient à deux doigts de s'endormir, Blake déclara :

— La prochaine fois que tu essaieras de parler de notre famille alors qu'on s'apprête à baiser, je te donne la fessée.

— Genre, comme si ça allait me dissuader, ça, marmonna-t-elle.

Blake pouffa et se mit sur le côté. Il prit Alexis en cuillère contre lui, une main sur un sein, l'autre sous sa nuque. Elle serra à deux mains son avant-bras et soupira de bonheur.

— Je t'aime.

— Je t'aime aussi, Alexis.

Logan Anderson regarda sa femme s'agiter autour de leurs enfants. Ils dormaient toujours dans un berceau à côté de leur lit, mais il s'en fichait. Il savait qu'il faudrait du temps à Grace pour accepter de dormir dans une autre pièce qu'eux. À vrai dire, Logan non plus n'avait pas envie de se séparer d'Ace et de Nate.

La semaine pendant laquelle son fils avait disparu avait été la pire de sa vie. Pire encore que tous les abus subis dans son enfance. Pire que certaines missions qu'il avait faites à l'étranger pour l'armée. C'était en se demandant si son fils était mort ou vivant qu'il avait compris ce qu'était la véritable douleur.

Il avait presque souffert encore plus de voir Grace se débattre avec les mêmes incertitudes. Elle avait été meurtrie par cette expérience, et tout ce qu'il pouvait faire, c'était être à ses côtés et l'aimer.

Elle embrassa une dernière fois les deux bébés puis se tourna vers le lit. Elle retira son tee-shirt et s'installa à ses côtés.

Logan écarta les bras et poussa un soupir de soulagement quand elle vint s'y blottir. Le drame qu'ils avaient vécu les avait rapprochés encore plus. Logan savait que cela aurait pu les séparer. Il se jura instamment de ne jamais tenir sa femme pour acquise. Il ne l'avait jamais fait, toutefois, l'inquiétude ressentie pour son fils, à ignorer où il se trouvait, s'il était blessé ou mort, renforçait sa détermination à faire tout ce qu'il fallait pour que Grace et leurs enfants aient la meilleure vie possible.

— Il était où, d'après toi ?

Logan comprit de quoi elle parlait. Ils n'en avaient pas vraiment discuté, jusqu'à présent. Il était heureux qu'elle aborde enfin le sujet.

— Je ne sais pas, Futée. Mais je crois de tout mon cœur que la personne qui l'avait l'a traité avec bonté.

— D'après l'inspecteur Baker, le pompier pense que c'est une femme qui l'a laissé devant la caserne.

Logan hocha la tête.

— Oui, je le crois aussi. L'écriture sur le message paraissait féminine.

— Est-ce qu'elle va bien, d'après toi ? demanda-t-elle en relevant la tête pour le regarder dans les yeux.

Le cœur de Logan fondit un peu plus en entendant sa question. C'était bien sa Grace de s'inquiéter des autres plus que d'elle-même parfois.

— Je ne sais pas, répondit-il honnêtement.

— Si Joseph la connaissait, ce n'est pas bon signe pour elle.

Logan avait pensé la même chose. Il en savait plus sur Joseph Waters que sa femme ou celles de ses frères. Joseph avait développé un réseau d'esclaves sexuelles dans tout le pays. Il les achetait visiblement à des trafiquants d'êtres humains et les enfermait dans des appartements minables dans différentes villes. Ses contacts étaient autorisés à faire de ces femmes ce qu'ils voulaient en échange de leur loyauté envers lui. C'était écœurant. Ryder leur avait dit que Rex, son mystérieux responsable, s'était donné pour mission de retrouver toutes les filles que Joseph avait réduites en esclavage.

— Je crois que si elle a eu le courage de laisser Nate à cette caserne, elle a dû prendre la fuite.

— Je l'espère.

Grace changea alors de position, pour le chevaucher.

— Je t'aime.

— Je t'aime aussi, Futée.

Ensuite, elle descendit le long de son corps.

— Grace, souffla-t-il.

Mais la suite se perdit dans le néant quand sa femme le prit dans sa bouche. Cela faisait longtemps qu'elle n'avait pas fait cela pour lui. Leur vie sexuelle en avait pris un coup ces derniers temps. Entre l'inquiétude pour leurs fils et le fait qu'elle craignait de les traumatiser à vie en faisant l'amour dans la même pièce qu'eux, Logan et elle n'avaient pas partagé d'étreinte depuis longtemps.

Il s'en fichait. Il était prêt à donner à Grace tout ce qu'elle voulait. Même si ce qu'elle voulait était de ne pas faire l'amour.

Pourtant, ces derniers temps, sa femme avait retrouvé sa confiance en elle. Il adorait la voir s'épanouir toujours plus.

— Grace, gémit-il, alors qu'elle lui montrait avec enthousiasme combien elle l'aimait. Si j'avais su l'effet qu'un mariage aurait sur toi, je t'aurais emmenée à celui de n'importe qui il y a bien longtemps.

Elle pouffa, ce qui fit vibrer sa gorge autour de son sexe. Il devait se concentrer pour ne pas jouir trop tôt.

— En fait, je pense que, à partir de maintenant, je trouverai des cérémonies auxquelles assister tous les week-ends. Il faut que je regarde le planning de l'église.

Par la suite, il ne fut plus capable de penser ou de parler.

Sa femme se décala pour le prendre dans son intimité chaude et accueillante, comme si sa vie dépendait de leur étreinte.

Logan la contempla, perdue dans les sensations qui la submergeaient, et il songea qu'il était un homme sacrément heureux.

* * *

Il était tard, mais Cole n'arrivait pas à dormir. Assister au mariage de sa meilleure amie et la voir enfin libérée du joug de Joseph Waters, après des années de harcèlement, était un vrai miracle. Felicity méritait tout le bonheur du monde.

Adossé à sa chaise de bureau, il lut l'e-mail que Logan lui avait envoyé quelques heures plus tôt. *Ace Sécurité* travaillait sur une affaire assez moche impliquant une femme du nom de Sarah Butler, qui vivait à Castle Rock et dont le mari était un connard de classe internationale. Plutôt que de passer à autre chose après leur divorce, comme Sarah tentait visiblement de le faire, il se présentait à son appartement et à son travail pour la harceler. Alors, Logan avait écrit à Cole pour savoir s'il avait de la place dans un de ses cours d'autodéfense réservés aux femmes.

Ce n'était pas le cas, mais en découvrant que Logan avait également demandé une ordonnance restrictive à l'encontre du mari, il prit sans hésiter la décision d'aider Sarah.

Il cliqua sur « Répondre ».

Logan,

. . .

Je n'ai pas de place dans mes cours d'autodéfense collectifs, mais je lui ferai des séances individuelles avec plaisir. C'est pour des femmes comme elle que j'ai commencé à mettre ces cours en place, d'ailleurs. Envoie-moi ses coordonnées, et je l'appellerai pour organiser tout ça.

Cole

* * *

À des kilomètres de là, au centre correctionnel pour femmes, à Denver, Margaret Mason se vidait de son sang sur le sol sale de la cuisine de la prison. Elle avait été assignée au service du matin, si bien qu'elle devait se lever à quatre heures pour préparer le petit déjeuner de ses codétenues. Elle abhorrait les matinées.

La vie derrière les barreaux n'avait pas été facile, pour une ancienne mondaine comme elle. Elle avait essayé d'appliquer les méthodes qui lui avaient réussi par le passé en tentant de dominer tout le monde. Si elle était parvenue à diriger son mari et sa fille, les criminelles plus aguerries n'avaient pas apprécié son attitude.

Ces six derniers mois, elle s'était retrouvée à l'infirmerie plus d'une dizaine de fois, après des passages à tabac des autres prisonnières. Les surveillants lui avaient enfin donné une cellule individuelle malgré la surpopulation carcérale.

Le jour où on l'avait interrogée à propos de la disparition de son petit-fils avait été magnifique comparé aux autres de sa misérable vie. Quand l'inspecteur avait évoqué le demi-frère de son gendre, Margaret s'était retenue de rire et d'avouer à cet enfoiré de flic qu'elle était déjà au courant. Elle aurait voulu se vanter d'avoir appris l'existence de ce type bien avant tous ces bons à rien vivant à Castle Rock, y compris Rose Anderson elle-même. Elle l'avait découvert le jour où elle avait croisé Ryder alors qu'elle faisait du shopping à Colorado Springs. Un seul coup d'œil lui avait suffi pour déterminer que sa ressemblance avec Ace Anderson était trop frappante pour être un hasard.

Comme elle adorait détenir des informations sur tout le monde, elle avait dépensé une somme considérable afin qu'un détective privé fasse des recherches sur lui et confirme, grâce à un test ADN effectué en secret, qu'Ace était bien le père de Ryder. Taire ce secret avait été une joie pour elle, de même que le fait de savoir quelque chose qu'ils ignoraient. Ce Logan se croyait meilleur qu'elle, plus intelligent. Eh bien, il ne l'était pas. Lorsque l'inspecteur lui avait dit que le fils de Logan avait disparu, Margaret avait éclaté de rire, incapable de s'en empêcher. On lui avait tout pris, et maintenant, le karma la remboursait en prenant à Logan ce qui comptait le plus pour lui.

Malheureusement, elle n'avait pas pensé à la façon dont le karma allait l'affecter elle. Peu après qu'elle avait appris le retour de Nate Anderson, sa chance à elle avait tourné.

Un couteau artisanal avait été planté dans son dos, s'enfonçant dans son rein sans un bruit. Lorsqu'elle s'était retournée, elle n'avait vu personne.

La personne qui l'avait poignardée savait ce qu'elle faisait. Un seul coup de couteau avait suffi pour que Margaret ait une hémorragie interne et externe.

Elle tomba à genoux, puis sur le ventre. Allongée sur le sol immonde, face contre le carrelage, elle regarda les autres femmes continuer à préparer le petit déjeuner comme si de rien n'était. Personne ne se souciait de sa mort.

Les dernières pensées de Margaret Mason tournaient en boucle dans son esprit. *Tout est la faute de Grace. Si seulement j'avais avorté en apprenant ma grossesse, je ne serais pas ici. Mon mari ne serait pas dans un hôpital pénitentiaire, dans le coma après une crise cardiaque, et j'habiterais toujours dans ma magnifique maison entourée de mes serviteurs. La faute de Grace. Tout est la faute de Grace.*

L'absence de Margaret Mason au petit déjeuner ne fut remarquée que lors du comptage matinal. Il fallut une heure de plus pour retrouver son corps froid et sans vie dans la cuisine, gisant dans une mare de graisse et des morceaux de nourriture tombés lors de la préparation du repas ce matin-là.

* * *

Rex avait fait tout ce qui était en son pouvoir pour sauver les femmes que Joseph Waters avait retenues prisonnières, pourtant, il avait le sentiment que ce n'était pas suffisant.

Garrick Watson, après le savon que lui avait passé Rex, lui avait juré qu'il n'avait aucune idée de ce que mijotait son fils.

Joseph avait engagé un pilote pour l'emmener, avec Nate Anderson, jusqu'à San Antonio. Là, il avait laissé l'enfant à quelqu'un et était retourné dans le Colorado. Il avait soudoyé le pilote afin qu'il ne remplisse aucun plan de vol, contrairement à ce qu'exigeait la loi. Cependant, pour éviter que l'homme n'ait des remords à avoir transporté un kidnappeur d'enfant et le bébé disparu, Joseph l'avait suivi chez lui à la sortie de l'aéroport et l'avait assassiné, ainsi que sa famille. Il était impossible de déterminer combien de personnes il avait tuées de sang-froid au fil du temps juste pour assouvir sa vengeance contre Megan Parkins.

C'était Garrick qui avait fait le lien entre son fils et les meurtres et qui lui avait transmis l'information sans se faire prier. Il en avait profité pour affirmer une nouvelle fois qu'il ignorait tout concernant les esclaves sexuelles de son fils.

Rex le croyait. Garrick avait vraiment fait le dos rond auprès de lui afin qu'il ne lui envoie pas ses Mercenaires Rebelles. Le fait qu'il ait tué son propre fils, Rex s'en fichait. Garrick serait prêt à tuer sa propre mère, si elle était toujours en vie, juste pour éviter d'avoir Rex et ses hommes sur le dos.

Rex n'était pas satisfait pour autant. Joseph était mort, certes. Toutefois, il existait des milliers d'hommes comme lui toujours dans la nature qui s'arrogeaient le droit de traquer, harceler et réduire les femmes en esclavage.

Il attrapa une petite photo sur son bureau, qui lui rappelait pourquoi il s'était lancé dans ce métier. Felicity avait eu de la veine. Ryder était au bon endroit au bon moment pour l'aider. Toutes les femmes n'avaient malheureusement pas la chance de se trouver un héros comme Ryder, son ancien mercenaire. Pas la chance de trouver un homme prêt à mourir et tuer pour elles, si nécessaire.

Il caressa la joue de la femme sur la photo et, en silence, s'excusa et lui fit la même promesse que chaque soir.

Je suis désolé de ne pas avoir été là pour toi. Je te jure que je ne cesserai jamais de te chercher.

Il inspira profondément et reposa la photo afin de se concentrer sur son écran. Il était temps de sélectionner une nouvelle affaire. Ryder avait peut-être quitté les Mercenaires Rebelles, mais il restait six hommes plus que désireux de sauver les femmes qui étaient dans des situations désespérées.

S'il se tenait à l'écart de son équipe, c'était pour leur propre sécurité. Ses activités n'étaient pas vraiment légales, et s'il se faisait prendre, il refusait que ses hommes tombent avec lui. C'était pour leur bien qu'il n'était guère qu'une voix au téléphone. Ses hommes passaient en premier. Il donnerait sa vie pour eux. Ce n'était pas en se comportant en chiffe molle qu'il avait acquis sa réputation, au contraire. Garrick Watson pouvait en témoigner.

Envahi de la satisfaction d'avoir contribué à la libération de Megan Parkins, et de savoir que l'un de ses mercenaires préférés avait une belle vie désormais et travaillait aux côtés de ses frères chez *Ace Sécurité*, Rex choisit la prochaine affaire des Mercenaires Rebelles.

Il était temps de se remettre au travail.

* * *

Ne manquez pas le dernier volume de la série: *Ace Sécurité : Au Secours de Sarah*

NOTES

Chapitre 13

I. « viande » en anglais.

DU MÊME AUTEUR

Autres livres de Susan Stoker

Ace Sécurité

Au Secours de Grace

Au Secours d'Alexis

Au Secours de Bailey

Au Secours de Felicity

Au Secours de Sarah

Mercenaires Rebelles

Un Défenseur pour Allye

Un Défenseur pour Chloé

Un Défenseur pour Morgan

Un Défenseur pour Harlow

Un Défenseur pour Everly

Un Défenseur pour Zara

Un Défenseur pour Raven

Forces Très Spéciales Series

Un Protecteur Pour Caroline

Un Protecteur Pour Alabama

Un Protecteur Pour Fiona

Un Mari Pour Caroline

Un Protecteur Pour Summer

Un Protecteur Pour Cheyenne

Un Protecteur Pour Jessyka

Un Protecteur Pour Julie

Un Protecteur Pour Melody

Un Protecteur pour l'avenir

Un Protecteur Pour Les Enfants de Alabama

Un Protecteur Pour Kiera

Un Protecteur Pour Dakota

Forces Très Spéciales : L'Héritage

Un Sanctuaire pour Caite

Un Sanctuaire pour Brenae

Un Sanctuaire pour Sidney

Un Sanctuaire pour Piper

Un Sanctuaire pour Zoey

Un Sanctuaire pour Avery

Un Sanctuaire pour Kalee

Hawaï : Soldats d'élite

Un paradis pour Élodie (13 Apr 2021)

Un paradis pour Lexie (10 Aug 2021)

Un paradis pour Kenna (Oct 2021)

Un paradis pour Monica

Un paradis pour Carly

Un paradis pour Ashlyn

Un paradis pour Jodelle

Delta Force Heroes Series

Un héros pour Rayne

Un héros pour Emily

Un héros pour Harley

Un mari pour Emily

Un héros pour Kassie

Un héros pour Bryn

Un héros pour Casey

Un héros pour Wendy

Un héros pour Mary

Un héros pour Macie

Un héros pour Sadie

Un héros pour Annie (Feb 2022)

*** * ***

En Anglai

Delta Force Heroes Series

Rescuing Rayne

Rescuing Emily

Rescuing Harley

Marrying Emily (novella)

Rescuing Kassie

Rescuing Bryn

Rescuing Casey

Rescuing Sadie (novella)

Rescuing Wendy

Rescuing Mary

Rescuing Macie (novella)

Rescuing Annie (Feb 2022)

Delta Team Two Series

Shielding Gillian

Shielding Kinley

Shielding Aspen

Shielding Jayme (novella)

Shielding Riley

Shielding Devyn (May 2021)

Shielding Ember (Sep 2021)

Shielding Sierra (Jan 2022)

SEAL of Protection: Legacy Series

Securing Caite

Securing Brenae (novella)

Securing Sidney

Securing Piper

Securing Zoey

Securing Avery

Securing Kalee

Securing Jane

SEAL Team Hawaii Series

Finding Elodie (Apr 2021)

Finding Lexie (Aug 2021)

Finding Kenna (Oct 2021)

Finding Monica (TBA)

Finding Carly (TBA)

Finding Ashlyn (TBA)

Finding Jodelle (TBA)

<u>Ace Security Series</u>

Claiming Grace

Claiming Alexis

Claiming Bailey

Claiming Felicity

Claiming Sarah

<u>*Mountain Mercenaries Series*</u>

Defending Allye

Defending Chloe

Defending Morgan

Defending Harlow

Defending Everly

Defending Zara

Defending Raven

<u>Silverstone Series</u>

Trusting Skylar

Trusting Taylor

Trusting Molly (July 2021)

Trusting Cassidy (Nov 2021)

<u>SEAL of Protection Series</u>

Protecting Caroline

Protecting Alabama

Protecting Fiona

Marrying Caroline (novella)

Protecting Summer

Protecting Cheyenne

Protecting Jessyka

Protecting Julie (novella)

Protecting Melody

Protecting the Future

Protecting Kiera (novella)

Protecting Alabama's Kids (novella)

Protecting Dakota

Badge of Honor: Texas Heroes Series

Justice for Mackenzie

Justice for Mickie

Justice for Corrie

Justice for Laine (novella)

Shelter for Elizabeth

Justice for Boone

Shelter for Adeline

Shelter for Sophie

Justice for Erin

Justice for Milena

Shelter for Blythe

Justice for Hope

Shelter for Quinn

Shelter for Koren

Shelter for Penelope

À PROPOS DE L'AUTEUR

Susan Stoker est une auteure de best-sellers aux classements du New York Times, de USA Today et du Wall Street Journal. Elle a notamment écrit les séries Badge of Honor: Texas Heroes, SEAL of Protection et Delta Force Heroes. Mariée à un sous-officier de l'armée américaine à la retraite, Susan a vécu dans tous les États-Unis, du Missouri jusqu'en Californie en passant par le Colorado, et elle habite actuellement sous le vaste ciel du Tennessee. Fervente adepte des fins heureuses, Susan aime écrire des romans où les sentiments laissent place au grand amour.

http://www.StokerAces.com

facebook.com/authorsusanstoker

twitter.com/Susan_Stoker

instagram.com/authorsusanstoker

goodreads.com/SusanStoker